早春晴朗
- 04 -
姑娘別哭 著
YY —— 繪
高寶書版集團

目錄
CONTENTS

第三十三章　糾纏不清

尚之桃踩著雪到欒念面前，她把自己裹得嚴嚴實實，只露出一雙眼睛，這場面有點滑稽。

「天氣這麼冷，不適合壓馬路。」尚之桃跺著腳，牙齒打著顫，凍到哆哆嗦嗦。腳在地上輕輕跺，跺在雪上發出聲響。

「妳缺錢買厚羽絨外套？」

「啊。」

「回去吧。」

「不是要找我談談？」

「凍成這樣還談什麼？」

「……」

欒念抬腿朝自己的住處走，尚之桃跟在他身後打量他。也是奇怪，他穿得也不多，為什麼他不冷？

兩個人深一腳淺一腳地走，終於走到欒念的房子前，但他沒有停下。尚之桃提醒他：

「你到了。」

「我走走。」

「哦。」

尚之桃不想走，她本來就內分泌失調了，再受凍，這身體不能要了。到她的火炕屋前跟欒念說：「那我進去了。」

「嗯。」

欒念嗯了聲繼續走，尚之桃已經推開了門，欒念又掉頭回來，站在她對面。

「還冷嗎？」問她。

「好點。但我這房間熱氣要放沒了。」尚之桃看著欒念的眼睛，她從前最怕看他眼睛，因為她會陷進去。有時兩人在昏暗的屋內癡纏，他吻她前那雙眼就那樣看著妳：「我直說吧欒念，如果你要問我當年為什麼賣掉那些包，我現在就可以回答你。我不喜歡奢侈品，也不喜歡那些包。那些包讓我覺得自己在賣身；如果你要問我為什麼不辭而別，因為我不想再牽扯了。」尚之桃看到欒念的神情，她從來都知道他不是壞人，他只是高傲、冰冷、很難理解她的情緒，不管這些是出於他低看她還是他原本就這樣，但這些都令她痛苦。

「我知道如果我跟你告別，你會講特別多難聽的話。我不想再聽了。」

尚之桃手放在門把上：「還有其他想談的嗎？如果我賣掉那些包和不辭而別讓你自尊心受傷了，那我跟你道歉。」

「我只是覺得我們之間牽扯了六年，不用再牽扯了。人生很長，還有很多人值得愛，很多事值得做。就這樣吧。」

「感謝你在那六年時間裡對我的所有善待，我無比感激；我對你的祝福也在最後一則訊息裡，祝你一切都好。」

尚之桃沒有任何思考說完了這些話，這些話在她最初回冰城時在她腦海中演練無數次。那時她覺得她不該賣掉那些包，也不該那樣走，在他說要跟她談談而她說好以後。那時她在冰城的大街小巷遊走，無數次想打給他。她覺得自己欠他一個解釋，因為在兩個人相處那幾年，無論好的還是壞的，欒念永遠明明白白。

今天說完了，她覺得無比輕鬆，他們互不相欠了。

「最後，賣包的錢我一分都沒有花過。你如果要，可以告訴我你的銀行帳號，一共九十一萬三千五百，我轉給你；如果你不要，我會找一個合適的時機捐出去。」

「你要嗎？」

「留著吧。」

欒念說了這樣一句，轉身走了。尚之桃沒有再講什麼，輕輕關上了門。

回到火炕進了被窩，過一下裹著被子起來喝水，看到欒念還在外面一圈一圈走。她從來都不懂欒念，甚至不知道他到底要跟她談什麼。可她對於欒念，不想再求索了。

不只她看到欒念在走，Lumi 也看到了。傳訊息給她：『妳看，Luke 在冰天雪地裡遛鳥呢！』

過一下又說：『又是冰美式，又在大冷天溜達，這哥們真不想要自己的前列腺了。』

『……妳為什麼老操心他的前列腺？』尚之桃問她。

『我閒的。』Lumi 這樣說。

『妳要不要跟我一起睡？』尚之桃邀請 Lumi：『我這裡有好多好吃的。』

『當然。』

Lumi 就在尚之桃隔壁，裹上羽絨外套就來了。兩個人盤腿坐在火炕上，一人一小瓶白酒，尚之桃擺好了零食，兩人就這樣吃了起來。

今天講了那些話，令尚之桃真的有了時過境遷的感覺。她喝了自己那瓶，也喝了 Lumi 那瓶，一共六兩白酒。她微醺了。

拄著臉對 Lumi 說：「Lumi 我愧對妳，這麼多年我都騙妳。」

「如果妳想說妳跟 Luke 的事，沒必要，我早就知道。」Limi 捏她臉：「妳剛畢業的時候多單純，站到他面前就臉紅。多少次在電梯間偶遇，你們兩個，哎呦，趁我不注意互相看一眼。真當老娘瞎了呢！」

Lumi 咯咯笑：「我就關心他技巧好不好！很多男人看起來挺強，其實不怎麼樣啊。我跟妳說，我大學時談戀愛，還以為那男生是擎天柱呢，結果褲子一脫……」Lumi 手指捏在一起：「當時我就慌了。我問他：你是不是把傢伙忘在家裡了？」

「妳猜他怎麼說？」

「人家說可是有很多女生說我這個可觀呢……」

兩人笑出聲。

Lumi 問她：「他怎麼樣？我雖然沒睡過他但妳好歹出個測評讓我了解了解。」

尚之桃嘴唇抿在一起，手指擋在自己唇上，突然想起跟欒念在一起的時候。他總是強勢，總要主導，但她真的快樂。

「怎麼樣？」Lumi 問她。

尚之桃紅著臉點頭：「嗯，特別好。特別特別好。」

「靠！」Lumi 拍巴掌：「我就知道！」

「那 Will 呢？」尚之桃問 Lumi：「你們在一起好幾年了，為什麼還沒有結婚的打算？」

「Will 太古板了，他們一家子都古板。而且不喜歡我。」

「為什麼？」

「因為我是拆遷戶啊！」

「放屁！」

尚之桃拍案而起：「拆遷戶怎麼了！」

Lumu 把她按下：「好傢伙，妳現在是真厲害啊，惹不起。」

尚之桃酒勁上來了，在熱炕頭上呼呼睡去。第二天起來集合點客戶，一個不少，各個安全，巴士上沒有欒念的座位，尚之桃把鑰匙丟給付棟：「把欒總安全帶到冰城。我帶隊回去。」

就這樣走了。

她記得自己昨天晚上說的話呢，如果再一路跟他同車回去，總覺得太過尷尬。就這樣挺好，回到冰城，她繼續她的生活，他回到北京，也有可能是美國，從此再也不見。

人生嘛，就是一場又一場送別。她經歷過最沉痛的失去，這一次也覺得沒什麼。

她回到冰城，先去父母家裡接盧克。

盧克已經是一條中老年犬了，並不像從前愛跑跳，有無限的精力。尚之桃遛牠的時候也不擔心牠向前衝撞了。

帶著盧克回到家，開始熬藥，醫生說要每天喝，連喝三七二十一天。尚之桃怕自己早衰，乖乖聽醫生的話，並決定年前不再接任何活了。還是命重要。

手機響了一聲，打開來看，是銀行帳戶收款提醒：兩千元。轉帳人欒念，備註撞車。

尚之桃傳了一則訊息給他，說：『謝謝。』

欒念沒有回她。

過了一下，又收到一則訊息，尚之桃喝著藥拿起來看。還是轉帳訊息，轉帳人欒念，兩萬元，備註酒吧。是他說要請全場客戶喝酒，Lumi會錯意讓她墊款。

『收到。謝謝。我看了帳單，一萬多。多的我退還給你。』尚之桃真把多的轉回給他。

再過一下，還是一則轉帳訊息：兩千元，備註去時搭車。

再過一下，又是一則：三千元，備註返程搭車。

尚之桃覺得這樣下去他們將沒完沒了，打電話給他：「欒念，你別再轉錢給我了。我載你去根本用不了那麼多錢，我也不想要你的錢。」

『那妳要什麼？』

「我什麼都不要，我要我們到此為止一筆勾銷。」

『嗯。』

尚之桃掛斷電話，可欒念的電話又打了進來，她接起，聽到欒念說：『尚之桃，妳對我送妳包耿耿於懷是嗎？妳覺得是在賣身？』

『妳不辭而別是因為妳覺得我會講難聽的話？』

『那妳想多了，我沒什麼難聽的話，跟妳一筆勾銷，我像妳一樣開心。也祝妳一切都好。』

欒念掛斷電話。

大概是上一次他去美國的時候，梁醫生對他說：「之前的 Flora 都過去這麼久了，能向前看就向前看，不能向前看呢，就跟人家糾纏糾纏。你爸當年追我的時候，可沒少死皮賴臉。」

那時的欒念並不想跟尚之桃糾纏。他覺得沒什麼好糾纏的，過去就過去。

但當他經過茶水間，聽 Lumi 跟同事講話，她說：「還好有 Flora 撐腰，不然我就得捲舖蓋滾蛋了。」

他的心癢、疼了一下。

他就這樣來了。

又準備這樣走。連盧克都沒能見到。

欒念的那條紅龍魚死了之後他想再養點什麼，也動過養狗的念頭。那些小狗都可愛，但欒念一伸手就想起盧克兩個月大的時候像小雪球一樣蹭他褲管。也想起盧克在他家裡劃地盤，狠狠尿了幾泡尿，咬碎他的沙發，還在他房子裡拉肚子。

還有盧克坐在他面前跟他吵架。

他最終沒有再養一條狗。因為他覺得如果有生之年盧克看到他有別的狗，一定會氣死。

他穿上大衣出了飯店，在冰城的馬路上閒逛。不知不覺走到了酒館，欒念站在外面看了一眼，酒館裡很忙碌，也很熱鬧。

看了一下，推門走了進去。

大翟還記得他，過來迎他：「是桃桃從前的老闆啊！坐這！吃什麼，阿姨請。」

「隨便兩個小菜。」

「等著小夥子。」

大翟讓後廚炒菜，又端了花生米過來。坐在他對面：「老闆貴姓啊。」

「我姓欒。」

大翟燙酒杯的手頓了頓，又問他：「叫什麼呢？」

「欒念。」

「今天要關門了，不做菜了。」大翟站起身走了。她說不做菜，後來的人點菜她還照做。嫌棄非常明顯，就差開口趕人。

但欒念坐在那裡一動不動，就配著那一小盤花生米喝酒，酒館的花生米都很好吃，他配著喝了半斤白酒。大翟一邊招呼客人一邊看他，有心想把他打出去，後來想了想，罷了。跟他一個遠道來的人較什麼勁？轉身走到後廚，對正在喝茶的老尚說：「那個姓欒的來了。」

老尚一聽，站起身向外走：「我去會會他！」

「會他幹什麼？你給我坐下！不許理他！」大翟出去招呼客人，就把欒念晾在那。有時瞄他一眼，看到他人模狗樣的，心想桃桃這眼光還行，至少跟一個看起來像那麼回事的人談戀愛。

欒念喝著酒，一直喝到最後一桌人走。

大翟收拾完對他說：「關門了啊，回去吧！」

欒念起身去結帳，大翟指指 QR code。欒念掃了碼，沒點付錢。對大翟說：「早點休息吧。年紀大熬夜對身體不好。」

大翟看他一眼，心想桃桃相親說要找個好好講話的，這個講話不好嗎？她看不懂年輕人的想法，但讓桃桃難受的人就不是好人。鼻子裡哼了聲，去收拾吧檯。欒念出了門，轉了一萬塊錢。

大翟聽到收款提示音，抬腿追出去，那人已經走了，消失在冰城的雪夜裡了。

尚之桃是凌晨接到大翟電話的。

「怎麼啦媽。」

『妳前男友剛剛來了啊。』

尚之桃看了眼時間，都兩點了：「什麼前男友？哪個前男友？？」

『欒念。』

尚之桃一瞬間精神了：「他跟妳說什麼了？」

『沒說什麼。人已經走了。』大翟掛斷電話前說：『哦對了，就配著花生米喝了半斤酒，結帳時轉了一萬。我沒招待他。』

「多少？」

『一萬。』

「我知道了。」

有病吧？尚之桃心裡罵他，一盤花生米一萬塊錢，你那麼有錢你怎麼不把我家店買下來？

尚之桃掛斷電話打給欒念，他拒接她電話。

這他媽怎麼回事呢？

尚之桃要氣死了。

她一生氣，氣血上湧，就覺得今天的藥白喝了。躺回床上拿過手機，傳訊息給欒念：『你有意思嗎？你去小酒館幹什麼？當年那點骯髒的破事非要讓我父母知道嗎？不用你說，我現在就跟我媽說，說我當年行為不端，跟我老闆胡亂搞在一起。』

尚之桃拿起手機想打電話給大翟，準備跟大翟坦白她和欒念的事。手放在撥出鍵上很久，都不敢打出去。如果大翟老尚知道她在北京工作，做老闆炮友，那該多傷心啊，自己養的女兒品行不端呢！

把手機拍在枕邊，覺得氣沒處撒。又傳訊息給欒念：『吃一份花生米給一萬，就你有錢是吧？你怎麼不按粒付錢？』

不超過一分鐘，又收到三十萬轉帳。

欒念還回訊息給她：『三十粒（妳家贈菜太小氣）。』

再過一下又來一則：『妳順便跟大翟說一下妳賣包不辭而別的事。客觀公允一點。』

尚之桃被欒念氣精神了，她從來都知道他難纏難搞，也知道他氣人特別有一套。但從前他氣人都是輕飄飄的，今天卻是用了大功夫了。

欒念一直對她賣包耿耿於懷，她以為她在雪鄉跟他說清楚了，也道歉了，這事總該過去了。可他呢？就用他那鈍刀子傷人。

將他這個號碼也封鎖，繼續睡覺。

尚之桃從前是一個睡眠很好的人，這幾年壓力太大，好睡眠開始稀缺。但碰到這樣了結大專案又決定整個公司都放假的日子，是必須要暢快睡一覺的。

她第二天睜眼的時候已經是中午，想起 Lumi 是下午四點的飛機，忙刷牙洗臉胡亂套上衣服出了門，趕去飯店接她。

欒念也在。

尚之桃有點詫異，以他從前的脾氣，這幾天接連聽到她講的話，該抬腿就走才對。

幾個人在路上都不講話，尚之桃把他們送到機場。下車取行李的時候，尚之桃從後車廂拿出裝好的瓶瓶罐罐遞給 Lumi：「大翟說妳愛吃，讓我多裝了幾罐。」

「妳媽對我的寵愛快要超過妳了。我等等要親自打電話給妳媽道謝。」

「吃完了再跟我說。她最近又研究了其他的好吃的，到時寄給妳。」

兩個人嘮叨個沒完，尚之桃又拿出一份禮物給 Will：「感謝您特批這次活動給我們執行，希望沒令您失望。」

「不超過兩百塊錢，我媽做的刀魚。」尚之桃解釋道。

Will 點頭接過：「謝謝。」

「不知道 Luke 也在，所以沒特別準備送您的禮物，請見諒。」

Lumi心裡「我靠」一聲，尚之桃對欒念這麼剛硬，真是超出她心理承受範圍了。可欒念臉色也沒變，只是看了尚之桃一眼轉身走了。

Lumi追上欒念，對他說：「Luke，我今天下飛機後要去其他地方，這些鹹菜我不方便拿。可以送你嗎？」

欒念嚴肅看著Lumi，認真的說：「妳知道妳為什麼混了這麼多年還不被開除嗎？」

「……為什麼？」

「因為妳聰明。」欒念伸手接過鹹菜：「妳跟她說，下次把禮物備齊。就算我不在場，也要單獨備出一份。接待禮儀都弄不明白還開活動公司？」

靠。

Lumi心裡罵了一句，倔驢這嘴真是厲害了。你但凡態度好點，今天能不備鹹菜給你？只是鹹菜啊！都沒有你的！她甚至想鑽進欒念腦袋看看他腦子裡裝的是不是屎。

她又追上去：「您可以自己跟她說哦！」

這一句戳到欒念肺管子了，他倒是想說，尚之桃給他機會嗎？這幾年別的長進沒有，封鎖別人倒是練得挺好。

Lumi見他不講話，又說了一句：「是不是Flora封鎖您啦？那您是不能自己跟她說。」伸手搶過那禮物袋，轉身走了。她才捨不得給欒念吃呢！那可是大翟親手做的，Lumi最愛吃了。

欒念這個人，明明是個好人，卻長了一張破嘴，還有一張面癱臉，公司裡多少人怕他？新來的實習生卻喜歡他，偷偷問 Lumi：「Luke 是單身嗎？」

「是，去追。」Lumi 丟下這一句。

那女生真的去追，每天跟欒念裝偶遇，主動幫他做報告，他在公司熬到幾點她就幾點下班，堅持了兩個星期。

突然有一天小女生很沮喪。Lumi 問她：「妳怎麼啦？」

「Luke 說讓我離他遠點。」

其他的事 Lumi 只是道聽塗說，但 Luke 這幾年越來越嚴格大家卻是有目共睹的。不僅如此，最令人費解的是他不近女色。宋鶯多漂亮，多喜歡他，他不為所動。時間久了，就有謠言傳出來，說欒念的性傾向不是女生。傳得很神，說他身邊的男人各個好看，是同個圈子。Lumi 聽得直著急，Luke 怎麼能喜歡男人呢？她想幫欒念澄清，可當事人都不在乎，時間久了，大家就都默認欒念的性傾向是男生了。

當飛機從冰城起飛的時候，欒念的心就很空。

有些人你見不到她，但她就立在你的記憶裡，幾年過去了不見模糊；見到她，她現在牙尖嘴利，專挑狠的說，扎的人心疼得要死。

欒念從來沒嘗到過這種滋味，他甚至不懂如何處理。他從小習慣硬碰硬，不服軟，也不低頭。曾想過再見到尚之桃之前要聊些什麼，甚至打過腹稿。結果腹稿沒用上，他見她之後就想弄清楚，為什麼要打折賣掉那些包，為什麼不辭而別。

尚之桃跟他解釋了，答案又更令他難過。

他第一次發現他拿尚之桃沒有辦法。

她身邊有很多異性，她在其中遊刃有餘。跟他講話直中要害，多一眼都不會看他。

『欒總回來了嗎？』陳寬年在群組裡問他：『可以請我吃飯了嗎？』

欒念不講話。

陳寬年又說：『欒總遭受沉痛打擊了？你請我吃飯，我教你怎麼泡妞啊。』陳寬年口無遮攔，他抱得美人歸，就替欒念著急。他覺得欒念還不如宋秋寒，宋秋寒性格也不好，從前陳寬年擔心宋秋寒孤獨終老。可他在林春兒面前突然開竅。欒念呢，跟一個女生牽扯這麼多年，還不開竅。

屁都不懂！

『來酒吧吧。』欒念把行李放下就去了酒吧。陳寬年和譚勉到了，正在喝酒。看到欒念就笑他：「看看這個失意的男人！」

他們開始說教，比如怎麼花言巧語、怎麼哄女生開心、怎麼適時跟女生更進一步，欒念聽得頭疼。

終於忍不住：「你們上了同一個渣男培訓課？」

另外兩人面面相覷，過半天說：「為你好。」

「為我好，那你把收藏展放到冰城吧！」

「我不去，太冷。」

「那我傳你前兩年在黃金海岸的影片給你心愛的考古博士。」欒念拿出手機，陳寬年忙舉手投降：「我去。」

「那你現在打電話溝通業務。」欒念把尚之桃電話傳給他。

「用你手機打不就好了嗎？」說完這句恍然大悟：「又封鎖你了？」

這個「又」字用得好，欒念看了他一眼不再講話。

陳寬年打通電話，聽到那頭一個很溫柔的聲音：『你好。』

「尚之桃嗎？」陳寬年翹起二郎腿：「一個朋友把妳介紹給我的，說你們是冰城的活動執行公司。我要做一個收藏展和一個藏品發布會，找妳行嗎？」

尚之桃愣了愣：『請問您方便提供一下公司資訊以及活動訴求嗎？』

「我加妳？」陳寬年朝欒念挑眉。

『好的。』

陳寬年掛斷電話加尚之桃好友，一邊加一邊念叨：「這有什麼難的？為什麼有的人一而再再而三被封鎖了呢？」

加了好友把自己的想法傳過去，過了一下尚之桃傳來她的想法以及初步報價，很實在了。

又問他：『我方便問一下是哪位朋友介紹的嗎？』

欒念說：「不用回答。問你名字不用說，就說你姓陳。」

「怕人家聽到你的名字不接這單子？」陳寬年嘖嘖一聲：「有生之年，終於見到有人能收拾軟硬不吃的欒念了。」

陳寬年當然沒回答，但約了後天冰城考察。

欒念跟去了。

尚之桃去接機，一眼看到欒念，然後才是他身邊的陳寬年。她看過陳寬年的照片。有些事很奇怪，從前在一起那麼多年，她沒見過他的朋友。不到短短一週，先是宋秋寒，然後是陳寬年，他的朋友一個接一個蹦了出來。

「尚之桃嗎？」陳寬年主動伸出手。

「您好陳總。」尚之桃摘掉手套與他握手，又朝欒念伸出手：「欒總您好。」

陳寬年噗一聲，笑他們欲蓋彌彰，又忍住笑，好整以暇看著他們。

欒念伸出手握著她的，她的手冰涼涼的。指尖在她手背上摩挲一下，收回了手。

「陳總吃飯口味有偏好嗎？有什麼忌口嗎？」尚之桃一邊開車一邊問陳寬年。

「聽說有家酒館……」

尚之桃看了欒念一眼，他正看著窗外，鼻翼陰影投在臉上，側臉輪廓真的好看。她不知道他在想什麼，為什麼要在時隔好幾年之後來糾纏。就為了心裡那口氣嗎？像從前一樣，下一張網，慢慢把她網進去。他圖什麼呢？

付棟接陳寬年進酒館以後，尚之桃拉住欒念手臂。

欒念停下來看著她，眼落在她的手上。

「你什麼意思？」尚之桃在他的注視下收回手。

「沒什麼意思。介紹客戶給妳而已，妳就當我精準扶貧了。」北國太冷，這一天又大降溫，欒念的耳朵被凍得通紅，鼻尖也紅，眼睛也有一點紅。昨天陳寬年他們的話他都聽進去了，他們說如果你想跟她好，你就要把姿態放低。

「你是不是想像從前一樣睡我？」尚之桃又被欒念傲慢的態度激怒了，她覺得她今天的藥也白喝了。

「行。」她點頭：「我明白了。欒總又要斥巨資睡人了，哦不對，這次還搭上了關係網。」

她手放在門把上，開門前對他說：「今天晚上，誰他媽反悔誰就是傻子！」

「你給我留下！」

兩個人站在酒館外面大眼瞪小眼。

「留哪？」欒念問她：「妳讓我留哪？」

「所以妳邀請我跟妳睡覺是嗎？」欒念嘴角扯了扯：「妳今天別喝酒。妳喝酒睡覺不消停。」將尚之桃的手從門把上拿開，又說：「哦對，那是幾年前。妳現在喝酒還咬人嗎？」

兩個人大衣擦著大衣，尚之桃卻能察覺到他肌膚的熱意。向後退了一步。

「妳現在這麼厲害，是不是不喝酒也咬人了？」

欒念吐出這幾次被尚之桃機關槍一樣的嘴掃射出的老血，覺得神清氣爽。開門走了進去。

大翟看見他愣了一下，他卻笑笑：「您好，上次的花生米可以再送一份嗎？」

伸手不打笑臉人。

大翟回身端了花生米給他。

尚之桃因為喝藥不能喝酒，就讓付棟陪著。

陳寬年問她：「不喝點？」

「我在喝中藥。今天不能陪您喝了。」

大翟端菜過來，欒念站起身來接，她手一轉，看了欒念一眼，又放在他手上。

陳寬年看欒念一眼，端菜這活也主動幹，臉皮練的可以。就問他：「你不喝點？」

「我不喝。我晚上有事。」欒念回答他，眼落在尚之桃冷熱交易後通紅的臉頰上，像個年畫娃娃，還挺好玩。

「你有什麼事？」陳寬年問他。

「重要的事。」

看看誰今晚要做傻子。

尚之桃卻不看他，陳寬年看他們那德行，覺得特別精彩。一副看好戲的樣子問欒念：

「上次要帶我們見那個女朋友，什麼時候安排？」

「隨時。」

尚之桃喝了口溫水，淡淡看了他一眼。

好不容易挺到酒局結束，尚之桃跟大翟打了個招呼然後出了酒館，陳寬年問欒念：「去下半場嗎？」

「不去，說過了，我有事。」

「那我回飯店等你。」

「嗯。」

付棟有眼色的走了，只剩尚之桃和欒念，兩個人就這樣站著。

「怎麼走？」欒念問她。

「附近。」尚之桃轉身就走。

欒念跟在她身後，兩人之間留有一公尺的距離。尚之桃聽到欒念在她身後腳踩在雪地上咯吱咯吱的聲音，滲進人耳中，癢酥酥的。忍不住打了個冷顫。

欒念走到她身邊，問她：「盧克還活著嗎？」

「牠剛幾歲？為什麼沒活著？」

「在妳那嗎？」

「在。」

「妳為什麼喝藥？」

「我內分泌失調。」

都不再講話，就這樣走到她家樓下。尚之桃買的地段不錯，新社區，位置也好，社區綠化也好，裡面有水系有花園，停車場很大。欒念一直陪她走到樓下，尚之桃拿出門禁卡開了門，身體靠在門上避免門關上：「上來嗎？」

欒念搖搖頭對她說：「不。」

「誰退縮誰是傻子。」

「我只是不想跟妳睡。妳把盧克帶下來。」

「不想睡覺你幹嘛呢一次一次的，又是錢又是人的。」

欒念看著她，突然笑了：「沒什麼，我閒的。妳把盧克帶下來。」

「不行。」尚之桃拒絕他：「我不會讓你見盧克。」盧克見你會傷心，你走了他又要難過很久。

「那妳上去吧，我回飯店。」

「欒念。」

尚之桃叫住他：「你別來了，也別介紹生意給我了，我說真的。我們兩個牽扯了那麼多年，我真的累了。我就想安心過我的小日子，把我的小家和人生打理得井井有條，做點自己喜歡做的事。我沒別的想法了，真的。」

「說完了？」欒念問她。

「說完了。」

「嗯。那輪到我說幾句了？」

「你說。」

「那時我說要跟妳談談，妳說好。我從美國回來，妳人不見了。這些都不重要，那天下著雪，妳從我家離開，讓盧克還跟妳還是跟我。」欒念哽在那，過了一下說：「那種感覺就他媽像離婚一樣！」

「離婚還得協商離婚條件呢！妳呢！拍拍屁股走了！」

欒念轉過身去，他眼睛熱了。尚之桃離開後的每一個難眠的夜晚他都覺得他不配被愛，他一遍遍回憶他們之間發生的事，明明一切都朝著好的方向走，但一切就那樣戛然而止了！

「妳以為那六年只有妳付出真心了對嗎！那我的真心呢！我他媽沒努力過嗎！」

「我現在就想見盧克！牠自從抱回來有一半的時間跟我在一起！我做吃的給牠！遛牠！帶牠爬山！我現在想見牠為什麼不行？！」

「因為盧克是我的狗！」

「但是妳的狗叫盧克！用我英文名字翻譯過來的！妳的狗是我訓出來的！跟我最好！」

兩個人都不講話，就那麼看著彼此。就像一場角逐，總該有勝負。

不僅欒念對那些包耿耿於懷，尚之桃也是。她賣了那些包，覺得自己那樣做走得不漂亮，那些錢她一分都不敢動也不想動，生怕動了自己的良心就會痛了。她也心疼盧克，狗不會講話，但傷心的時候是真的。

「你想見盧克是嗎？」

欒念抿著嘴不說話。那就是真的想見，尚之桃懂。

尚之桃轉身上樓，把盧克帶下來。天色已晚，盧克剛走到樓梯間，就聞到有熟悉的味道。牠滋滋滋的叫，跳起來讓尚之桃開門。尚之桃站在那想了很久，對盧克說：「你可以見他，但他不會永遠留在你身邊。如果你難過，只難過一天好嗎？」

「汪！」好像在說好，又好像什麼都沒聽懂。

尚之桃開了門。

欒念看到一個大白球跑向他，緊接著躥到他身上，他沒站穩，向後摔到了地上。盧克叫著舔他臉，在他身上跳來跳去，欒念被牠踩得咳了一聲，一隻手臂擋在眼睛上，另一隻手臂緊緊摟住盧克，笑了。

尚之桃站在一邊，想起欒念說的那個夜晚，她問盧克要不要跟她走，盧克左右為難。狗是通人性的，你真心對牠好，牠什麼都知道。

欒念終於站起身，大衣上、褲子上都是雪，盧克還在向上跳，他接住牠，將牠抱起來。

「你怎麼瘦了？她不讓你吃肉？」

盧克嗚嗚叫一聲，好像很委屈。

「牠現在很健康。」尚之桃說道：「你把牠放下。牠得去尿尿。」

欒念聞言放下盧克，尚之桃蹲下身幫牠拴上狗繩，在深夜裡遛牠。欒念跟在她身邊，不言不語。

他們走了將近半個小時，天氣太冷了，尚之桃受不了了。她明明是冰城女孩，現在卻特別怕冷。天氣稍微冷點，她就要穿好多衣服。這幾年熬夜把她熬虛了。

凍得牙齒磕在一起，對他說：「我回去了，你說得對，我沒有權力不讓你見盧克。盧克確實也是你帶大的。你以後想看牠你就來，我把盧克帶到樓下跟你玩。」

「上去吧。」

「好。」

尚之桃帶著盧克上了樓，幫盧克洗了爪子，擦了牠身上的雪水，走到窗前看到欒念還站在那，不知道在想什麼。她把欒念從黑名單裡放了出來，打給他。

欒念接起。

「天冷，你回去。」尚之桃說。

『嗯。』

「然後欒念，我還有幾句話。」

『說。』

「別再莫名其妙轉帳給我，別再刻意去見我父母，也不用介紹生意給我。我說真的，我不喜歡你的錢。你轉帳給我的感覺就像當年送我包一樣，讓我非常非常不舒服。我真的不喜歡。如果我們有緣分，說不定什麼時候就能見到。如果我們沒有緣分，就到這裡也挺好的。當然，我還是隨時歡迎你來看盧克。」

『好。』

這幾年創業不容易，但尚之桃非常開心自己花的每一分錢都是自己辛辛苦苦賺的。她覺得花這樣的錢，她人格是獨立的也是高貴的。

她掛斷電話，看到欒念又站了幾秒鐘，轉身走了。她站在樓上能看到一串腳印一直跟著他，直到消失在她家樓下。她想，該放下的放下，讓過去的過去，讓開始的開始。盧克坐在她身邊，也跟她一直目送欒念離去。

盧克算中老年犬了。大型犬的壽命短，再過五六年盧克也會走的。尚之桃後悔過養盧克，沒養的時候覺得狗很可愛，狗能陪伴人，養了，就會發現牠跟孩子一樣。每天惦記牠照顧牠，擔心牠生病，也害怕牠死亡。

欒念坐了第二天一早的航班走了。

他認同尚之桃。他們都應該跟過去和解，也該跟自己和解。

尚之桃帶陳寬年看了兩天場地，陳寬年罵了兩天欒念的不辭而別。陳寬年嘴碎，也有一點頑劣，塞車的時候問尚之桃：「妳覺得欒念人怎麼樣？」

「說真話啊！別說場面話。」陳寬年對她說。

「你們知道我們的事了對嗎？」尚之桃問他。

「早就知道。」

「那你們是怎麼看待我的？我方便問問嗎？一個剛畢業的女學生，勾引男老闆，以獲得工作空間和經濟報償。」

「我們啊……」陳寬年笑了笑：「我們所有人都覺得欒念活該。自己的朋友自己了解。他那種人如果輕視妳，肯定不會跟妳一起那麼久。他工作能力強，但嘴是真不行。嘴硬，嘴臭，性格也不好，適合孤寡一輩子。」

尚之桃噗哧笑了：「其實不是。他人挺好的，就是嘴不好。那時我在凌美工作，他教會我很多很多。」

「別的呢？」

「別的，都是過去的事了。」

陳寬年偷偷對譚勉說：『欒念要完蛋。人家女生說了，那都是過去的事了。』

『欲擒故縱？』

『不像。以我對女人的了解來看，真的。如果欒大爺還不放低姿態，這老婆肯定是要飛了。』

『回來再說吧。』

場地確定後，陳寬年痛快簽了合約。然後打電話給欒念：「兄弟這輩子就講究一個情義，該做的我都做了，我也不知道還能幫上你什麼。你老婆，不對，你前女友真不錯。」說完掛了電話。

都沒給欒念講話的時間。

好與不好，欒念知道。

他回北京後去逛了一次街，買了兩件適合極寒天氣穿的羽絨外套，一件中長款一件長款，累計兩萬多。然後問了付棟地址，付棟也沒多問，直接報了尚之桃的地址，欒念寄給尚之桃。甚至沒有署名。

尚之桃知道是他送的，想退回去。

收到他的訊息：『一點心意。穿著多遛一下盧克。』

再過幾天，收到欒念買給盧克的狗零食，還有狗玩具。

尚之桃回家裡吃飯，大翟又說起相親的事，尚之桃放下碗筷，很認真的看著大翟：「媽，是不是只有我結婚了妳才會覺得我過得好？」

「不是。」大翟搖頭：「就是覺得妳老了有人能照顧妳。」

「可是這些相親對象我都不喜歡。」尚之桃握住大翟的手：「媽，我不想相親了。每次相親坐在那裡，明碼標價，像是待售的商品。今天這個說在冰城三十出頭的女生還不嫁就是老女人了；明天那個說我的工作常年出入飯店，還要應酬，他不喜歡；也有什麼都不說的，最後問我接不接受結婚後跟婆婆一起住，不接受只能住在我那裡。」

「我覺得我的人生不應該是這樣的。我可能不會結婚。也可能會結婚，但那都是緣分。我想平平常常認識一個人，慢慢相處，合則聚，不合則散。您看行嗎？」

這話說得大翟挺心酸的，點點頭：「行。不結婚也行，不結婚就多賺錢。」

「好。」

二〇二〇年春節過得並不容易。大家都被關在家裡大眼瞪小眼。年三十的時候外面靜悄悄的，像是都忘記了這個年。欒念這一年沒有去美國，梁醫生和欒爸爸回來了，一家三口在欒念家裡過年。

梁醫生在廚房裡做年夜飯，欒念在一旁打下手。

梁醫生接過他遞來的洗好的蔥，一邊切段一邊說：「我們不住在這裡啊。好多年以前你爸跟宋秋寒爸爸他們幾個人一起在城裡買了房子，我們住那邊，方便。我們不願意跟你住在一起，年紀相差大，生活習慣都不一樣。而且我們住在這裡，你也不好往家裡帶人不是？」

「帶誰？」

「帶誰都行。」梁醫生抬起頭看欒念，他的兒子正在剝蒜，微微垂著眼，並不開心。就問他：「跟尚之桃還有聯絡嗎？」

「嗯。不多。」

梁醫生有點替欒念難過。那時欒爸說欒念一定會搞砸，梁醫生是不信的。總覺得那女生能再等等他，等他學會表達愛。很多事長輩不好插手，總該聽從孩子自己的意願。

他們坐在一起，梁醫生舉杯：「好像很久沒有一家三口單獨過年過了。為這清淨的一年碰杯吧。」

欒爸爸哼了一聲：「妳也知道清淨好。天天呼朋喚友，家裡沒有安靜的時候。」

欒念在一邊看他們打嘴仗，一邊悶聲吃飯。從他記事起就沒過過這麼蕭條的年了。新年鐘聲敲響的時候，欒念傳訊息給尚之桃：『新年快樂。內分泌失調好了嗎？』

『好多了。』

『什麼是好多了？』

『就是……見好。』

『妳把妳的藥方和原來的化驗結果給我。』

『？』

『找人幫妳看看。』

『不用了。謝謝。』

尚之桃婉拒了欒念。繼續調理就好了，不是大事，也不想過多牽扯。

再過幾天，她收到消毒水、口罩，滿滿一箱東西。主動傳了一則訊息給欒念：『謝謝。』

『不客氣。』欒念回她：『妳的活動公司怎麼辦？』

『尋求其他出路。』

不然能怎麼辦呢？大概要面臨倒閉了。

專家都說這是持久戰，公司預算縮緊，減少員工 Team Building 次數，很多從前的業務都做不了了。公司的薪水是照發的，但這樣下去尚之桃挺不了太久。

她問張雷：「我現在做代理可以嗎？」

『啟動資金解決了？』張雷問她。

「嗯，很快。」

尚之桃不知道自己這輩子還有沒有這樣的勇氣了。決定是在一個深夜做下的。付棟喝多了酒傳訊息給她，說：『老大妳別怕，無論公司什麼樣，我們都不走。沒薪水也行，妳別上火就行。』

尚之桃在那個夜晚哭了一鼻子。眼看著幾年的心血就要白費了，這太令人難過了。

尚之桃賣了車抵押了房子，加上這幾年的積蓄，湊起來有一百多萬。還有一些客戶的欠款需要收回來。銀行抵押貸款下來那天，已經快到夏天了，她的公司苦撐了幾個月，只有幾個零散訂單。瀕臨倒閉的活動公司，還有她岌岌可危的職業生涯。

她安慰自己：至少妳還有破釜沉舟的勇氣，沒有被殘酷的現實打垮。

她身上揣著的卡裡有一百五十餘萬鉅款，是她的全部身家。尚之桃一邊覺得悲壯，一邊又覺得可笑。

她朝家門口走，口罩捂得她透不過氣，周圍沒有人，順手摘下口罩把它放進防菌袋裡，再抬頭時看到欒念站在那。

也說不清為什麼，所有委屈一瞬間湧了上來，突然就哭了。

第三十四章　徐徐圖之

尚之桃上一次在欒念面前流淚已經是幾年前。

那天她崩潰了，牽著盧克從他家裡離開，在雪中走了很久很久。欒念記得那天，他在她身後跟著，卻一直沒有走上前去。

後來他無數次後悔過，為什麼在她痛哭的時候沒有上前擁抱她？

欒念走到她面前，嘆了口氣，把她攬進懷裡。尚之桃額頭抵在他胸前，兩個人之間還有距離，就這樣哭了一頓。淚水滲進欒念的衣裳，將他的心口打濕。他想用力擁抱她，又察覺到她的抵抗。就鬆了手，任由她的頭靠著。

等她擦完眼淚，覺得有點尷尬，對他說謝謝，輕輕推開他，向後退一步。

「你來看盧克嗎？」

「是。本來解禁之後就想來，但是被很多事耽擱了。」

「好的，我把牠牽下來，你稍等。」

尚之桃上樓把盧克帶下來，他們又有好幾個月沒見，盧克再次瘋了。叼著自己的狗繩遞給欒念，讓欒念一圈一圈遛牠，期間尚之桃說了兩次該回家了，盧克要麼一坐，要麼脖子向後，總之就是不肯回家。

「沒事，我再遛牠一下。」

「不用了，你上來陪牠玩吧。」

「方便嗎？」欒念問她。

欒念從前什麼時候問過她方便嗎？他想做什麼就做什麼，永遠任性。尚之桃認真想了想：「方便，你上來吧。」

盧克聽到這句，拉著欒念朝前跑：「快，回家。」

牠一進門就喝了半盆水，在外面走那麼久要渴死了。喝完就哼一聲趴在地上，看著欒念和尚之桃。

尚之桃為欒念拿了一雙拖鞋，指了指沙發：「坐吧。」

「好。」

這是欒念第一次來尚之桃家裡，她的家裝修得很溫馨，尤其是客廳那面書牆，溫馨至極。

「參觀一下？」他問尚之桃。

「好。」

尚之桃帶著欒念參觀她的家，她把其中一間臥室改成了健身房，另外兩間臥室，一間主臥，一間次臥，都裝得很簡約。

「你坐一下，我燒點水。」尚之桃對他說，然後去燒水。

欒念站在書牆前，隨便抽了一本書，在第一頁夾著一張讀書筆記，字體遒勁有力，但不是尚之桃的。

尚之桃的字不是這樣的。欒念輕輕把書放回去。

「喝溫水可以嗎？家裡沒有冷飲了，還沒來得及買。而且大家年紀都大了，盡量別喝太涼的。」

「……」

欒念下意識想說她，想起譚勉他們在他來之前無數次叮囑他：「別把事情搞砸。」就把話吞下去，接過尚之桃的水。

「妳剛剛怎麼了？」

「沒怎麼，就是剛剛做房產抵押拿到錢，心裡有點不舒服。」

「為什麼抵押房產？」

「因為我們公司快熬不下去了。今年做活動的公司少了，員工開銷、房租都需要錢，而且還壓著幾十萬尾款沒收回來。」

「嗯。」欒念嗯了聲，低頭喝水。

「你想說什麼？說吧。」

「我想說，妳怎麼回事？妳開公司不做備選出路？一條路跑到黑？哦，妳想做代理，那妳為什麼不早開始做？」欒念還是沒有忍住，他嚴肅的時候非常嚇人。

「我沒有啟動資金。」

「我有。」

欒念一句我有，讓尚之桃安靜下來。她看著他，她從前特別依賴他，無論遇到什麼事她都會想：「我要去請教Luke，Luke會指點我。」但她現在走出了那種依賴，建立了自己的心智體系，她甚至不喜歡那樣的依賴。

她把卡拿出來放到桌子上：「我把房產進行了抵押，賣掉了車，我還有一點存款。我可以重新開始。」

「欒念，我不需要你幫我。儘管我知道你是出於好心，但是謝謝你，這次我想靠自己。以後我也想靠自己。」

尚之桃不喜歡依附。

她既然破釜沉舟，就做好了一無所有的打算，卻也想將事情做成功。畢竟還有十幾個人等著她的決策。

「那妳剛剛哭什麼？」

「……我不知道，我想哭就哭，我哭還需要想好理由嗎？」

盧克察覺到他們之間氣氛緊張，突然站了起來，跑到他們中間面朝欒念坐下，伸出了舌頭。

「妳不需要想哭的理由，但妳現在需要想想我沒有衣服穿怎麼辦。」

「什麼意思？你身上穿的不是衣服嗎？」

「我不喜歡穿髒衣服出門。」

「我現在幫你買。」

尚之桃站起身向外走，欒念跟在她身後一起出門。

「你不是不喜歡穿髒衣服出門？」

「買衣服不用試？妳知道我尺寸嗎？」

「隨便買一件不就好了嗎？」

「我從來不隨便。」

尚之桃沒有車了，欒念沒開車來，兩個人出了門就這樣站在路邊。欒念手插在口袋裡看尚之桃攔車，鼻尖還掛著汗珠。突然就想起第一次去廣州出差，吃飯時他的眼掃過她的臉時那一瞬間的失神。

「一無所有的感覺怎麼樣？」欒念開口問她。

尚之桃抬起頭看著他：「挺糟糕的，但也挺爽的。說到底我也是一個賭徒。」說完兀自笑出聲，還是那個很活潑的女生。

那就祝妳成功吧！

他們好像從來沒有一起逛過街。

進了商場，尚之桃想直奔男裝店，欒念卻轉進了咖啡店，要了一杯冰美式，一瓶蘇打水，還有一塊蛋糕找臨窗的位子坐下。

將蘇打水推給尚之桃，兩個人面對面坐著。

冰城臨夏的天氣很舒適，他們難得沒有吵架，也放下舊時種種，一起坐了一下。

欒念跟尚之桃講了一些事。

他講起父母回國，每週他會去城裡找他們吃飯。也說起尚之桃見過的宋秋寒和陳寬年的事，說起宋秋寒和林春兒，陳寬年和宵妹。

他講話有一句沒一句，但她都認真的聽。

說到陳寬年的時候，尚之桃說：「感謝他。他的收藏展尾款付得及時，恰巧趕在發薪日之前。」

欒念嘴角扯了扯。陳寬年不敢賴帳，是他盯著他轉帳的。

「所以，妳準備怎麼做廣告代理？」欒念認真問她。

「我有一個室友，現在在網路公司負責商業化。我跟他了解了目前行業的一些情況，也準備開始學習了。」

「學習什麼？」

「各種廣告從業者證書。」尚之桃想了想：「網路廣告跟從前凌美的廣告形態不同。雖然底層邏輯相通，但很多玩法不一樣。所以，我準備我們全公司都先考證。別著急上崗，持證上崗。」

欒念點點頭：「客戶呢？這種代理體系下沉市場都做得好，客戶都要被瓜分完了。」

「從前有一些合作過的商業超市和房產客戶同意拿錢讓我們做測試。所以我想先申請這兩個賽道。」

「挺好。」

「你沒有別的建議嗎？」

「妳不是想靠自己嗎？」

「但我可以聽你的建議。」

「我的建議就是，幹唄，相信妳自己。」欒念站起身來：「走吧，買衣服。」

「好的。」

尚之桃帶他去男裝層：「你挑一家，我不知道你喜歡什麼牌子。」

欒念隨便走進一家，指了一件衣服：「這件吧。」

售貨員見他氣質極好，就勸他：「現在打折，可以多買幾件。」

欒念轉身問尚之桃：「兩件？」

聽在外人眼裡像是他被包養了。

尚之桃愣了愣，說：「一件。」

「那妳付錢。」

「？」

「不然呢？我付？為什麼？」

尚之桃看到售貨員奇怪的表情，並不想跟他抬槓，付了錢走出商場：「你怎麼不換上？」

「還沒洗。」

她從前知道欒念是有一點潔癖的，沒想到過了這麼久，他的潔癖還在。但她現在真的更能尊重人的多元化了，就點點頭：「那你回去洗洗再穿。」

「好。」

黃昏了，欒念看著她站在黃昏中，一個乾乾淨淨的人。心就動了幾分。

「尚之桃，我明天還會來看盧克一眼，然後就去機場。如果以後有機會，我還會再來。」

「你隨時能來看盧克。」

「好。」

欒念向她走近一步，眼看著她的：「有一件事我覺得我有必要親口告訴妳。當年妳競崗專家，有兩份異常問卷。不是我評的。如果妳還能想起來的話，綜合評分最高那張是我打的。妳一直讓我公允，我公允了。我現在問妳一句，妳相信我嗎？」

尚之桃眼睛有點熱了。她其實知道的，她走後不到半年，Grace 因為受賄和不正當競爭離開了凌美，依欒念的脾氣應該要把她送進去，但她孩子尚小，欒念動了惻隱之心。還有另一份低分問卷，來自另一個專家評審。公司寄了全員郵件，在她重新聯絡上 Lumi 後，Lumi 第一時間截圖給她了。並且對她說：「妳值得。」

「所以，我的評分代表我對妳的態度。如果妳覺得妳剛入職凌美的時候水準很差，不夠自信、甚至離開的時候也覺得我看輕妳，那麼我要澄清的是，妳入職的時候的確很差，但妳離開的時候，卻是我帶過的最好的員工。」

尚之桃突然想起那六年，風裡來雨裡去，片刻不敢停下的那六年，咬著牙挺過的那六年。

含著淚對欒念說：「謝謝。」

「妳可以哭了，不用忍著。今天又不是沒有哭過。」

欒念這個人真的挺敗興的，他總是會在任何時候潑妳冷水。尚之桃被他氣笑了，指尖擦掉淚水：「謝謝你。」

「不客氣。」

欒念轉身走了。

譚勉他們對他說：「人與人之間，要拿心換。」他也剛剛開始學習，愛情是一場長久修煉。只是他學得太晚了，他已經錯過了尚之桃愛他的時候。

尚之桃目送欒念走，到家之後拉了一個線上會議，她的新夥伴們都上線了。付棟帶著幾個人轉做銷售，其餘幾個人劃到付棟同學方可那裡跟其他女孩一起做投手和營運。

尚之桃在會上說：「我知道我們起步晚了，我也知道這似乎不是最好的時機，但是我抵押了房產賣掉了車子，不準備回頭。」

「所以，戰友們，可以開始戰鬥了嗎？」

當你需要真的去重新熟悉一個業務的時候，要處理無數的資訊。尚之桃在現階段只對團隊提出學習的要求。她在會議上說：「這個業務除了方可和營運的女生們，其他人都不懂。不懂的時候怎麼辦呢？我們需要學習。所以我請方可幫忙制定了學習計畫，未來兩個星期，我們將在公司封閉學習。從下週一開始，大家先好好過個週末。」

『那我分享一下學習計畫。』方可說。

「好啊。我還有一個要求，因為大家現在什麼都不懂，所以我們先聽懂的人做決策。也就是說，這段時間，大家都聽方可的。」

尚之桃是敢於放權和授權的，她永遠記得凌美的準則：誰行誰上。

她開會的時候盧克就趴在她旁邊，等她開完會就變成她的尾巴，她去哪牠就去哪，伸著舌頭笑，看起來很開心。

「你很開心嗎？」尚之桃問牠。

「汪！」

「好的，我知道了。你這個老叛徒就這麼喜歡他？哦對，你們兩個一樣，都是老『男人』了。」尚之桃用手指點盧克腦門，盧克好像聽出這不是好話，輕輕咬她指尖跟她玩。

『我明天走之前再去看盧克一眼。』欒念傳訊息給她。

『好的。』

尚之桃翻兩個人的訊息紀錄，欒念講話從來很簡短，他一直不喜歡囉嗦。將近半年的時候，他們共有不到五十則對話，多半是：『已寄，注意查收。』也不說寄了什麼。

尚之桃回他：『好的。』

『身體可好？』

『挺好。』

他們這樣的溝通頻率和內容，總覺得像是一個渣男在跟備胎庫裡的人溝通。

尚之桃沒有問過欒念的感情狀態，欒念這樣的人，身邊怎麼會少女人呢？好像盧克變成了他們之間唯一的紐帶。他們之間之所以還能這樣平靜的講話、見面，是因為欒念太愛盧克了。

又不僅僅是這樣。

尚之桃說不清，她覺得她和欒念之間又繃起了一根無形的弦，平時看不到，但她知道那弦就是在那裡。可那弦又跟從前不一樣，從前她知道那弦一定會繃斷，而這一次彈性更大，他們都不敢太用力，生怕回彈傷到自己。

欒念第二天來遛盧克的時候，尚之桃剛剛起床。開了門，讓欒念帶盧克下樓，自己轉身去折騰一口吃的。她依舊不會做飯，所以家裡永遠備著麵包片和牛奶。

扯著麵包片塞進嘴裡，突然想起在欒念家裡吃過的那些好吃的早餐，頓覺索然無味。就放下麵包片翻箱倒櫃找吃的，發現什麼都沒有。

欒念回來的時候看到她坐在那發呆，就把盧克狗繩解了：「怎麼了？」

「我餓了。」尚之桃看著他：「你吃了嗎？」

「沒吃。」

「出去吃早餐嗎？我請你。」

「不用，我不愛吃。」

欒念嘴依然那麼刁鑽，他喜歡吃的東西太少了，不如自己做。

挽起襯衫衣袖去廚房，發現她家裡連顆雞蛋都沒有。

「妳就是這麼過日子的？」他問她。他其實有一點生氣，她的家看起來乾乾淨淨，卻連吃的都沒有。如果這樣下去，她一個人餓死在這屋子裡都不一定有人發現。倒是能上新聞，新聞會說：大齡單身女子不會做飯，餓死於家中。

「我可以去我媽那吃。」

「妳也可以學會自己幫自己做飯。」

「我不會。我認真學了，失敗了。」

欒念看她一眼：「所以油鹽醬醋妳分不清是嗎？」

「煮雞蛋不會放水是嗎？」

「或者妳連超市都不會逛？」

「說實話，我真不知道這有什麼難。」欒念想不通，資料公式難嗎？她純手工輸入。項目書難寫嗎？她一寫幾十上百頁。做個飯就那麼難？

「我為什麼要學做飯？我可以叫外送，我可以回我媽那吃，我也可以找個會做飯的男朋友。」

會做飯的男朋友是尚之桃順口說的，欒念眼風過來的時候她察覺到有寒氣。

欒念不喜歡那句話。譚勉他們的說教全白費了，他沒辦法在她說出這樣的屁話的時候給她好臉色。嘴角動了動，走出廚房。前臂抬起來，另一隻手拇指食指繫袖釦。這麼多年過去了他穿衣服永遠精緻，精緻到每一個袖釦，都要他自己喜歡。

一個永遠不肯將就的男人一定很累吧？

尚之桃坐在那看他將襯衫整理好，就問他：「要走了？」

欒念沒有講話，朝門口走。盧克跟在他後面要一起出門，他停下來蹲下身：「我要回去工作。你跟你媽媽一起玩。」

「姐姐。」尚之桃糾正他。

「你跟你三十多歲的姐姐一起玩。」欒念說完這句起身，向外走。

剛邁出兩步，就聽到尚之桃跟盧克說：「跟你快四十歲的哥哥說再見。」

欒念回頭看她，她倔強的仰著脖子，神情還有不服，不願在這場鬥嘴中敗下陣。欒念嘴角動了動，算是扯出一個微笑，又像是帶著一點嘲諷：「祝妳二次創業順利。」

「謝謝。」

尚之桃和盧克在窗前看欒念消失不見，又拿了麵包片和牛奶隨便吃。

到週一的時候，快遞打電話給她：『有妳的冷凍快遞。』

「哈？」尚之桃有點納悶，從公司攔車回家，接了一個保麗龍箱。打開一看，真是冷凍，冰還沒化透。裡面有鮮牛奶，還有一小盒桂花。

欒念的桂花牛奶好喝，是因為乾桂花淋上糖漿，再烘乾，撒到牛奶上，喝的時候有糖漿的甜味，還有桂花幾乎很難被察覺的香氣，酥甜的口感讓人上癮。

尚之桃自己研究過，可她做不好。迫不及待煮了牛奶，倒出來，撒了桂花上去，一口入腹，彷彿回到多年前，她在他家裡起床的那些早上，他做了早餐，順便推一杯桂花牛奶到她面前。

心突然就軟了一下。

拿出手機，添加他好友。

欒念正在開無聊冗長的董事會，看到有新添加好友提示，添加請求備註是尚之桃，覺得心裡有一塊地方被光打透了一樣，遮掩不住的好心情自他心房蔓延到唇角。

笑了。

通過她的好友請求，點開她的頭貼來看，應該是她出去玩，冰天雪地裡的臉部特寫，臉頰通紅，笑得開心。再看她的個人頁面，乾乾淨淨，什麼都沒有。

大概是二〇一七年的時候，聊天APP推出一個回顧功能，欒念無聊順手點了參與。回顧的第一項就是你的第一個好友是誰，你們還在聯絡嗎？欒念看到當年尚之桃的小小頭貼。他記得他們加好友那天，她好像在出差，傳了邀請給他。

他問她：『什麼？』

『下載一下嘛。』

欒念加了。

那天那個回顧真是要了欒念的命，他想，第一個添加的那個人消失了。

我找過她，我知道她在哪裡，我尋求一個好的時機出現，但好的時機遲遲不來。

此時的他坐在會議室裡，傳給尚之桃一個問號。

『謝謝桂花牛奶。』

『不客氣，希望妳早日找到會做飯的男朋友。』說的是氣話。

尚之桃在計程車上看到這則訊息笑了。

司機問她：「遇到好事了啊妹妹。」

「沒有。遇到一個挺逗的人。」

尚之桃昏天暗地的開始了學習。

線上廣告的邏輯非常複雜，核心是將資料指標吃透，方法論自然就出來了。她要求公司所有的人都必須會算數，也要求大家記住所有行業術語。

CPM、CPC、CPA、CTR……上百個簡寫放出來，隨便指一個大家就要說清楚是什麼意思，資料放出來，大家就要會算。女生們當然沒有問題，她們從前就是泡在系統和後臺裡折騰素材、研究資料，小夥子們叫苦不迭，一群泡會場的粗人，突然跟資料指標打交道，腦子一下子都秀逗了。

尚之桃看他們愁眉苦臉，忍不住笑了半天，心說：你們這群小笨蛋。

突然就想起欒念以前總說她。

──「妳帶腦子了嗎？」

──「妳能用一下腦子嗎？」

──「妳的腦子不用留著幹什麼？」

她不會這樣說她的員工，欒念對人太嚴苛了。

中午的時候她去公司天臺吃飯，Lumi傳一段影片給她：欒念在會議中噴人，在座人等不敢講話。尚之桃一下子就回到了有欒念在的會議時的恐怖之中。

『看見了嗎？倔驢只能更倔，變成一個最倔的性傾向男的老驢。但驢永遠是驢。』

『妳這麼說他不怕被他知道？』

『我不怕他。』Lumi 傳來一張「老娘怕過誰」的圖：『我敢說，我是公司裡第二個敢惹他的人，第一個是 Tracy。』

『公司外呢，我覺得只有一個叫尚之桃的人敢惹他。』

『別，我不敢。』尚之桃立刻承認膽小。

天臺的風很舒服，吹得尚之桃昏昏欲睡。她因為有一杯桂花牛奶加持，覺得今天過得算很好。就這樣昏天暗地的學習，到了週末的時候，突然想出去走走。

於是租了一輛車向城郊開，帶著盧克。

隨便找了個農家樂辦了入住，就帶盧克出去跑。盧克喜歡郊遊，一人一狗玩得不亦樂乎。欒念電話打了第三次她才聽到，接起問他：「怎麼了？」

『妳在哪？』

「我出來玩。」

『我來看盧克。』

「盧克跟我一起。」

欒念沒想到自己一早坐飛機來撲了個空，就問她：『妳下次出去玩能提前打招呼嗎？』

「你提前說你要來看盧克了嗎？」

再下一次，欒念打了招呼，尚之桃把盧克留給他，自己去玩了。兩個人連個照面都沒打上。

『如果覺得從飯店到我家裡來回折騰不方便，你可以住在次臥。這樣就能多跟牠相處了。』她對欒念說。

『妳不怕鄰居風言風語？』

『我怕什麼？』

風言風語還少嗎？大齡單身創業女青年，被貼了多少標籤，故事講得也完整，甚至將包養她的人的模樣都描繪出來了，對方五十多歲、禿頭、有肚腩、帶金錶，看起來就很有錢，清晨從她家離開。

如果鄰居看到欒念，說不定傳言能好聽點。三十出頭，英俊帥氣，姿態傲慢，腔調卓然，應該是她花老情人的錢包養了一個年輕的。

欒念就真的住在次臥了。

他行李箱裡什麼都有，把尚之桃家當成了飯店。她家裡哪都好，就是吃的少。欒念想不通為什麼一個女人把日子過成了這樣，出了門去超市採購了很多水果蔬菜魚肉蛋海鮮，把冰箱塞滿。

晚上他打肉泥，像從前一樣蒸肉團子給盧克。

盧克從沒想過自己有生之年還能吃到這個，坐在一邊伸著舌頭等著，口水吧嗒吧嗒落在地上。欒念聽到聲音回頭看牠：「不丟人嗎？」

「你沒吃過肉嗎？」

「看你這出息！」

欒念一邊訓盧克一邊把牠拉過來幫他梳毛：「幾年前辦的洗澡卡還沒用完呢，延期了四次了，這輩子還有機會抱你去洗澡嗎？」

盧克頭蹭蹭牠，好像在說：我覺得能。

欒念走的時候，尚之桃還在城邊塞車。看到他的訊息：『我走了。』

『平安。』

回到家裡，打開冰箱找吃的，看到冰箱裡滿滿的東西，水果、蔬菜一應俱全，打開冷凍層看到裡面的海鮮魚和肉。

還有一張紙條：「盧克的肉團子在第一層，每次熱三個給牠吃。」

她打給他，聽到那邊的登機提示，就問他：「你下週還來看盧克嗎？」

『如果時間允許的話。』

「你遛狗的時候見到我鄰居了嗎？」

『見到了。』

「他們說什麼了嗎？」

『問我是不是妳男朋友。』

「哦。」

尚之桃哦了聲，過了一下，聽到欒念：『我說是。』

「都行。反正我風評不好。」尚之桃說完掛斷電話。

第二天遛狗的時候，看到鄰居，朝她點點頭：「今天男朋友不遛狗了？」

「哪個男朋友？」尚之桃逗那個八卦的鄰居。

「妳有幾個啊？還能是哪個啊？那個像明星一樣的小夥子啊！」

「哦哦哦！」尚之桃點頭：「走了，回去工作了。」

就這樣嘻嘻哈哈不當回事。

過節的時候她跟尚之樹聊過，兩個人都覺得對於單身女人的非議這都不算什麼。更有甚者給妳扣個不良從業者的帽子，妳洗都洗不清。

「我那禿頭大肚子金錶叔叔又能強多少？」尚之桃嬉笑道。

到七月份，尚之桃將一切準備好的時候，張雷公司的管道經理過來考察，張雷也一起來了。

孫雨聽說張雷去冰城考察尚之桃公司，也找時間飛了過來。

孫雨的公司現在是張雷公司的ＫＡ（主要）客戶，每年有一點五億的廣告投入放在他們公司。

幾個人坐在尚之桃公司的辦公室裡，彼此看了幾眼，突然都笑了。

張雷對管道經理說：「不知道我們笑的是什麼對吧？」

「從前，我們幾個人住在同個出租屋裡。」

說起來那已經是很多年很多年以前的事了，那時的他們都很年輕，每天被命運推著走。現在想想，單純的他們最值得懷念。

張雷對尚之桃說：「我好像有五六年沒有見過妳了。但是妳為什麼沒變化？我嫉妒妳。」

「也變了的。心境。」她笑了笑：「先請廠商的老闆考察業務好不好？然後請各位吃飯。今天呢，就請大家去我家的餐館裡吃家常便飯。」

「能見到大翟老尚？」張雷問。

「能。」

「那行。」

尚之桃帶廠商老闆考察，她準備得認真，因為她知道他們會寫一個考察報告，裡面包含公司辦公場地、員工素質、老闆資金實力、人脈資源，這個考察報告將會決定尚之桃的初始賽道。

她將管道經理帶到辦公區，拍了拍手：「夥伴們，來跟大家介紹一下廠商的管道經理。」

年輕的女孩、小夥子站起來，笑容誠懇，都有他們公司的特點。

「您可以隨便就專業知識提問。」尚之桃對管道經理說。

「隨便？」

「是的，隨便提問。」

尚之桃從前就知道學習有用，她沒想到她三十出頭又被逼上了一個全新的賽道。當我們什麼都不會的時候，儘管學習。學習會告訴你方向。

她自信篤定。

管道經理隨便問了幾個問題，包括LBS定位、廣告定向、資訊流廣告，還有資料演算法。隨便指公司的某一位同事來答，年輕人答得乾脆俐落，還加上了見解，不輸廠商的營運經理。

孫雨跟張雷坐在尚之桃辦公室裡聽外面的動靜，笑著說：「我就知道，她永遠認真。」

「不認真不是尚之桃。」

「認輸也不是尚之桃。」

尚之桃帶管道經理去參觀公司的茶水間，麻雀雖小五臟俱全。為管道經理磨了一杯咖啡，兩個人坐在裡面聊了一下。

尚之桃對他說：「我覺得我有必要好好介紹一下自己。」

「我知道妳原本在凌美工作。」

「是的，我是凌美的特殊貢獻員工，我的特長是探索新業務、梳理方法論。」

「看出來了，剛剛員工說的一些資料理解，我們內部培訓都很少提到。」

「所以我想要一個核心賽道。」尚之桃說：「你相信我，我知道我們這裡比不上北上廣深，這裡網路環境不好。但我可以保證做好兩件事，第一件是增速，超越北上廣深；第二件是行業方法論，也就是標竿打法。我知道你們內部晉升拿資料拿的也是這些。」

管道經理見過很多代理商老闆，大多是人到中年，財大氣粗，上來就說：「我投錢，投人，保證幹好。」但問怎麼幹好，老闆就會拎出一個人來說：你來說說怎麼幹好。

尚之桃不一樣，她把業務分析得清清楚楚，甚至了解了他們的內部晉升機制。

但他說：「妳跟張總是舊識，妳能拿到核心賽道的。」

「不。」尚之桃搖頭：「我也保證絕不單獨跟張總溝通任何工作上的事，我的第一合作夥伴和彙報人是你。」

尚之桃想，這也是職場，人情世故，她懂。

「好。」管道經理站起來：「那今天的考察先這樣。報告我會好好寫。妳也把手中的資源盤點一下，然後告訴我妳想進到哪個賽道。」

「好。我下週會確定。」

晚上在老倆口酒館吃飯的時候，管道經理誇她：「我從來沒見過這麼專業的代理商老闆。」

「那你沒見過她從前做的案子。」張雷說：「我那時想挖她來帶策劃團隊，但她決定回到冰城。」

「別誇我了啊。」尚之桃捂著臉：「我不禁誇啊！」

幾個人好幾年沒有一起喝酒，今天喝這一頓，覺得把幾年的酒都喝得通透。酒局結束的時候，卻都覺得不盡興。尚之桃邀請他們：「去我家裡坐坐吧？」

於是一群人去了她家裡。

孫雨又看到了盧克，張雷看到了滿牆的書。他站在前面，隨便抽出一本，看到那讀書筆記。突然間眼睛紅了，口中罵了一句：「靠！」

「這本送你吧。」尚之桃對他說：「書贈有緣人。」

張雷抹了把眼睛：「我他媽還挺羨慕他，我們都會越來越老，最後變成老傢伙。只有他，永遠年輕。」

「誰說不是呢？」尚之桃說了這樣一句。走到書牆旁邊，拿出一本書，裡面夾著一張照片，身後雲霧繚繞，他們四個人對著鏡頭傻笑。

是最好的那一年，最好的他們在泰山之上，俯視巍峨群山，吶喊聲穿透天地，也連接舊時與現在。

尚之桃偷偷問孫雨：「放下了嗎？」

「放下了，又好像沒有放下。妳呢？」

放下了。

送走代理商的第二天，尚之桃真的開始盤點資源。

她打開自己的聯絡人一個接一個打電話：「Hello，我是尚之桃。」

「您問我疫情對我們公司有沒有影響？一言難盡啊。雖然有影響，但我們生意還會照做。」

「我們不僅生意照做，還拿到了網路看板照。所以王總要不要把預算挪過來一點試試？」

她一遍又一遍不厭其煩地重複這些話，有人同意，有人拒絕。這都沒關係，只要有人同意，就是好的開始。

她並不知道在她打電話的同時，欒念也在家裡打電話。

他這個人從來不屑於與人攀關係，高傲慣了。今天卻低下頭打電話，最先打給姜瀾。

姜瀾接起，問他：『怎麼了？難得你主動打給我。』

「你們在各地分公司廣告預算是單獨算嗎？」

『對，分撥給各地自行調用。』

「我一個朋友在冰城開了代理公司，要不要撥預算過去試試？」欒念不願客套：「這麼說吧，我介紹給你們的是業內最專業的網路廣告團隊。」

姜瀾笑了：『別說了，我懂。尚之桃嘛。行，你欠我一個人情。』

「請妳吃飯。」

『行。』

欒念一個電話一個電話地打，他把付棟的電話傳給客戶和朋友，讓付棟去對接。付棟感激說道：『我一定要跟老大說。』

「不用。」欒念對他說：「不用告訴她。我只是牽線搭橋，行不行看你的洽談能力。成功就是你自己努力的結果，不用告訴尚之桃。沒必要。」

他話是這樣說，他拉給付棟的那十幾個聯絡人，卻都是肯定轉預算的。

尚之桃的網路廣告代理業務正式啟動了。

她跑進了一個新的賽道，要研究新的業務邏輯，很多很多東西她都不懂。就要求管道經理住在冰城，不要回去。在公司幫管道經理安排了一間辦公室，一天去找他八百次。她謙虛誠懇，實實在在做業務，管道經理也願意教她，一個月時間尚之桃就上線了二十多個客戶。

她跟魔怔了一樣，每天拿著手機在ＡＰＰ上滑廣告，一邊滑一邊跟員工們討論廣告展示。他們做精細化營運，精細到幾點幾分流量大都要統計，才一個月，就跑出了商業超市的標竿。管道經理在彙報中說：「冰城新開這家代理商非常專業，我覺得可以再給他們其他牌照的賽道。」

尚之桃就這樣靠她和全部員工的努力，贏得了最初的戰鬥，也贏得了尊重。

在她沒日沒夜見客戶、搞投放的時候，欒念來過三次，但他們都沒有見到面。這三次，尚之桃都恰巧去了外地，第一次是帶著團隊旅遊，另外兩次是去見客戶。看起來像是刻意不見欒念，但欒念不介意。他仍舊住在尚之桃家的次臥，每次去都會去超市買很多東西填滿她的冰箱，認認真真陪盧克兩天，走的時候會幫盧克做好吃的放在冰箱，也有兩次，做了幾道菜，尚之桃回來熱了就能吃。

他們交流仍舊不多。欒念把握那個度，在合理的範疇內，不讓她煩憂。

有時朋友們笑他：「週週往冰城跑，有收穫嗎？人家還不是不理你？」儘管這樣嘲笑，卻也替他著急，陳寬年說：「你們說鐵樹能不能開花？欒念能不能親到他的桃妹妹？」

「欒念可以自宮了。」譚勉說：「反正也用不上。」

欒念聽他們講這些的時候並不講話，坐在那裡不知道在想什麼。他問過付棟：「你們老大平常約會多嗎？」

「我們老大？下班時候十點多，還去哪約會？」

有時他們會講幾句。

尚之桃有想不懂的邏輯，管道經理也有講不明白的時候，她著急就打給欒念：「我想請教一個問題。」

『說。』

「我們跑的快消賽道模型不對。」

『怎麼不對？』

「總覺得投放邏輯不是這樣。」

『傳給我看看。』

尚之桃就把整體案子和資料傳給他，他看了一眼，說：『尚之桃，妳累糊塗了？妳自己看妳的人群和產品契合嗎？』

『如果腦子太累，就偶爾停下。別回頭把腦子累壞。』

「哦。原來是這樣。」尚之桃把產品資訊拿出來看，真的是從源頭就錯了。解決一個問題有一點開心，就對欒念說：「謝謝你。真沒想到你快不惑之年，腦子卻仍舊好用。」

說完掛斷電話。

尚之桃接連兩次嘲笑他年齡，像在提醒他韶光不再。欒念不以為然。卻在有一天翻平面雜誌時看到一篇文字創意，內容很簡單，白底黑字：「誰不喜歡弟弟？」

「？」

欒念將那圖片看了半天，罵了一句：「他媽什麼破廣告！」打電話給尚之桃：「我問妳，妳喜歡弟弟嗎？」

『哈？』尚之桃被他問愣了。

「年輕英俊的弟弟。」

尚之桃終於反應過來：『誰不喜歡弟弟？』

「妳有病吧！」欒念凶了一句掛斷電話。

尚之桃拿著電話愣神，過了一下反應過來，哈哈笑了。

「老大，妳幹嘛呢！」付棟問她。

「有人奇奇怪怪。」

再過一天，欒念那萬年沒有內容的個人頁面突然發了一張照片，是一個雜誌為他拍的封面照，穿著黑色襯衫的他斜靠在沙發上，襯衫領口微敞，半掩的胸肌，好看的身體輪廓。

留言也是精彩。

宋秋寒：『徵婚照？』

譚勉：『中老年孤寡空巢老人？』

陳寬年：『@尚之桃。』

尚之桃有陳寬年和宋秋寒的好友，欒念這則動態她自然能看到留言。點開了大圖來看，心想欒念這個人大概永遠這樣了。二十歲左右是不讓人省心的少年，三四十歲是讓人不省心的中年男人，哪怕七八十歲也會是不讓人省心的糟老頭子。老天爺怎麼就這麼厚愛他？

她以為這就完了，陳寬年竟然單獨傳過來給她，問她：『怎麼樣？能不能勉強睡一睡？』

尚之桃要被他逗死了：『不敢不敢。』

『有什麼不敢的？又不是沒睡過。』真替自家兄弟著急了，再這樣下去欒念真要孤寡了。他又是那種人，從來不肯低頭，週週去冰城看狗，看狗也行，連人都見不到。不知道的人還以為他愛的真的只是那隻狗呢！

『對了，妳開廣告公司了是嗎？』陳寬年問她。

『是。』

『我有一個朋友在冰城做珠寶首飾的，我最近去一趟，你們出來聊聊。』

『好啊，謝謝陳總。我請您吃飯。』

『行。』

朋友們琢磨著這事靠欒念自己不行了，就制定了策略，準備以介紹客戶的名義輪番帶著欒念往冰城跑，這下妳尚之桃總不能躲著不見了吧！

陳寬年說去，竟然真的就開始行動，先聯絡了朋友，最後訂票的時候，順手訂了兩張票傳到群組裡：『哥們要陪欒總追妻了。自費。希望欒總記住哥們的情誼，以後多請哥們喝點酒。』

『胡鬧。』欒念丟了一句。

儘管這樣說，他還是跟去了。

還是客戶有面子，尚之桃真的哪都沒去，甚至來機場接陳寬年。欒念走在陳寬年身旁，看到有一段時間沒有見到的尚之桃，戴著大墨鏡。

摘下墨鏡，是一雙熬了很久夜的眼睛。

「抱歉啊，業務上線不久，很多東西沒理順，熬了幾個夜，有一點狼狽。」尚之桃跟他們抱歉，她有時也會感嘆，再也不是二十出頭的年紀了。那時連熬幾個大夜，清早起床刷牙洗臉擦一點粉底，就還是容光煥發的人。

欒念心疼了一下。但他不會再說妳圖什麼呢？要錢是嗎？我有！他不會再說這樣的話了。尚之桃要追求人生價值，這本身就是一件很棒的事。

上車的時候陳寬年假裝坐副駕，被欒念拍掉他放在門把上的手，他嘿嘿笑了一聲，乖乖去坐後座。

這次幾個人都沒有了初見的客套，尚之桃直接帶陳寬年和欒念去老倆口酒館喝酒，付棟作陪。大翟看到欒念，轉身去了後廚：「桃桃前男友來了。」

老尚一聽，走出來，終於看到了欒念。

轉身又走進去，竟然笑了。

大翟不解，問他：「你笑什麼？」

「我笑桃桃白相了那麼多次親。」下巴點點外面：「長得人模狗樣的，除了歲數大點，其他看起來還湊合？」

尚之桃進來打招呼，聽到老倆口的悄悄話，咳了一聲：「還不快幹活！再過幾天又讓你關門防疫！賠個透心涼！」

大翟點她腦門：「就妳話多，妳爸最近上火都睡不好覺。」

「開玩笑呢，上什麼火？不賺錢就不賺錢，大不了我們不幹了！」

「別。我閒不住。最近生意好多了。」

尚之桃端了一盤花生米出去放到欒念面前：「喏，欒總愛吃。」

「你們公司這招待水準一次不如一次。」

「政府高官還宣導勤儉節約呢！」尚之桃不服，回嗆他。

陳寬年見欒念吃癟，在一邊壞笑，在群組裡直播兩個人鬥嘴盛況，並附言：『真是句句不讓，活該孤寡。』

欒念的朋友們都可靠，說辦事就一定辦。還在喝著酒，對方就傳來時間地點，安排好會面細節。

「不喝酒？」陳寬年問她：「還喝藥呢？」

「兩個男人陪你喝不過癮是吧？」欒念說他：「天天嚷嚷喝酒，怪不得宵妹讓你睡客廳。」熬夜的人再喝酒，那不是奔著猝死嗎？什麼生意值得搭上命？

陳寬年嘿嘿一聲。

幾個人吃著飯，欒念站起身去結帳。大翟將 QR code 扣在桌子上：「桃桃招待，不用結帳。」

欒念翻起來，掃了碼，問大翟：「多少錢？」

「沒這麼多講究。」大翟拿過他的手機，將付款頁面關上：「去吃飯，以後少喝點酒。」

「好的。」欒念應了，又加了一句：「謝謝。」

吃過飯，幾個人出了門。

陳寬年問欒念：「是不是又有要事？」

「對。」

「好嘞，去！」

欒念走在尚之桃身邊，他喝了點酒，臉色微微紅著。

「妳生意怎麼樣？」問尚之桃。

「還行。」尚之桃對他說：「付棟跟我說，我們最近上線的很多客戶是你介紹的。」

「嗯。」

「謝謝啊。」

「不客氣。」

尚之桃進門後窩在沙發上，欒念出門遛盧克。他遛得久一點，又碰到尚之桃的鄰居。兩個人打過幾次招呼，鄰居就覺得跟欒念有幾分相熟，等電梯的時候問他：「什麼時候結婚啊？」

「明年。」欒念順口胡說。

「明年……那不是快了嗎？挺好挺好。你是做什麼的啊？」

「廣告公司。」

「哦哦，廣告銷售啊。我懂我懂。」

欒念朝她笑笑，對這莫名的熱情十分抗拒。進門的時候看到尚之桃窩在沙發裡睡著了，盧克到她身邊蹭她她都沒醒，是真的累了。

欒念走過去彎身抱起她，尚之桃微微睜開眼，聽到欒念說：「去床上睡。」就又閉上眼。

欒念把她放到床上，就去了次臥。

再晚一點陳寬年問他：『你沒回飯店，這是事成了？』

『？』

『小兄弟派上用場了？』

『滾。』

尚之桃第二天睜眼，聽到廚房有動靜，推門出去，看到欒念站在晨光中做早餐。電鍋裡的雜糧粥香氣四溢，他正在煎雞蛋捲，裡面放了彩椒、洋蔥，也是尚之桃特別特別喜歡吃的。

她站在那裡看了他一下，覺得在充滿飯香的清晨醒來真的無比幸福。

也僅僅是一個閃念而已。

日子就是這樣過了。

到十一月份的時候，尚之桃看到一個女性覺醒計畫，她被那個覺醒計畫裡面的故事震驚，又被那群發起人的崇高情操感動。於是對欒念說：「那筆賣包的錢我想捐贈出去。」

「捐贈給誰？」

「一個女性覺醒計畫。」

「主理人是林春兒？」

「是的，我為什麼覺得這個名字有點耳熟？」

「因為主理人是宋秋寒女朋友。我讓她聯絡妳。」

林春兒打電話給尚之桃那天，冰城下了那年第一場雪。尚之桃剛從公司出來，擠上了公車。她接起電話，聽到一個很溫柔的聲音說：『是尚之桃嗎？』

「是，您是？」

『我是林春兒。欒念說妳有一筆錢想捐贈。』

「是。一共一百萬。」尚之桃又加了一些，湊個整數。

林春兒聽到尚之桃那頭公車報站的聲音，就對她說：『謝謝妳，尚之桃。我加妳好友，晚一點把捐贈說明傳給妳。』

「好啊，我看過之後馬上安排哦。」

兩個人也不知道怎麼了，才講幾句話就覺得格外投緣，尚之桃說：「有機會來我家裡喝酒吧！」

『我真不是那種客氣的人，十二月就去！』

就這樣，那筆錢變成了善念。去到了它該去的地方。如果能幫助到什麼人，那簡直再好不過。

尚之桃在捐贈贈言裡寫：「願妳一生無憂。願妳永遠擁有打破僵局的勇氣。」

好像過了三十歲以後，日子就以百米奔跑一樣的速度快了起來。尚之桃一直在忙，永遠有無數的工作等著她。

有一天清早起床的時候發現盧克沒有迎接她。

找了一圈，看到盧克躺在窗前，緊閉著眼睛，似乎很難受。尚之桃跑過去抱牠頭：「你怎麼了？盧克？」

盧克站起來嘔了幾聲，吐了。

尚之桃從來沒見過盧克這樣，她無比害怕，打電話給欒念：「欒念，盧克好像生病了。

牠吐了，我叫牠牠不起來。」尚之桃嚇壞了，她都沒意識到自己已經哭了。

『妳別哭。』欒念對她說：『帶牠去寵物醫院，我馬上就去機場。』

欒念趕到的時候已經是下午，盧克正在寵物醫院打點滴，尚之桃坐在牠旁邊，緊抿著唇，很難過。

欒念坐到她身邊，問她：「怎麼回事？」

「說是腸胃炎。」尚之桃十分愧疚，她最近太忙了，對盧克疏於照顧。牠昨天晚上有些焦慮地在地上走來走去時，她竟然都沒有想到牠可能是生病了。

欒念蹲到盧克面前，手捏住牠狗嘴：「出息了啊！還知道生病了！」

盧克嗚了一聲把頭枕在他掌心，他抽回手，牠又把他手咬回來，就是要枕著。

欒念拉了把椅子到牠面前坐下，一隻手伸進去讓牠枕著，另一手拿出手機打電話給梁醫生：「嗯，沒事。我可能要後天回去。」

『沒事啊。你在哪？』梁醫生問他。

「我在冰城。」

『你在尚之桃那？』梁醫生覺得自己整個人剎那間抖擻了起來。

欒念看了尚之桃一眼，輕輕「嗯」了一聲。

『我能跟她講話嗎？』梁醫生問他。

「不能。我先掛了。」欒念掛斷電話傳訊息給梁醫生：『我們不是在戀愛，所以不能讓妳跟她講話。』

『沒事，我不講。你去吧，多待幾天。』

笑了，收起手機。

「你如果有事……」

「我沒事。」欒念打斷尚之桃：「妳不是很忙？去公司吧。」

「我帶電腦了。」

「那妳可以處理工作。」

「好的。」

尚之桃真的堆了無數的工作，她剛剛拿到牌照不到半年，客戶要求的轉化必須要做到，不然哪裡肯復投？於是打開電腦劈里啪啦地打字。欒念看了她很久，終於開口：「尚之桃，我跟妳一起照顧盧克怎麼樣？」

第三十五章　美夢實現

尚之桃打字的手頓在那裡，抬起頭看著欒念。

「我不懂。」她說：「怎麼一起照顧呢？」

欒念看了她很久，說：「等盧克打完點滴回家再談好嗎？」

「好的。」

尚之桃有點慌亂。

她好像很久沒有這種感覺了，什麼都做不下去，被欒念一句話擾亂心緒。

兩個人都不再講話，盧克打完點滴不肯自己走路，嗚嗚叫著要抱。欒念抱著牠一起回了家，這一路不知道被多少人看，也有人講話不好聽：「照顧自己爸媽都沒這麼盡心吧？」

「關你什麼事？有病吧？」欒念才不受這種氣，一句話槓了回去：「管好自己。」

尚之桃了解欒念，他一直都這樣，不讓自己受一丁點委屈。她也覺得那些話不好聽，可她有時就會當作沒聽見。鄰居那些關於她難聽的傳聞，她從來沒想過當面對峙。這大概就是人與人的不同。

他們進了家門，欒念放下盧克，盧克剛打完點滴，非常蔫，趴在那一動不動。尚之桃要牠喝水牠喝不動，心裡著急，眼淚又流了下來。

從前從不在欒念面前流淚的女生，如今再也不咬緊牙關不讓眼淚流出來了。欒念無數次後悔過，那時尚之桃在他面前崩潰，他沒有擁抱她。現在他再也不允許那樣的事情發生了。

手握著她肩膀，將她帶進懷裡。

不是她的頭抵在他身上、身體還有距離。是真的擁抱。

盧克站了起來，大概是想鬧出點動靜，欒念在尚之桃後背的手，食指向下，手輕輕向下一點：趴下。

盧克被欒念訓了那麼久，當然明白這個指令，又趴了下去，安安靜靜看著他們。

欒念很滿意，又專心抱著尚之桃。她髮間的香氣令他失神，不做點什麼很難收場。

欒念的手撫在她頭上，手指插在她髮中，捧起她的臉。眼淚還沒乾呢。呼吸交融在一起，欒念垂眸看著尚之桃，那眼神黏黏糊糊的，讓人心慌。

低下頭去，唇觸到她的，怕她抗拒又分開，反反覆覆，終於有一次停在她唇上，碾過去，舌撬開她牙齒。

欒念永遠是欒念。

他可以忍著不碰妳，裝謙謙君子，這幾年頭腦裡已經把尚之桃繩之以法多少次，現在妳要他循序漸進簡直是癡人說夢。

一旦他的舌到達戰場，他的霸道就從文明的外衣裡衝出來，在她口中每一個地方耀武揚威，呼吸漸漸急了，猛地用力將尚之桃箍進懷裡，尚之桃撞到了堅硬，突然回過神。用力推他，欒念不肯，尚之桃一口咬在他唇上，雙手用盡全身力氣，終於從他懷中掙脫。

兩個人在昏暗不明的房間裡較勁。欒念的眼裡有一把火，能把尚之桃燒得灰飛煙滅。她捂著自己的唇，瞪著他：「這就是你要談的。」

「對！」

「我就這樣談怎麼了？」

「有你這樣談的嗎？」

「……」

「你那是耍流氓，不是談談！」

「妳第一天認識我？」

「你要這樣談我就不跟你談！」

「隨便！」

欒念穿上大衣向外走，手放在門把上了又覺得不甘心，轉過身來緩緩脫掉大衣丟在沙發上，一步步走向尚之桃。

尚之桃害怕了，她還沒見過這樣的欒念，向後退了兩步，被欒念一把按在書牆上，她輕呼一聲被欒念堵住唇。欒念太想吻她了，去他媽的徐徐圖之，都這麼大歲數了，圖他媽什麼！

一把將她抱起來，身體狠狠抵住她，堵住她的唇，惡狠狠吻她，甚至用力動腰撞她，尚之桃嚶了一聲無處可逃，心裡恨死他，用力咬他唇角，血腥氣在蔓延，欒念冷靜下來，微微離開她的唇，幽幽看著她，咬牙切齒的說：「如果不是為了跟妳天長地久，我今天必須辦了妳出了這口惡氣！」

他們都知道欒念說的是什麼，尚之桃不經意嚶的那一聲是她身體的投降，身體投降了，心裡還想抵抗。

欒念又親她一口，然後放下她，舌尖舔過唇角，又用拇指去擦，像一個十足的痞子。

尚之桃被那句「想跟妳天長地久」嚇到了，半天沒說話。從他和書牆之間逃開，站到盧克身邊，手指著門：「你去住飯店！」

「我不去！」

「這是我家！」

「盧克還沒好，我不走。」

一說盧克，尚之桃就熄了火。如果晚上盧克再有什麼事她會很害怕。無論在外面多堅強，做重大決定只用幾秒鐘，回到家裡，面對盧克，就變成那個柔軟的人。

「那你去次臥！」尚之桃凶他。

「我還沒吃晚飯，妳就這麼待客？」欒念凶她一句，脫掉毛衣，穿了一件白色T恤進了廚房。

尚之桃在心裡嘲笑他，還知道疊穿，真是緊跟年輕人潮流。她現在很膽小，不敢當面嘲笑他。她怕欒念再變成野獸，她控制不住他。拿著電腦坐到盧克身邊，去處理線上工作。偶爾抬起眼看他，還是那樣的寬肩，腰線收得緊，臀線也好看。看背影就不是好惹的人。

又想起那句「如果不是想跟妳天長地久」，就覺得他這人真是好話不會好好說。尚之桃手撫在盧克頭上，輕聲對牠說：「你爸爸不是人，你爸爸有一張破嘴。要不然我們毒啞了他好不好？」

盧克顯然不同意，站起身來汪了一聲抗議，嚇尚之桃一跳：「你叫什麼！」

「牠生病叫一聲怎麼了？妳凶牠幹什麼？」欒念從廚房出來，對尚之桃說：「妳對盧克溫柔點。」

「……」

欒念說完又回到廚房，冰箱裡還剩一些他之前買的吃的。燉了一條魚，紅燒了排骨，再準備炒兩道菜。青菜剛下鍋發出滋啦一聲，尚之桃聽到屋門響了，抬起頭，看到老尚和大翟拎著東西走了進來。

欒念聽到聲音從廚房探出頭，跟老尚大翟相對，屋裡很安靜。

尚之桃忙解釋：「盧克生病了，他來照顧盧克。」

「叔叔好，阿姨好。」欒念禮貌打招呼，坦然站在那裡。他不怕別人給他壞臉色，這輩子能給他壞臉色的人就那麼幾個，尚之桃爸媽肯定算在其中。

「爸媽你們怎麼來了？」

「今天店裡人少。」大翟說，然後反應過來：「我們不能來？」

「能。」

老尚背著手走進廚房，看到裡面熱氣騰騰，欒念做菜也有講究，色香味都要有，挑剔到連做飯都不肯將就。

「快焦了。」老尚指指炒青菜的鍋，又踱步走了出來，朝大翟眨眨眼，偷笑了一下。

既然趕上了，就一起吃飯吧。

這飯吃得不正不當，欒念還沒搞定尚之桃，不算她男朋友，只能算盧克的共同撫養者。於是吃飯的時候講的都是盧克。

欒念終於知道尚之桃的好教養來自於哪裡，她父母的教養就很好。即便是大翟知道他身分那天，也沒有對他任何不禮貌，只是給他一盤花生米，一句傷人的話都不會說。

他們一家三口坐在一起，看起來就像一家人。大翟坐在椅子上端端正正，老尚稍微好點，卻也不像平常人鬆懈。

老尚問欒念：「喝點嗎？」

「好。」

「不許喝！」又不是你女婿你喝什麼？這屋裡四人一狗，尚之桃只能管得了自己，其他人誰會聽她的，就連盧克都跟她頂嘴。

老尚故意灌欒念喝酒，想看他酒品，欒念知道，老尚讓他喝他就喝，一頓飯下去，一斤白酒，欒念七兩，老尚三兩。喝完了欒念講話就含糊不清，邏輯卻還在，沒有暴躁跡象。

老尚和大翟準備回家，順便問欒念：「住哪個飯店啊。」

「住附近那個。」

「一起走？」

「好。」

欒念站起身穿好衣服微微晃著跟他們向外走，出門時還對尚之桃說：「冷，別出來送。」

老尚大翟看著欒念進了飯店放心走了。再過十分鐘，飯店裡走出一個男人，臉微紅，走路不晃，徑直朝尚之桃家走。老尚還是大意了，這才多少酒，欒念酒量多少年練出來的，三軍全體會議還能半斤白酒打底。

上了樓，自己按了密碼走了進去，尚之桃剛換完睡衣，聽到門鎖響出來驚訝的看著他。他一副妳奈我何的樣子脫了大衣去拿自己的行李箱，打開，拿出睡衣褲走到次臥，準備換衣服。聽到尚之桃腳步聲跟過來，壞笑一下，一股腦將毛衣T恤脫掉，露出好看的身體。

尚之桃剛走到門口看到這一幕，騰地紅了臉，又撞到欒念揶揄的眼：「我再脫一件給妳看？」手放在自己的腰帶上，緩緩抽出來，丟到地上。

尚之桃被欒念逼瘋了，自己都沒意識到她用欒念的口吻說了一句：「有病吧！」轉身走了。

這還是重逢後兩個人第一次同住一個屋簷下，欒念睡次臥，尚之桃睡主臥。夜深了兩個人都睡不著，聽著外面的動靜。欒念一顆心撞得胸膛砰砰響，他笑自己：「又他媽不是二十歲！你慌什麼！」

怎麼能不慌呢，日思夜想的女人就在對面，他睡不著。乾脆起身出去找水喝，喝了水就去找尚之桃，她房間門沒鎖，過了這麼多年，她還是信任他。

欒念推門進去，身後的客廳亮著一盞夜燈，也只是一盞夜燈而已。尚之桃在床上動也不敢動。

欒念藉著微光看她的膽小樣，忍不住笑了一聲，而後停下來，對她說：「尚之桃，我知道妳沒睡。我跟妳說幾句話，妳不用回應我。」

「妳離開後我把一切想得很清楚，也知道在一起那幾年妳多麼痛苦。我知道妳跟我開始，並不是想跟我做床伴，而是因為愛我。」

「我知道我非常卑鄙，藉著妳愛我對妳胡作非為，但我想說的是，我對妳第一次動心，是在那天我推開咖啡店的門，妳端坐在那裡的時候開始的。妳正經得不像一個現代人。」

「我就是這麼一個臭男人，壞男人，讓妳痛苦好幾年的人。但我想說的是，那幾年，我對妳也是付出真心的。我知道妳也能察覺到。」

「我說想跟妳一起照顧盧克，是真的。但其實我最想做的是由我來照顧妳和盧克。這一輩子還很長，我覺得我不著急。我會慢慢來。」

尚之桃的眼睛熱了，鼻子有一點塞住，她躺在那一動不動，去消化欒念講的這些話。她曾經無數次想過，是不是她二十多歲的時候不值得被愛，後來她明白她最慶幸的是那時無論經歷什麼，她都保有獨立的人格。再後來，她在冰城的大風大雪天氣裡無數次回憶起跟欒念在一起的點滴，她知道他其實愛過她的。

「對不起，為當年種種。」

欒念這樣說，走出去，輕輕關上了門。

夜深而寂靜，所有真話更容易聽清。所有真心，也能被看見。

尚之桃在被窩裡獨自流淚，外面大雪壓枯枝，又是一年冬時。她擦乾了淚，可淚水又流出來。她以為自己這幾年淚水很少了，卻接連幾次在欒念面前流淚。

欒念剛剛的話狠狠灌進她耳朵，又填滿她的心。她終於肯承認，其實那幾年，他們是相愛過的。只是他們那時都太糟糕了，一個窩在卑微的外殼裡，一個披上堅硬的盔甲。剛回冰城那段時間，所有一切都是失控的。她不知道用了多久才令這一切走上正軌。可欒念的話又將她好不容易建立的平衡打破。欒念總是這樣，只要他出現，就會逼迫妳去打破一些東西。

夜裡渴了出去燒水，熱水壺發出響聲，她聽到次臥的門響了，欒念也沒有睡。兩個人藉著那盞夜燈對視，尚之桃最終移開眼。

她甚至不知道那一切是怎麼發生的。

她好像只眨了一下眼，欒念就到了她面前，將她困在他與流理臺之間吻她。舌尖燙過她皮肉，牙齒咬在她脖子上，啞聲問她：「疼嗎？」

「有點。」尚之桃偏過頭去尋他的唇，藉以躲避他的唇舌帶給她巨大的情潮。

「受著。」欒念讓她受著，舌尖舔過她耳後的肌膚，一把抱起她向她的臥室走，將她丟到床上。床墊陷下去又回彈，欒念已經壓下來。

尚之桃聽到他濃重的喘氣聲，身體猛地緊繃。昏暗之中望向他眼深處，那裡面燃著一團火，像一頭野獸。

「保險套呢尚之桃？」欒念問她。

「沒有。」

「……靠！」

欒念罵了一句，尚之桃因呼吸起伏的身體緊貼著他，

尚之桃覺得自己空落落的。

一個人的時候不覺得有什麼，有時很忙很忙，忙到一旦倒在床上就睡著了，也有不好受的夜晚，就起來去跑步。

可今天欒念招惹她，招惹得她不上不下的。眼睛裡就蓄了一池水，悲悲戚戚，怪委屈的。

看的欒念心頭一緊，難得在床上也放下姿態，貼著她的唇：「是不是不好收場了？」

尚之桃不講話，舌尖在他唇上點過，說不清是想讓他結束還是繼續。

欒念突然笑了，咬住她鼻尖，又沿著她唇線、頸線蜿蜒向下，臉上的鬍渣擦過尚之桃的肌膚，有粗糲的痛感。

尚之桃嚶了一聲，頭微微仰起，手插在他髮間。

欒念吞嚥的聲音把寂靜的夜劃出一道口子，尚之桃遲遲睜不開眼，覺得身體不屬於自己，變成了欒念手中的一個把件，口中的一顆蜜糖，把件被盤得包了漿，蜜糖被含得在口中生津，簡直太好。

欒念離開她房間的時候有一點狼狽，她有問過他要不要留下來睡，他口氣並不好：「那還睡不睡？」沒有工具，抱著她，什麼都幹不了，與謀人性命無異。

他們各自消化剩餘情緒，也留給彼此空間不再去打擾，生生熬了一夜。

第二天睜眼的時候都很疲憊，在客廳裡相遇的時候，欒念捏著她臉親她額頭，尚之桃頭向後，聽到他威脅她：「妳躲一個試試？」

尚之桃真的站著不敢動，讓他親額頭，又親鼻尖，最後點她的唇：「桂花牛奶？雞蛋捲？煎牛排？」

「都行。你今天要做什麼？」

「我要趕中午的飛機走，幾個董事昨天晚上到北京，今天晚上有晚宴。」

尚之桃點點頭：「哦哦，祝你一路平安。」

「妳趕我走？」

「我沒有。」尚之桃跑進洗手間關上門，等她出來的時候欒念已經把早餐做好，見尚之桃遲遲不肯過來，就說：「過來。」

他又變成真正的他了，什麼都要聽他的，但有很多東西變了。比如尚之桃坐到餐桌前的時候，欒念捏她臉：「妳嫁給洗手間了？」

「……」

「妳在洗手間裡幹什麼？思考人生？」

「洗手間能給妳帶來客戶？」

「妳沒跟我睡過？」

嫌她磨蹭久了。

尚之桃撇了撇嘴，一邊喝牛奶一邊看欒念。

「看什麼？」欒念問她：「還想再跟我談談嗎？」

「是像昨天開始那樣談還是像夜晚那樣談？」尚之桃問他。她昨天那口咬得不輕，欒念嘴角破了。

「都行。」欒念眼掃過她衣襟，挑了挑眉。尚之桃順著他眼神看去，看到家居服領口敞開，忙用手捏住：「看哪呢！」

「所以，按照昨天的順序再談一次我覺得沒問題。」

「……」

尚之桃要流氓耍不過欒念就開始耍無賴：「我喜歡跟弟弟談。」說完不怕死的掏出手機找到幾張照片翻給欒念看：「這樣的弟弟不好嗎？」

「挺好。去找。」欒念吃完早餐去換衣服準備去機場，盧克跟在他後面搖尾巴。欒念蹲下身去跟牠告別：「我過兩天就回來。」

又站起身對尚之桃說：「妳過來。」

「不。」

「過來。」伸手把尚之桃拉到面前站著：「妳不用怕我。我不會吃了妳，妳不願意我什麼都不會做。」

尚之桃知道欒念在胡說八道，她只要給他一個眼神，他就會趁機將她吃乾抹淨。他就是這樣的老狐狸，尚之桃清清楚楚。

欒念繼續說：「還有，不要喜歡弟弟。弟弟最會騙人了。」

尚之桃噗哧一聲，破功了。

「所以妳和我現在是什麼關係？」欒念問她。

「好朋友。」

「行，好朋友。」欒念捏住她的臉，他從來都喜歡捏她的臉，把她的嘴捏撅成一個O型，頭低下去，唇即將碰到唇，他收住：「好朋友不能親。」轉身走了。

欒念開過會直接開去梁醫生欒爸爸在城裡的老房子。父輩們也喜歡交朋友，一輩子也守著一個朋友圈，一起工作一起買房子，那時他們也曾說老了就找個地方一起住。沒想到最後都回到了北京。

幾個老人投資眼光好，這個建於八〇年代末的社區，緊鄰最好的學區，周邊商家十分全面，交通亦十分便利。梁醫生欒爸爸住得順心。欒念每週都會過來看他們兩次，週末如果在就接他們去他的別墅裡住。但近一年的時間，欒念除了冰城封城或北京限制出京的時候，其他週末都往冰城跑，勁頭很大，大有要定居冰城的架勢。

進了門聞到飯菜香，欒爸爸正在研究字畫。

欒念走過去看了眼，說：「陳寬年來過了？」陳寬年倒騰收藏品和進出口貿易，這一年多的時間進出口貿易不是特別好做，就一心一意撲在折騰收藏品上。老人們當年珍藏的名人字畫，被他一一盯上。

欒爸爸哼了聲：「就你們年輕人那點腦子還想打我們主意。來了，讓我趕走了。他爹說了，下次再來不讓他進門。」

「現在賣價錢好。」欒念欠陳寬年一個人情還沒還呢，這時有點像一個逆子，想把欒爸爸那些字畫捧給陳寬年。

欒爸爸手揚起，作勢要打欒念，欒念當沒看見。

吃飯的時候，梁醫生看到欒念嘴角破了，就問他：「嘴角怎麼回事？饞肉了？」

「狗咬的。」欒念突然想起尚之桃嚶一聲，就覺得這些董事來的不是時候，不然今天能聽她多嚶幾聲。

欒念是有進攻性的。戀愛可以慢慢談，但必須馬上辦了尚之桃。

「什麼狗這麼會咬？」梁醫生靠近看了看，嘖嘖一聲。

欒念難得臉紅，偏過頭躲過梁醫生注視。

梁醫生呵呵笑了兩聲：「這下我能跟尚之桃通電話了？」

「不能。」

「什麼時候就能了？」梁醫生問他。

「不知道。」

一家三口吃過飯，欒念跟欒爸爸喝茶，拿出手機看尚之桃有沒有傳訊息給他，果然沒有。

沒傳訊息，個人頁面卻發了一張自拍照，領口微敞，修長脖頸接連胸前雪白肌膚，燈光恰到好處，在胸部投下陰影。

欒念突然有點生氣，這發的什麼破照片！！

剛要跟尚之桃發火，又覺得不對。在群組裡說：『尚之桃個人頁面截圖給我。』

大家不懂什麼意思，截了張圖給他，沒有那張照片，欒念笑了。尚之桃有出息了，懂得兵出奇招了。

欒念打開購物網站，下單一盒保險套，截圖給尚之桃：『放在妳床邊手伸出去就能拿到的地方。』

『拒收。』

『卸磨殺驢？』

尚之桃傳來一張「我們的友情很純潔」的圖。

欒念沒回她，他不喜歡廢話，有什麼可說的？見面再說，最好見面也什麼都別說，浪費時間。

欒念覺得自己變成了一個色棍。

他活了這麼多年，還從沒像現在這樣心神不寧過。滿腦子都是尚之桃，每多等一天都能要了他的命。

週四在電梯裡碰到Lumi，她的眼落在他身上，掃一眼，又迅速移開，好像窺探了什麼天機一樣。

欒念殺人誅心，問她：「聽說Will要再婚了？」

Lumi瞪了他一眼，他當沒看見。

「Will再婚不再婚我不知道，但我要結婚了。您也知道，我什麼都沒有，就有那麼幾間破房子。我再找一個有幾間破房子的剛好。這叫門當戶對。」她出電梯前對欒念說：「對了，您還不知道吧？桃桃喜歡弟弟。」

「認真的。」Lumi不怕死又加了一句：「老尚大翟對桃桃擇偶沒有什麼要求，就一點：不能比桃桃大三歲以上。」

Lumi真行，一下子戳欒念肺管子上了。她才不怕呢，踩著長筒靴走了。

欒念跟在她身後，看她那身上那股鬥氣的勁頭，心裡哼了一聲。

他媽什麼弟弟！

中午跟甲方吃飯，看到宋鶯也在。

宋鶯在凌美混了履歷，最後還是去了她爸爸的公司。欒念聽到風聲，國家反腐敗反貪汙，要查到他們這裡了。但欒念不動聲色，這跟他沒有關係。他只關心尾款什麼時候付。

席間宋鶯坐在欒念身邊，所有人都能看懂宋父撮合的意思，就難免開了兩句男才女貌的玩笑。

欒念將酒杯扣下，不喝了。

大家都知道欒念的脾氣，宋父也知道。他笑了聲：「孩子的事不用管。尾款已經走流程了嗎？」問宋鶯。

「走了。」

「那就好。」

欒念酒杯扣下後就一口不喝，他不怕宋鶯不付尾款，今天來也只是出於商務禮儀而已。尾款最好早點付，萬一開始調查他們，再想要帳就困難了。

就這樣假客氣吃了一頓飯，臨了的時候問宋鶯：「尾款幾天到？」

「大概三天。財務已經提交付款申請了。」

「好，辛苦。」欒念對她笑笑。

「欒念，我跟你講幾句話。」宋鶯突然叫住他。

「怎麼？」欒念看著她。

「我很感謝你在我為凌美工作那兩年給我的關照，也感謝你教會我很多很多東西。但我最想說的是，我對你的感情，並不僅僅是員工對老闆的尊敬。而是有其他的。」

「然後呢？」

「我知道你跟 Flora 的事。我無意間在 Flora 電腦上看到你的聊天畫面。但 Flora 已經離開好幾年，我想問問你，我們能以另一種關係相處嗎？」

欒念其實對宋鶯一整個人的外貌、性格統統是模糊的。但他記得她的才華。

二十二歲的她才華橫溢，真的是一個難得的人才。所以他願意給她很多機會，也相信她能成功。但欒念不喜歡急功近利的人。

所有的作品都需要細細打磨，人性也一樣。值得琢磨品味的人性最吸引人。宋鶯會打磨作品，卻沒有打磨自己的人性。這非常遺憾。

「不能。」欒念姿態如常，並沒有因為這突如其來的表白有任何不自在。他有過太多這樣的經歷，拒絕過太多人了，處理起來得心應手：「既然妳看過我跟 Flora 的聊天畫面，那妳肯定要問，如果沒有 Flora 我會不會選妳？答案是不會。我對 Flora，是我先招惹她。對妳，我沒有任何招惹的想法。」欒念聳聳肩：「我不喜歡。」

宋鶯多驕傲，她從小就是父母捧在手心長大的公主，無論什麼都要爭第一。她要求父親把她安排進凌美，就是為了跟欒念一起工作。第一天欒念帶她見部門的人，介紹任何一個人都雲淡風輕，唯獨到尚之桃那裡，要她跟尚之桃請教學習。

他們去跟西北的專案，欒念和尚之桃的車晚那將近二十分鐘的時間，令她心慌。

宋鶯想贏。

尚之桃那麼平庸，她輸得不甘心。

她覺得她只是理所應當用資源和才華贏了一個平庸的人，卻沒意識到每一個平凡的努力的人都需要得到尊重。

「謝謝你肯跟我說這些 Luke，下次再見不知道什麼時候了，如果可以的話，還是希望有機會能跟你一起工作。我非常開心。」她講完這句話，朝欒念伸出手，欒念手插在口袋裡並沒有拿出來。他也不是個一定要有禮貌的人。

欒念上了車，打了一通舉報電話：「我要舉報一個人，她可能涉嫌去國外處理巨額資產。」

欒念這個人，從來不是真正的好人，也不是真正的壞人。宋鶯話說得隱晦，但聰明如欒念，聽出了其中隱藏的含義。

欒念記仇，很多事情並不急於一時。當時辨不了，早晚有一天能辦。說到底，他還是想做一個好公民。

到了週五，他飛到冰城。

進了門，盧克跑上來迎接他。

尚之桃難得早到家，已經沖過澡，準備敷面膜。聽到密碼鎖開的那一聲，手頓了頓，呼吸也滯了一滯。

突然後悔穿那件吊帶睡裙，想關門起身去換，欒念的手臂已經伸過來阻擋她的動作。緊接著人就進來。

「欒念，我們談談。」尚之桃披上睡衣向床邊退了一步。

「嗯，談。」

欒念低頭解襯衫釦子，動作並不快，卻帶著殺氣。

「我們穿好衣服，好好談。」

「嗯。」

欒念嗯那一聲，卻將襯衫丟到木椅上，身上的肌群隨著他的動作被調動起來。那些肌肉好像都知道自己好看，就不肯從尚之桃眼前滾開。

「你穿上衣服。」

「穿。」

欒念抽掉自己的腰帶，啪一聲，又被他丟到地上。

尚之桃緊張的看著他。

那年在他家裡，他們之間第一次。欒念晦澀不明的目光看她，他們急得連衣服都沒有脫。那次尚之桃也緊張，卻不像現在這樣。

「談吧。」

一把將她扯到身前，將她那件睡衣褪到臂彎，目光落在她睡裙的前襟上。欲蓋彌彰的前襟。

「欒念。」

「嗯。」

欒念隨手關了燈，指尖放在她鎖骨上，再向外，是細細的肩帶。手掌貼上去，放在她肩帶與肌膚之間。他常年健身的掌心有一層薄繭，貼在她肩膀。

像在凌遲。

本來急得要命的人，卻突然間不急了。夜晚那麼長，還連著週末，他急什麼？他就是要慢慢來。

黑暗之中欒念的唇燙過尚之桃的臉頰，最終落到她唇上。

他甚至有模有樣隨時說了一句：「如果妳不願意，我隨時可以停下。」

「我不……」

欒念堵上她的唇，尚之桃可真會當真，他才不會停下。

欒念的手和唇交替在尚之桃身體上，他在黑暗中探索得徹徹底底，去感受尚之桃這幾年的變化。這女人卻沒什麼變化，哦不，她的腰更細了一點。

欒念稱心如意了。也過於高估自己。他以為他能慢慢來，結果是他自己急了。動作突然有一點超出他自己的控制，尚之桃屏住呼吸，又長長吐出來，欒念的唇侵上來，咬住她下唇：「喜歡弟弟？擇偶不能大三歲？」

捏著她的臉凶她：「說話！」

尚之桃悶哼一聲，欒念這人要了她的命，讓她突然有了勝負欲。

「弟弟年輕，唔～」

欒念懲罰她，一口咬在她脖子上，像一個徹頭徹尾的吸血鬼。

這一個夜晚的撕扯，將人心底那一點躑躅都撕扯乾淨，通透得很。

欒念從來都沒變，他喜歡主導，順著自己心意在尚之桃這裡開疆辟土。有時又會突然停下，慢慢去來，舌尖探進她耳朵，牙齒咬住她耳朵，不緊不慢耳語：「下次再說弟弟，我弄死妳。」

尚之桃就不肯認輸，她還想氣他：「弟弟……」

欒念咬住她嘴唇，舌絞在一起有動人的聲響，欒念發了狠，力氣大到簡直要了尚之桃的命。

這一夜像做了一場酣暢淋漓的夢，尚之桃每一個毛孔都是欒念的味道。

終於平靜下來後又哧哧的笑，然後踢他：「去次臥！我不習慣。」

欒念腿鎖著她的：「我不睡次臥，我憑什麼要睡次臥？」

「不講理了啊，這是我家。」

欒念管她誰家，他想睡哪就睡哪。將尚之桃抱在懷裡，二人睡了悠長一覺。

應該是快到中午的時候，尚之桃聽到密碼鎖開的聲音，緊接著是老尚的聲音：「肯定沒事，不過是沒接電話。可能睡太沉了。我進來了，等等啊。」

靠！

尚之桃突然罵了一句髒話，一腳將欒念踢到床下，欒念驚醒，坐在地上看她手忙腳亂找衣服。一邊找一邊說：「爸，是不是你來了？等等啊，我昨天加班太累了，我睡過頭了，沒聽到電話。」

穿上衣服將門開了個小縫，人從縫隙擠出去，又關上門。

「是不是我媽擔心啦？我沒事，你快回去忙吧。」

老尚鬆了一口氣：「沒事就行。我就說妳是因為太累了，妳媽不信，說原本不管多累這個時間都該起來了。」

尚之桃生生扯出一個笑臉。

身後的門開了，欒念走了出來，對老尚笑：「叔叔好。」

老尚愣在那裡，看看欒念，又看看尚之桃：「你們……」

「叔叔，我會對尚之桃負責任的。」

只大三歲的擇偶條件別想了，人我占上了。欒念要的一手好無賴，趁老尚打電話給大翟的時候朝尚之桃挑挑眉。

尚之桃突然明白過來，自己掉進了欒念的圈套，他自始至終都是那頭狐狸，狡猾得很。大翟到的時候欒念和尚之桃都穿好了衣服，兩個人端坐在桌前，像是犯錯被老師抓回來的學生。尚之桃是真怕，欒念裝的。

老尚今天來的時機真好，欒念甚至有一點感激老人家了。冰天雪地來找不接電話的女兒。

大翟看看尚之桃，又看看欒念。

大翟其實並不討厭欒念，他生了一副好看的臉，雖然看起來脾氣不好，但舉止十分有教養。

「你們怎麼回事？」大翟問。

「就是……」尚之桃要說，大翟說她：「妳閉嘴。你說。」讓欒念說。

欒念清了清嗓子，不急不緩地說：「叔叔，阿姨，我跟尚之桃的事情想必你們知道一些。我們兩個從前談了六年戀愛，後來因為誤會分手了。現在重逢了，我們都覺得對對方還有感情。」欒念專挑核心的說，這不是跟工作彙報一樣嗎？挑好聽的說，老闆喜歡。

「可你們還沒結婚呢，就住在一起，像什麼話呢！」老尚戳尚之桃腦門：「妳怎麼這麼糊塗！」

「可以結婚。我隨時可以。」欒念說。

「？」尚之桃看著他，從前口口聲聲的自由主義，不為感情負責，今天就變成隨時可以結婚了？她對他說：「我爸媽又不會動手打你。」

「看妳說這什麼話？叔叔阿姨看起來就善良可親，我為什麼怕叔叔阿姨打我？我認真的，我知道女生的名聲很重要，我願意為尚之桃負責。」

欒念看起來太真誠了。

他的確真誠，這幾年他身邊的朋友依次有了著落，只有他一個人這樣獨來獨往，這件事他不能輸。

但其實是因為他在這幾年有想過，如果當年尚之桃不走，他們的結局會是什麼？應該是要結婚的。說不定現在已經有了孩子。

欒念是在漫長相處中漸漸覺得跟尚之桃相守到老不會是一件痛苦的事，反而會成為他過去枯燥無味生活的結束，一個熱鬧溫暖生活的開始。

尚之桃還是沒有講話。

她覺得太快了。

今天發生的事她甚至都來不及想，就這麼發生了。她終於開口講話：「爸，媽，你們看這樣好不好……我跟他單獨談談……」

「你們談吧，我們走了。店裡還忙著。」

兩個老人向外走，出門前大翟突然問欒念：「多大了？」

欒念還沒開口，尚之桃就說：「他快四十了。」

他想，年齡不是問題。那就說一個讓老人接受的年齡就好了，反正他又不需要報身分證，結果尚之桃真狠。大翟看欒念的眼神都變了，大概是年紀這麼大還沒結婚，八成是有什麼毛病吧？

「其實如果桃桃不跟我分手，我們現在應該結婚了的。」欒念卻不卑不亢，慢條斯理，姿態坦然。

在大翟和老尚走後，兩個人出去遛狗。

外面冷死了，沉默著遛了十分鐘，尚之桃問他：「隨時能結婚？」

「當年如果我不跟你分手，現在都有孩子了？」

「對。」欒念回答她：「我講的每一句話都是真話，我對妳說等我回來談談，想談的就是這件事。我想跟妳重新開始，以結婚為目的去戀愛。結果妳走了。」

欒念看著尚之桃，冰城的寒冷天氣凍得他們耳朵通紅，尚之桃的鼻尖也有一點紅。

北國的冷是直白的冷，寒風打在你身體上會把你打透。

「說謊話鼻子會被凍掉。」尚之桃說。

欒念抓起她的手捏他鼻子：「掉了嗎？」

「沒有。」

「所以，尚之桃，我們能重新認識一次嗎？從第一次見面開始。」

那時妳二十二歲，我二十八歲，我們風華正茂。

那時妳單純勇敢，我世故堅硬，但我們的眼神撞在一起，開始了一段不尋常的人生之旅。

如果回不到那個時候，那就從今天開始，妳三十二歲，我三十八歲，我們都還篤定，也沒有放棄對人生的期許。

或許，我們的愛情會穿越寒冷，走到春天，迎來屬於我們自己的早春晴朗。

尚之桃的鼻尖更紅，眼淚凍在臉上，她太狼狽了，但她還是說了一句：「好。」

她從來沒想過，二十二歲做過的夢會在三十二歲實現。

這大概就是人生最奇妙的那個部分。

欒念一手牽著她，一手牽著盧克，他們在冰天雪地裡走了很久。進門的時候都凍透了。

欒念去做飯，尚之桃從身後抱住他，冰涼的手探進他衣服，惹他起一身雞皮疙瘩。

他回過身看著她，她卻不抬眼，只顧捲他的衣服，直到那些好看的腹肌落到她眼中。

低下頭咬上去，欒念的腹部猛地收緊。尚之桃卻不依不饒，緩緩向上，踮起腳尖吻他，冰涼的手又去探他，欒念閉上眼，心想這個女人現在太要命了。

猛地將她抱上流理臺，抵住她：「誰跑誰是傻子。」

「反正我不是。」

尚之桃抬腳勾他，冰涼涼的檯面令她痛苦，卻也有一點令她歡喜。

「不吃飯了嗎？」她在欒念失控的時候問他。

「不吃，先吃妳。」

尚之桃心想，是誰說弟弟好？老男人好不好只有她自己知道。給十個弟弟她都不會將欒念換掉。

兩個人就這麼胡鬧到傍晚，欒念終於暫時把積了幾年的火發出去。問她：「要不要出去吃？」

「要。」

尚之桃跳下床：「我們出去吃！」

「妳不累？」欒念驚訝於她的體力。

尚之桃卻說：「我們那些活動可比你難搞多了，那多耗體力呢！」

說完嘿嘿笑出聲：「我們出去喝點小酒好不好，外面下雪了呢。」

「妳怎麼知道下雪了？」

「我是冰城女孩，下雪我能聞到。」

欒念打開窗簾，果然下雪了。

「冰城一年要下多少場雪呢？好像從秋下到春，有下不完的雪。」尚之桃套上毛衣，又穿上欒念送她的羽絨外套：「你知道你這麼多年送我那麼多禮物，我最喜歡那一樣嗎？」

「哪一樣？」欒念問她。

「重逢後的每一樣。」

尚之桃說完捧著他的臉：「重逢後的每一樣，我都沒想過要賣。我真心喜歡。」

「都沒有包貴。」

「但都比包好。」

「妳說好就好。」

尚之桃想，其實並不是他更會送禮物了，而是他這個人變了。雖然仍舊尖銳，卻開始思考她想要什麼了。

尚之桃一直想跟他平等的相愛，重逢後的每一天，都好像越發接近她想要的愛的狀態。

這是她的幸運嗎？

她將手塞進欒念口袋裡，對他說：「我想去見見梁醫生。」

第三十六章　奮不顧身

尚之桃在這一年年底的時候去參加代理商大會，帶著她的夥伴們。欒念開車來到冰城，拉著她和盧克一起回北京。

盧克上一次坐車在這條高速公路上遠行是離開北京那一年。帶牠回去的朋友說從前牠也往返幾次，都很好，那一次卻暈車了，吐了幾次。

今天的盧克很乖巧。牠坐在後座上看外面的雪景一點一點變，越向關裡開雪越少。

尚之桃在副駕上開著電腦處理工作，季末又逢年末，整個團隊都在衝業績。公司的小夥伴被排了AB班，線上二十四小時都有人。

有時看大家熬得不成樣子就有一點心疼，開始著手在市面上招人。

她對張雷說：「我不知道你們公司別的代理商是怎麼樣的，我希望我的員工能幸福一點。女員工能在下班後有時間去看場電影，約個會；男員工可以約朋友去喝酒打遊戲。」

「所以妳不是典型的資本家。」張雷這樣總結。

尚之桃不想做資本家，她希望她身邊能少一些戾氣。

她現在開電腦做的兩件事，第一件事是看員工們推過來的履歷，第二件是寫明年規劃。

尚之桃的公司作為新引入的代理商，日耗從兩萬到三十萬，預估明年達四十萬，這樣算下來明年一年的業務流水是一點四億。她有百分之七的淨利。尚之桃帳算得清楚，到明年三月份，她就可以把房產抵押貸款結清了。到五月份，她就可以貸款買車了。

這個翻身仗打得太累了，好在她看對了市場，給自己和員工尋求了一線生機。

她一邊做業務規劃一邊問欒念：「我知道這個問題敏感啊……但我純粹好奇，你的年收入到底是多少？」

「妳問哪個部分？」

「你有幾個部分？」

「薪水收入的話有本薪、股票分紅、還有固定獎金。妳沒在淩美幹過？妳問我幾個部分？」

「那還有別的收入？」

「不然？我從來都說不要把雞蛋放在同個籃子裡。」

尚之桃想了想，覺得他說的有道理。於是又問：「那其他收入……」

「房產投資、股票投資、酒吧，還有其他。」

「……」

尚之桃想，這個時代的確是有一些人跑在前面的，在妳走投無路 All in 的時候，有的人已經把雞蛋放在不同的籃子裡了。

再過一下，欒念認真的說：「年收入差不多兩千萬左右。薪水占比不高。」他剛剛真的認真算了。

「好的。到了二〇二二年我的年收入應該就跟你持平了。」

「所以我不會再進步了是吧？」欒念看她一眼，又問她：「錢多了準備做什麼？」

「捐出去。」尚之桃認真的說：「我跟林春兒聊過了，我會按照收入的百分之十五配捐。年紀越大越想做公益。」

「妳才幾歲？」欒念笑她：「但我支持妳。我也被宋秋寒拉到了他們的組織。說不定哪天我們就相見了。」

「嘿嘿。」

就這樣一路聊到北京，進社區的時候已進深夜。

欒念車停在社區保全亭取快遞，將車窗搖下，保全旁邊站著的西裝男人突然說了一句：「尚小姐，盧克！」

「你還記得我。」尚之桃對他笑了：「現在是不是又升職了？」

「是。我承包了這個社區物業的保全工作。」

「哇！」尚之桃真心為他高興：「你太棒了，恭喜你。」

「不客氣。我辦公室就在寵物店旁邊，尚小姐沒事可以來坐坐。」

「好的！一定去！」

尚之桃和保全都有一點感慨，十年過去了，從她第一次來欒念社區送資料他幫忙攔車開始。社會發生了翻天覆地的變化，他們也發生了翻天覆地的變化。

欒念放好快遞上了車，對保全點頭：「明天我過去。」

「好的。」

尚之桃覺得這句話有點奇怪，就問他：「什麼意思？」

「我今天說我的收入構成裡的『其他』項。」

「你投資了他的保全項目？」

「嗯哼。」

也是機緣。欒念有一天去保全亭辦事，聽到他在打電話：「我就借三十萬，肯定能賺錢。是跟物業承包。」

於是對他說：「我來投資好了，你除了本金每年給我百分之十。」其實沒多少錢，一年分下來五六萬，但欒念覺得這保全人非常好，他看人準，就做了這一小筆投資。

尚之桃聽欒念說完，覺得他這個人真是一如既往的奇怪。明明長了一張寡情臉，卻也樂善好施。

回到欒念家，最開心的要屬盧克。

牠在樓上樓下跑來跑去，好像回到自己的地盤。一激動，抬了腿。

尚之桃急得聲音都變了：「盧克！」像回到牠第一次來這裡的時候，無論如何要在屋裡開尿占地盤。

「盧克你怎麼回事！你不能每到一個新的地方就做記號你知道嗎？」尚之桃開始訓牠：「你就這麼憋不住尿嗎！」甚至揪著牠耳朵，沒用多大力，但氣勢嚇人。

「你有病吧？」欒念拿開她的手：「牠是狗，牠要是什麼都能控制那不就變成人了嗎？人還不能控制一切呢！人喝多了還在外面尿尿呢！」

「妳對盧克溫柔一點，牠多大了？妳每天跟牠喊什麼？」

「……」

尚之桃被欒念劈頭蓋臉訓了一頓，再看盧克，咧著嘴特別開心。

欒念對牠說：「走，去社區裡澆花。」

尚之桃打死不肯動，坐了一天車，看了一天電腦，她要累死了。就斜靠在沙發上回工作訊息。

欒念這一遛遛了很久。

盧克離開這裡，突然回到這裡，又開始耀武揚威。說到底牠是一條嫌貧愛富的狗，牠就喜歡欒念這裡，社區很大，有很多草坪很多樹，還有很多穿得很漂亮的小母狗。最重要的是，盧克覺得跟欒念一起走在這裡最為安全。

牠特別開心，以至於不願意回家。欒念也由著牠，牽著牠去社區外走大圈。

路過寵物店的時候，盧克歪著腦袋站在那，過了半晌跳到欒念身上，朝那個方向叫。大意是：「洗澡的地方！我不去！」

「明天你去也得去，不去也得去。你都黑成什麼樣了？」欒念一邊抱著牠走，一邊捏牠耳朵安撫牠。

尚之桃在沙發上睡著了，手機掉在地毯上都不知道。欒念進來的時候她剛好翻了個身，整個人蜷縮進沙發裡。她就是這個姿勢，甚至沒去樓上看看。

總覺得這不是自己家裡。

欒念捏她臉：「去樓上睡。」

尚之桃迷糊應了，站起來，頭擱到他胸前，欒念彎腰抱起她，帶著她和盧克上了樓。

他的臥室還是老樣子，沒什麼溫度，乾乾淨淨。但他的床品依舊舒服。

尚之桃最喜歡欒念挑選床品的標準，所以她在裝修自己的房子後，也依據當年欒念的喜好買了舒服的床品。無論如何要睡在一張舒服的床上，這樣一天的疲憊很容易被洗去。

欒念把她放到床上，幫她脫掉鞋襪毛衣，尚之桃翻個身繼續睡。再翻身的時候就滾進了欒念懷裡。

她睡覺仍舊不老實，欒念的腿必須鎖緊她，這樣才能避免她將他踢下床。那個時候他很難控制自己不還腳。

到底還是需要熟悉，平常習慣獨自睡的人，儘管這幾次已經刻意睡在一起，但很多習慣是很難改掉的。在睡夢中也要相互制衡，睡一覺就像在打架，第二天睜眼都有些精疲力盡。

尚之桃看了眼時間，代理商大會是下午，於是在欒念起床後又補了一個多小時覺，再睜眼終於覺得不累。欒念留了一張紙條給她：「早餐在樓下，我帶盧克洗澡。」

好像帶盧克洗澡是一件多麼重要且值得紀念的事。

尚之桃吃了東西又躺回床上，看到欒念床頭櫃上放著一本書，就拿過來翻看。書裡夾著一頁破損的紙，尚之桃瞄了一眼卻愣在那裡。

尚之桃，也就是我，三十歲之前的願望清單：

一、帶父母旅行。

二、學好英語。

三、學開車。

四、學好法語。

五、去西藏。

六、出國。

七、讀兩百本書。

八、買一輛車。

九、在北京買一間小房子。

十、跟愛的人在一起。

是不是每一個女孩都有一張這樣的願望清單？寫在紙上或記在心裡。

尚之桃在凌美的最後一天，臨行之前又整理辦公桌。她將自己的工具書、辦公用品都帶走了，在抽屜底下，壓著這張願望清單。她拿出來看了很久很久，最終還是將它留在了那。她實現了很多願望，唯獨最後三個沒有打勾，後來只要想起就覺得遺憾。

是在那年欒念從美國回來後的一天，他在公司待到凌晨，辦公室裡空無一人。他坐在那裡隔窗看著尚之桃工位的方向很久，終於還是走了過去，坐在她曾經的那把椅子上，抬頭看著他的辦公室。六年來不知道多少次，她坐在這裡完成對他的注視。

她的辦公桌乾乾淨淨，阿姨每天都擦，再過幾天又會有新人坐在這裡。欒念坐了很久，起身之前打開她的抽屜，看到她的願望清單。

尚之桃寫了一手好字，是他認識的人之中寫字最漂亮的。別人學鋼琴唱歌跳舞，她學寫字，安安靜靜，一個字一個字去寫。她的願望清單都打了勾，卻在三十歲之前沒有一間小房子，也沒能跟愛的人在一起。

欒念彷彿看到二十二歲的她於一個寂寂深夜坐在這裡寫願望的情景，每一個願望一定都是在心裡想了好多遍，所以才認認真真寫下的。

那天他非常難過。

欒念拿走了這張紙條，把它塞進自己的枕邊書裡。這個願望清單跟著他一起閱讀了很多書。

尚之桃從來不覺得欒念是這樣的人。他愛恨分明做事從不拖泥帶水，他向來任由人來去自由從不挽留，甚至在她跟他分手那天，他挽留的方式也僅僅是對她說：妳想好，離開了就不要回來。

但他收起了她的願望清單，就放在他的枕邊書裡。

尚之桃偷偷放回去，又把書放回原處。準備出門去參加代理商大會。

『妳開我的車去。』欒念打電話給她：『我今天不出門。』

「不啦。我晚上約孫雨喝酒，不開車啦。」

尚之桃跟孫雨約在會場，孫雨因為是KA客戶，要做論壇嘉賓，張雷親自邀請的。其實不算邀請，寄了一張線上邀請函，對她說：「不來不行。」

孫雨在論壇上分享了網路廣告對她公司的積極影響，尚之桃坐在下面安靜的聽。會議結束後還有代理商晚宴，她去坐了一下，認識了一些代理商老闆，也聽到一些新鮮的玩法。

八點多的時候，她和孫雨從酒局裡逃了出來，直奔她們從前最喜歡吃的那家烤肉店。

烤肉店還開著，生意大不如前，兩個人擇了靠窗位坐下，各要了一瓶白酒。

玻璃杯杯口有破損，她們二人笑著相碰：「有缺口才圓滿。」

或許是因為時隔幾年又坐在故地的緣故，那天她們喝了很多酒，講了很多很多舊事，都沒有刻意迴避那個名字。

她們都喝得有點多了。出了烤肉直走左轉再右轉，就回到那個門口。

孫雨吐完了，仰著脖子看那窗戶很久很久，對尚之桃說：「不如我買下來吧？」

「別了。」尚之桃抱緊她：「過去的就讓它過去。」

「他在雲裡，也在我心裡。」

欒念開車將醉酒的兩個人接走。

送孫雨回家的路上，兩個人在車上口齒不清不知道講的是什麼，好像彼此又能聽懂。這就挺奇怪。

一點貓尿喝成這樣，可真行。

他板著臉將孫雨送上樓。孫雨後來在三環邊買了一間房子，她一個人獨居。欒念拿著她的手按指紋鎖，將她送到她床上，又裝了杯水，然後打給Lumi：「妳的好朋友孫雨喝多了。」

Lumi「我靠」了一聲，欒念聽到她穿羽絨外套的聲音，就掛斷了電話。

Lumi二十分鐘就到，到的時候尚之桃正將臉貼在車窗上，她喝多了，嫌熱。

Lumi打開車門看看她，嘖嘖一聲：「出息。」看了黑著臉的欒念一眼，心想今天晚上有尚之桃好看了。轉身跑上樓。

欒念驅車帶尚之桃回家，她坐在副駕上十分不老實。欒念真的動了氣，就伸出一隻手把她按在椅子上：「妳再鬧我把妳扔下去！」

尚之桃愣了愣，突然咧嘴哭了：「你太凶了，你為什麼這麼凶呢？你不會好好說話嗎？」

「……」靠。

「別哭了。」欒念過了一下，語氣軟了下來：「是不是因為妳胡鬧我才凶妳的？」他嘗試跟一個喝多的人講道理，但喝多的人根本不講道理。

「不是！你就是不會好好講話！」

尚之桃一把鼻涕一把淚，一路哭到欒念家。

欒念從沒想到自己有生之年要這樣哄一個醉鬼下車。尚之桃坐在車裡哭，欒念站在車門外，要彎身抱她：「別，你抱我幹什麼，我跟你又不熟。」

「我自己不會走嗎？我為什麼要你抱？」

「你得跟我道歉。」

「道什麼歉？」

「你剛剛罵我。」

「我沒罵妳。」

尚之桃又哇的一聲，靠在椅子上哭了，眼淚一對一雙地落，鼻涕也流了出來。欒念真想弄死她：「妳別太過分啊尚之桃，再過分妳自己睡車上吧！」

「這就是男人，妳喝多了他不管妳，不耐煩……還罵人……」尚之桃繼續嚶嚶的哭。

哭得欒念頭大了，僵持很久，終於屈膝蹲在地上：「好了，我不該對妳大聲講話，我跟妳道歉。」

「那你誇我。」

「……」欒念心想，我他媽以後再讓妳喝一滴酒我就跟妳姓：「誇妳什麼？」

「誇我好看。」

欒念沒忍住，哧一聲笑了：「好的，妳特別好看。」

「還聰明。」尚之桃補充。

「對，還聰明。」

「還很有才華。」

「嗯，很有才華。」

欒念費了很大力氣才把尚之桃從車上弄下來，抱著她上樓，才走幾步，她就睡著了。把她放在床上，為她脫衣服，又擰毛巾幫她擦臉，餵她喝水，一折騰就到了深夜。洗過澡白白淨淨的盧克坐在床頭看著他們，神情有一點納罕：「媽媽怎麼了？媽媽怎麼看起來不太對？」

「你媽今天瘋了。」

欒念躺回床上拿起枕邊書，翻到看到的那一頁，拿出願望清單看了看，這清單是他的書籤，提醒他書看到哪一頁，也提醒他曾經有一個女孩對生活懷揣怎樣的憧憬。將清單輕輕放在桌上，看了幾頁書。尚之桃翻了個身，腿搭在他腿上，在她要動腿踹他之前，欒念的腿就鎖住了她的：「喝多了也不消停！」

是在夜裡，尚之桃翻了個身，握住欒念的手，含糊說了句：「我們都很想你。」帶著幾分難過。

欒念瞇著眼在黑暗中看著她，看不清，指尖探到她眼角，濕濕的，做了讓她難過的夢。

很多人都喜歡說「時過境遷」這個詞，這個詞的後面往往跟著「物是人非」。

欒念知道尚之桃所說的「我們」指的是誰，也知道「你」指的是誰。他們重逢後從沒有談起過，但欒念在尚之桃家的書牆上打開一本書，看到上面的讀書筆記，他知道出自於誰。

就這麼折騰一夜，第二天欒念起來的時候有起床氣。尚之桃下樓找他，看到他在跑步就湊到跑步機前，對他笑了笑。

「睡得好嗎？」她問他。

欒念看她一眼不講話，繼續跑步。

「你心情不好啊？」尚之桃又問。

他還是不理她，一直到跑完才對她說：「妳知道妳自己現在的酒量是多少嗎？」

「我現在酒量挺好的。」

「妳昨天喝了多少？」

「我不記得了。」

欒念拿過手機打開影片遞給她：「自己看。」

尚之桃看到一個醉得狼狽不堪的自己，眼淚鼻涕糊在臉上，還不許欒念動她。她指責欒念不夠溫柔，也指責他不好好講話。

尚之桃被自己逗笑了：「不喝了不喝了。」她解釋道：「我只是跟孫雨這樣喝。」

「跟付棟不喝？」

「跟 Lumi 不喝？」

「跟賀雲、尚之樹不喝？」

欒念接連發問，他的不悅十分明顯，並不只是因為尚之桃對他耍酒瘋，也因為她睡夢裡那句話。

「昨天喝得多了點，之前沒這樣過。」尚之桃對他抱歉的笑笑：「照顧喝醉的人是不是挺累的？」

「沒有。」

「但你看起來很累。」

欒念不再講話，上樓準備沖澡，尚之桃跟在他身後：「是不是我喝多了打呼踢人你睡不好？」

「不，妳說夢話。」

欒念一邊脫衣服一邊看她：「妳喝多了最煩人的是說夢話。」

「我說什麼了？」

「妳說……」欒念頓了頓：「妳說妳非常愛我。」扯出一抹壞笑，關上門。

他沖澡，尚之桃在外面聽著，又想像他洗澡的樣子，索性就將門開了一個縫，腦袋探進去。

欒念站在蓮蓬頭之下，水流順著他的頭髮流到他臉上，鼻尖上掛著一滴水珠，半天才滴下來，再流下去，到他肩頭、胸前、人魚線。

尚之桃有些看傻了，吞了口口水，心中罵自己是個色胚。

欒念在她放肆的目光下膨脹，見她一動不動，就對她說：「要麼進來，要麼滾蛋。」

尚之桃當然想進去，但她身體不方便，笑了笑：「唐突了。」關門的時候聽到欒念罵了一句。

她心情大好，坐在床上等「美男出浴」的時候甚至在想，短影片平臺上那麼多好看的男人，有欒念這種腔調的不多。所以如果有一天她再次破產，是不是可以拍欒念賺錢了？

欒念出來後尚之桃問他：「今天我們做什麼？」

「補覺。」

欒念淡淡一句，躺在床上，見尚之桃不動，就把她拉到身邊躺著：「先睡一下。」

「然後呢？」

「然後我晚上約了幾個朋友，一起嗎？」

「我晚上約了 Lumi 逛街啊。」

「好。」

尚之桃真的約了 Lumi 逛街，她難得來北京一趟，早在來之前就約好了。晚上欒念將她送到她和 Lumi 逛街的地方，一個人去赴約。

今天這個飯局是譚勉早上安排的，聽說尚之桃在北京，就特地叮囑欒念帶她一起。他進門的時候其餘人都到了，林春兒站起來跑到門口，看到後面沒有人就問他：「人呢？」

「她有事。」

「早知道尚之桃不跟你來，我和宵妹也不來了啊。」

「她約了朋友。」欒念這樣說。

林春兒和宵妹都不喜歡參加男人的聚會，是宋秋寒他們說今天不一樣，備受矚目的尚之桃女士來北京開會，妳們剛好可以見到，所以她們才來。

欒念沒有講話。

一頓飯都沒怎麼講話。尚之桃好像不像別的女朋友，對男朋友有分享欲。她在逛街，並沒有跟欒念講任何話。

林春兒偷偷拍了一張欒念的照片傳給尚之桃：『尚之桃女士，妳男朋友鬱鬱寡歡。』

尚之桃正在陪 Lumi 試衣服，看到這則訊息笑了：『他怎麼了？』

『大概是因為別人都有女朋友或者老婆陪聊，他嫉妒？』

林春兒是多聰明的人，看欒念神色就知道他為什麼不開心。因為想帶女朋友見朋友，但女朋友沒來。男人有時很複雜，有時也很簡單。

Lumi 試衣服出來看尚之桃回訊息，就問她：「怎麼了？」

「沒事。」

尚之桃把欒念邀請她跟朋友一起吃飯的事情說了，她並沒想那麼多。

Lumi 去付錢然後對她說：「尚之桃妳今天應該去。」

「為什麼？我好久沒見妳了。」

Lumi 手臂搭在她肩膀上：「妳是不是傻？倔驢要把妳介紹給朋友妳為什麼不去？」

「尚之桃我告訴妳啊，妳不要一邊談戀愛一邊動搖。妳從來都不是那種人，別給妳自己找彆扭。今天這件事怪妳，妳就應該放我鴿子，穿得漂漂亮亮的去見他朋友。憑什麼不見啊？妳見不得人嗎？妳不去蓋章，會有人願意去的！Luke 那德行，別看快四十歲了，想睡他的人可不少。妳就是要滲透知道嗎？無孔不入滲透到他的生活裡。」

「然後呢？」

「然後讓他時時刻刻都想妳。」

「比如呢？」

「比如跟他的朋友搞好關係，以後他的朋友經常提起妳；比如在他家裡放妳的東西，讓他無論吃飯還是拉屎都能想起妳；比如送他內褲，讓他脫褲子就想妳……」Lumi 一句接一句，尚之桃被她逗得笑的前仰後合。

「妳上戀愛培訓班了？」尚之桃問 Lumi。

「倔驢培訓妳損人了？」Lumi 反問她，然後推了她一把：「去吧尚之桃。堅定一點，像妳從前一樣。」

Lumi 也是聰明人，她能看到尚之桃和欒念之間的問題，那就是尚之桃並不像從前堅定。又或者她的堅定不再像二十多歲一樣，掛在臉上，清清楚楚，明明晃晃。

尚之桃偷偷問林春兒：『春兒，你們在哪？』

林春兒傳來一個定位。

她攔車去了。

到的時候已近九點，傳訊息給欒念：『Hello，我現在可以參加你的聚會嗎？』

『？』

『你可以出來接我一下嗎？』

欒念覺得自己陰了幾個小時的心情突然有了光照，突然就笑了。其餘人看著他：「？」

他站起身走出餐廳，看到尚之桃站在那：「不是要逛街？」

「要逛街，也想跟男朋友的朋友們一起吃飯。」

「都是殘羹冷炙了。」

「不重要。」

「什麼重要？」

「跟你在一起重要。」

尚之桃並不會一直講甜言蜜語，偶爾講幾句都是發自真心。欒念也並不是誰講甜言蜜語他都聽的人，但他吃尚之桃這套。

「走吧。」他向裡走，進門前突然握住尚之桃的手。

尚之桃的心跳了一下，臉騰地紅了。

「妳臉紅什麼？不能牽手？」欒念明知故問，將她的手又握緊一些，帶她進了門。

林春兒最愛胡鬧，帶頭起鬨，哦哦哦的叫。

餐廳的人都看著他們，尚之桃手心滲出細汗。她這些年也算有過小小壯舉，一個人旅行、三語主持發布會、操盤上億專案；也算見過一些人，大到省級官員，普通到街頭小販；但她沒這麼緊張過。

指尖甚至有一點涼。

欒念拉著她站到桌邊，沉默了半頓飯的人突然光芒繁盛：「跟大家正式介紹一下，我女朋友尚之桃。」

「大家好。」尚之桃紅了臉，像回到二十出頭年紀，不經世事，單純乾淨。

林春兒起身擁抱她：「妳好網友。」

「妳好，公益主理人。」尚之桃很鄭重。

宵妹也擁抱她：「妳好，精通三語的學習天才。」

「妳好，考古專家。」

譚勉跟她握手：「我覺得我在哪裡見過妳。」

「那年你和欒念在我們公司司慶上唱〈I Hate My Self For Loving You〉，我在臺下維護秩序。女同事們挺瘋狂的。」

林春兒指指他們握在一起的手：「所以欒念可以鬆開手嗎？」

「不。」

欒念拒絕，為尚之桃拉開椅子讓她坐下，就坐在他身邊。

有很長一段時間，欒念並不喜歡參加可以攜帶伴侶的聚會，宋秋寒永遠和林春兒黏黏糊糊，送她一朵花又或者不許她露腰；陳寬年經常跟宵妹嬉鬧。他經常會在這樣的場合悵然若失，想起那個每次只要他接電話，就想躲開的女生。

愛是需要滲透的。

像日光照進窗簾縫隙，慢慢填滿一整間屋子。

就這樣滲透進彼此的生活，分享彼此的朋友、心事、愛好，一起走遍大山大河，也一起把兩個人的小日子過好。

欒念從前不懂也不屑做，但時間教會他這些。

他覺得他能做得更好一些。

從今天開始。

尚之桃第一次見欒念的朋友們，是在臧瑤的遊記上，但那時沒有宋秋寒和陳寬年，現在想來，那已經是十年前的事。

年輕的尚之桃在遊記上看到他們在冰天雪地的北海道泡溫泉、喝酒，看到欒念笑著把臧瑤丟進雪裡。那時的她經歷了一次爆裂，一次崩潰。

那時的她知道欒念熱愛自由，自己又沒有光明的身分，就總是刻意又顯得恰好的迴避他的電話，不問他的行蹤。即便後來他們戀愛以後，她也從不要求見他的朋友和家人。

那時的她，冷靜的像一個局外人。

今天這樣的聚會，她從前也有想過。當她身處其中才發現這種感覺真的棒極了。不僅因為他們是欒念的朋友，也因為他們都是很好很好的人。尚之桃從前就會想，欒念這麼挑剔尖銳的人如果交朋友，那他們一定會很包容他。

她端坐在那聽他們聊天，話題很豐富，天南海北。

林春兒和宵妹坐膩了，就一起問尚之桃：「要不要買飲料？」

「要。」

「不要。」

尚之桃欒念同時開口，她轉向他：「為什麼不要？」

欒念不想讓她走，他還沒有享受夠女朋友坐在身邊帶給他的滿足感。但尚之桃不聽他的，學他挑眉，跟女生們一起買飲料。

出了餐廳，林春兒立刻模仿欒念，臉一板：「譚勉今天挑這餐廳不行。」

「吃飯就吃飯，少講話。」

「林春兒宋秋寒你們坐遠一點。」

「宵妹妳怎麼忍受陳寬年的？」

她學得特別像，尚之桃要笑死了。宵妹還在一邊補充：「我也不是沒有女朋友，只是我女朋友今天很忙。」

幾個人大笑出聲，尚之桃點頭：「太像了太像了，他就是這個鬼樣子。」

「我原本以為他這樣的人會沒有朋友。」尚之桃說道。

「我還以為他一輩子找不到女朋友呢！」林春兒說，然後問她：「生意怎麼樣啦？」

「剛剛起步，就還好。很多東西我都不懂，也在慢慢學習。」

「欒念說妳學習能力最強了。他什麼時候誇過人吶，所以我覺得妳一定沒有問題。」會學習的宵妹說。

「他誇我？」

「對，在妳看不到的地方。」

三個女生各有各的好看，往飲料店裡一站就引人側目。一人要了一杯熱奶茶，邊喝邊在餐廳周圍走路聊天。

文物修復、公益項目、網路廣告，想起什麼聊什麼，有說不完的話。慢慢就有一點相見恨晚。

酣暢淋漓。

尚之桃回到欒念家跟他遛狗的時候還在喋喋不休：「為什麼林春兒那麼可愛，她跟宋秋寒真的很般配。」

「宵妹好有學問，我看過她講文物，結果真人更加博學。」

「宋秋寒跟陳寬年竟然是高中同學，可他們一點都不像。」

欒念一邊遛狗一邊聽她念叨，有時看她一眼，覺得她是真的開心。於是問她：「喜歡嗎？」

「喜歡！」

「喜歡下次也不帶妳。」欒念有仇必報，對她皮笑肉不笑：「去逛街。」

「小氣鬼。」尚之桃說他是小氣鬼，又對盧克說：「你爸爸是小氣鬼。」

盧克汪了聲：「我爸爸不是！」堅決捍衛爸爸的形象。

「尚之桃。」

「嗯？」

「下次還帶妳一起。」

「好啊。」

尚之桃想了想：「那等你下次來冰城，我帶你參加我們冰城的酒局好不好？可能就是一群人坐在一起高高興興喝頓酒，聊的不一定有營養。」

「賀雲會來嗎？」欒念對賀雲這個名字有印象，他們在一起時賀雲打過電話給她。

「會啊。」

「那好。」

他們之間看起來很好，彼此放開了社交圈邀請對方進來，欒念每個週末都去冰城看她，見面的時候會瘋狂做愛，然後相擁而眠。

就是普普通通小情侶的樣子。

但欒念總是覺得，尚之桃的那顆心並沒有被真正燃燒起來。正如尚之桃所想，她與他之間繃的那根弦還在，只是彈性更大，不像從前那麼易斷。

在過年前最後一個週末，尚之桃臨時有事去公司。欒念坐在尚之桃家的客廳裡，看著那一面書牆。他知道，距離一直都在，並沒有因為他們重新開始而消弭。

他在她家客廳坐到傍晚，突然無法忍受這種距離感。起身直奔了機場。到機場的時候傳訊息給尚之桃：『我有事回北京。』

『好的。』

尚之桃回他，並沒問什麼事，也沒問他什麼時候再來。

她在公司裡加班跟員工們一起搞了一個大帳戶，等她從會議室出來才發現已經半夜了。就傳訊息給欒念：『到了嗎？』

『到了。』

『我是不是過年後才能看見你了？』

『嗯。』

『早點睡，晚安。』

『晚安。』

尚之桃回到家裡，看到灶臺上欒念燉的羊蠍子。他說天氣冷，晚上他們吃一點熱騰騰的。開火熱了，盛出來啃了一塊，忍不住傳訊息給欒念：『羊蠍子真好吃。』

『不是睡了？』

『我剛到家，有點餓啦。』她傳了一張戴著黑框眼鏡的自拍照給他看。

『真醜。』

『嘿嘿。』

尚之桃吃了羊蠍子去沖澡，回來的時候又覺得這麼好的羊蠍子真的就應該配個熱鍋才對。她惦記羊蠍子配熱鍋，第二天中午起床後打電話給老尚說不回家的事，然後就自己支起了電火鍋，冰箱裡什麼都有，欒念原本洗好要昨天涮的菜整整齊齊擺在那，冬瓜、白蘿蔔、青筍、鮮豆皮、白菜，都是她喜歡吃的。

她一個人吃飯，突然覺得有一點無聊。就對欒念說：『你準備了好多吃的，我一個人吃不完。』

『慢慢吃。』

『我有一點想吃那家魚莊的魚了。還開著嗎？』

『開著。』

『那等我下次去北京，你帶我去吃好不好？』

『好。』

欒念的回答都很簡短，儘管他從前也不願講廢話，但他們重逢後他回覆訊息會熱一點。

欒念回北京什麼事都沒有，這一天開車去了山上酒吧。他喜歡的那輛車在送尚之桃和盧克回冰城後留給尚之桃開。她車賣掉了，工作應酬多，生活瑣事也多，沒有車總是不方便。尚之桃不肯留，他把鑰匙拍下就走了。

欒念說不清自己怎麼了，總之就是心情不好。有人拿著相機對著酒吧左牆上那幅巨幅照片拍照，看到欒念進來就放下相機，對他笑笑。

是多年未見的臧瑤。

她剪了短髮，俐落幹練，但眼角也有了一道皺紋。放下相機朝欒念伸出手臂：「不擁抱一下嗎朋友？」

欒念上前禮貌握手，老友相見，心中是有波瀾的：「妳什麼時候回國的？」

臧瑤剛要開口，就有童音喊她「媽媽」，緊接著一個小男孩跑了過來。小男孩是混血兒，有著一雙藍眼睛。

「叫叔叔，小麥。」

「叔叔好。」

臧瑤蹲下去親了小麥一下又站起身：「我十月份回國的，先到了廣州隔離，來北京後又居家了半個月，見了一些朋友，然後就到了年底。」

「怎麼找到這的？」

「譚勉告訴我的啊。」

「喝點什麼？」

「溫水。我戒酒了。」

欒念看了小麥一眼，神色柔和：「小麥喝什麼？」

「優酪乳。」

臧瑤坐在吧檯前，服務生帶小麥去玩。臧瑤看了欒念好幾眼，終於笑著問他：「你不開心？」

「明顯？」

「明顯。」

欒念挑挑眉，將溫水推給她：「說說妳這幾年。」

「我啊……」臧瑤想了想：「我結婚了，生孩子了，離婚了，又再婚了。沒了。」

「忙碌的幾年。一個人帶孩子回國？」

「對，玩到明年十月份再回去。小麥經常問我國內是什麼樣子，我說很美，他不信。於是我就想辦法回來了。」

「不嫌折騰？」

「我本來就愛折騰，何況國內還有這麼多朋友，以及我的前男友們。」臧瑤笑道：「你怎麼樣？難得見你那麼外放，那照片掛在那真顯眼。」

「挺好。」欒念說。

兩個人都不講話了，臧瑤又回過頭去看那照片，再回頭看看欒念。她曾想過，欒念真正愛一個人是什麼樣子呢？會熱情嗎？會小心翼翼嗎？會磨掉他的尖銳嗎？

他好像還是冷靜，還是直接，還是尖銳，但還是有一些東西變了。原來欒念會改變的。

尚之桃電話打來的時候，冬日溫吞的夕陽已經鋪滿酒吧，臧瑤帶著小麥在附近拍照，欒念在窗前翻書。

『你在做什麼？』尚之桃問他。

「跟一個朋友聊天。」

如果這個朋友尚之桃認識，欒念會直接報出對方的名字，但他沒有。

『哪個朋友？我見過嗎？』尚之桃不是在查崗，只是想了解他。

「妳沒見過，臧瑤。」

對欒念來說，臧瑤是一個相交甚好的故友，對尚之桃來說，臧瑤是欒念心裡特殊的人。

欒念見尚之桃不講話，就問她：「怎麼了？」

『我知道臧瑤。臧瑤在後海附近租了一間房子，那間房子是Lumi的。Lumi看過你送臧瑤花。』

「然後呢？」欒念問她：「妳想表達什麼？」

欒念想聽尚之桃講一些熱烈的話，像當年一樣，在電話裡帶著義無反顧的勇氣說愛他，因為他喜歡就捧著幾個熱包子送到他面前，又或者在深夜離開又折返。如果在此刻，尚之桃質問他當年為什麼要送花給她，他一定會很開心，然後告訴她：「只是她打電話讓他幫忙帶一束花而已。」

而妳喜歡花，我會送妳一座花園。

不騙妳，我在山上租了一小片地，準備種花送妳。

這大概是欒念做過最浪漫的事了。

就是這麼簡單的事。

大家都可以暴烈、憤怒、毫不遮掩，因為濃烈的愛才會有濃烈的情緒。

『我沒有哦。你們聊吧，你到家打電話給我。』尚之桃掛斷電話。

欒念有點失望。

他到家並沒打電話給尚之桃，沖了澡就靠在床頭看書。書裡的字都進不了他的眼。他覺得喉嚨有點痛。山上風大，他罕見的感冒了。

梁醫生打電話給他問過年的安排：『你想去冰城過年嗎？如果你想去你就去，我跟你爸約幾個好朋友一起過年就好。而且去冰城的話，最好後天就啟程。你總要準備一些禮物，不能空手去人家裡。』

「我不去。」

『你前幾天不是想去嗎？』

「我有一點不舒服，不去了。」

『哦。那我們來認真討論一下怎麼過年？你來這裡還是我們去你那裡？』梁醫生問。

「都行。」

『你怎麼回事！你才多大就都行都行！』梁醫生笑他：『你現在就選。』

「去你們那。」

『好。那你後天過來我們一起去採買一些食物。』

「好。」

欒念掛斷電話覺得自己好像有點發燒了，一量體溫，果然。爬起來去醫院門診做核酸檢測，然後回家服了一些退燒和消炎的藥就睡了。

尚之桃沒等到他的訊息，在深夜問他：『還沒到家嗎？』，又將這則訊息收回，看起來像查崗，而她並沒有那個意思。

『到了。剛剛去做核酸。』

『為什麼？』

『發燒了。』

『哦。那你吃藥了嗎？』

『吃了。』

尚之桃放下電話，突然覺得特別特別想念欒念。她好像很久沒有這樣熱烈的情緒了，迫切想見到他，跟他待在一起。

她看了身邊的盧克一眼，問牠：「我帶你去北京過年好不好？」

盧克愣了愣後騰地站起來：「汪！」好！現在就出發！

「好。那我們明天一早出發好嗎？」

「汪！」好！

尚之桃第二天一早先回了家一趟。她從小到大每一年過年都是跟老尚大翟一起，這是第一次，她決定千里迢迢去看一個人。

「他生病了，我想去看看他。」

「去唄！」大翟正在和麵：「開車注意安全。我跟妳爸過年回妳奶奶家，妳不用擔心我們孤單。人家一次次跑來看妳，妳不回報一次不好。」

都是明事理的父母。欒念每週往返他們看在眼裡，見面次數多了，也覺得是一個很好的人。

「那我走啦？」

「走。」

尚之桃開著欒念的車，載著盧克，向北京出發。

她並沒有告訴欒念她出發了，只是一人一狗在路上，向著她的心上人而去。

尚之桃想起二十多歲時奮不顧身的自己，她以為現在的她再也不會那樣了，可她在昨晚感到孤獨的剎那，又突然間充滿熱忱。

她從上午八點一直開到夜裡十二點，整整十六個小時。每隔一個半小時休息十五分鐘，就這樣一路開著。下午六點後，她開始腰痠，那也沒關係，開車時間縮短，休息時間拉長。

盧克真的太聽話了，牠一直坐在副駕上，看著外面的風景，不時叫兩聲，避免尚之桃瞌睡。

這一路，從關外雪到關裡風，從一座座不知名的小鎮到大城市北京，她第一次體會到如果真要見一個人該多麼辛苦。一次尚且不易，何況長年披星戴月。但欒念從沒說過，他沒訴過苦，儘管他仍舊會嘲笑她、批評她，但他從沒說過：「尚之桃，我為了見妳不辭辛苦。」

她車裡放著〈披星戴月的想你〉和〈這是我一生最勇敢的瞬間〉，當她聽到那句「遠在世界盡頭的你站在我面前」的時候，突然淚雨滂沱。

尚之桃特別高興，特別特別高興。

她覺得她回到了二十二歲。

回到為了愛一個人奮不顧身的年紀，回到還相信愛的年紀。

她在進北京的時候打了一通電話給欒念，她說：「我來看你了。」

孤身一人，一千四百公里，冰城到北京。

來看你。

第三十七章　終生浪漫

欒念看到一個無比狼狽的尚之桃。

外面寒風凜冽，她也凜冽，第一次沒有筆直的站在別人面前，腰微微塌下去。

盧克看到他高興的叫。

欒念特別生氣，紅著眼罵她：「妳他媽有病吧？妳一個人開過來的？」

「妳是不是不想活了？不想活了妳就他媽告訴我！」

「妳怎麼回事！妳多大了！妳……」

尚之桃走過去抓住他的衣領將他頭帶彎，狠狠吻他。欒念費了很大力氣才將她推開，她又纏上來，他只能捏著她的臉：「我感冒了。」

「那就一起感冒好了。」尚之桃笑著說。她有一點想哭：「在路上的時候我在想，我要當面告訴你，我像從前一樣愛你。」

欒念覺得這個女人真是個傻瓜，傻到讓他眼底有了薄薄一層濕意。唇觸到她額頭，不讓她看到他的動容，輕聲問她：「開了多久？」

「十幾個小時。」

「很危險妳知道嗎？」

「我知道。但我想帶著盧克來見你。」尚之桃抱緊欒念，輕聲問他：「欒念，你是哭了嗎？」

「胡說。」

「我看看。」尚之桃突然抬起頭，看到欒念紅著的眼，他轉過身不讓她看，太難堪了。但尚之桃跳著要看，他一直在躲，她一直圍著他繞圈，終於他停下，尚之桃看到眼裡蓄著淚水的欒念。

他一定不知道，他流淚的時候眼裡有亮晶晶的繁星。

尚之桃那顆心突然一下子被他填得滿滿的，欒念抹了一把臉將尚之桃拖進懷裡，狠狠抱她。

有一段時間，欒念覺得尚之桃跟他之間有一點距離，在她心裡好像什麼都比他重要，工作、親人、盧克、朋友。欒念不是完美的伴侶，他有極強的占有欲，他需要尚之桃把他放在心裡。

她放了。

他安心了。

尚之桃踮起腳親吻他下巴，他生病了，窩在家裡，臉上冒出一片青色鬍渣，扎著她的臉。欒念看著她那張被扎得通紅的臉，突然想起最開始那幾年，她總是會臉紅。

「尚之桃。」

「嗯？」

「雖然我很生氣，但妳能來，我很開心。」

欒念抱著她，兩個人躺在床上。都那麼累了，卻不想睡。尚之桃開始喋喋不休：「我見過臧瑤哦，那年在廣州飯店樓下，她半夜來找你。所以那時你們在談戀愛嗎？」

「？」欒念皺起眉頭：「妳有毛病嗎尚之桃？我隨便談戀愛嗎？」

「可她半夜來找你，你們一起旅行，你還送她花……」

欒念坐起來很認真地看著她：「妳怎麼知道我們一起旅行？」

「她在網站上發遊記，我看到了。那時我們剛剛發生過關係，我很難過。」

「但妳什麼都沒問我？」

「沒有。」

「為什麼？」

「我沒有立場。」

欒念突然有一點心疼。他突然了解了從前那麼多年，尚之桃在他這裡受到多少不能說的委屈。所以她的心是那樣一點點冷下去的嗎？誤以為他愛著別人，又被他拒絕，慢慢的就不敢再認真，不敢再愛他？

「所以妳覺得孫遠翥於妳而言最特別是嗎？」欒念問她。

「尚之桃，我一直嫉妒他。因為妳無論遇到什麼事，總先想起他。甚至有那麼一段時間，我覺得妳愛他。」

「所以，妳愛過他嗎？」

尚之桃聽到那個又遠又近的名字，終於坐起身，拉住欒念的手：「你要聽真話嗎欒念。」

「我要講真話給你聽。」尚之桃微微紅著眼：「那時我每天惶恐，總覺得自己哪裡都不好，又遇到一件又一件事，他一直幫我、一直關心愛護我，我信任他，像信任自己的親人。甚至有時我會覺得他比你重要，因為你永遠遙不可及，而親人就在我的身邊。」

「所以他離開的時候我無比痛苦。」尚之桃擦掉眼淚：「那時我討厭你看輕我們，你講過的每一句關於我和他的話都是對我們的汙衊。」

「他已經離開了，以那樣的方式。但我心裡永遠有一個角落放著他，因為我們曾一起度過過漫長歲月。」

「你能理解嗎？」

尚之桃握著他的手，她可以講假話騙他，說孫遠翥只是一個普通朋友，他的離開對她已經沒有任何影響。但尚之桃不想那樣，如果她講了假話，就是對她和孫遠翥友情的褻瀆。也是對她和欒念感情的褻瀆。

她不願那樣。

她希望他們之間乾乾淨淨的，不附著猜疑和不安，希望他們之間能從這一晚徹底從頭開始。

「你相信我嗎？」她又問了一遍。

欒念的唇貼著她額頭：「我信妳，尚之桃女士。」

「我有點睏了。」尚之桃拉他躺下：「你還發燒嗎？你好點了嗎？」

「明天我們可以多睡一下嗎？」

「明天我們做什麼？」

「我不回去了哦，我要在這裡過年……」

「睡吧。」欒念關了燈，手搭過去卻撲了個空，床墊動了動，緊接著一個滾燙的不著寸縷的身體貼近他懷中。欒念滯了一口氣，尚之桃身體熱，手卻涼，冰涼的手一路向下，欒念的身體縮了縮，握住她的手：「會傳染妳。」

「一起感冒多好。如果你還有力氣的話。」尚之桃的唇貼在他耳邊：「又不用你動。」學他的語氣，簡直一模一樣，破壞了旖旎的氣氛。

但她很快嚴肅起來，又去探索。

她覺得今天必須做這件事，跟他一起把自己最後剩的那點力氣用完。欒念被她激起鬥志，猛地翻過身殺了進去。甚至不許尚之桃發出完整的聲音，因為他的唇舌將她堵得死死的。

在她終於得以喘息的時候，聽到欒念在她耳邊說：「尚之桃，我愛妳。」

他的氣息並不穩，聲音又啞，尚之桃閉上眼睛覺得他把她帶到一個奇幻之境，耳邊是他的喃喃情話，他一輩子都沒講過這麼多好聽的話，他的唇和手到哪裡就誇她哪裡，間或說我愛妳。

在尚之桃覺得他溫柔得快不像他的時候，他又變回了他自己，將尚之桃從那片幻想裡拖出來，不許她胡思亂想，只讓她感受他。

強烈，爆炸，顫抖。

額頭相抵，她仰頭飲他的暴汗，又被他推回枕間，不許她動，就讓她生生受著。終於力竭。

尚之桃睡了一個好覺，手腳整晚纏著他，無論他什麼姿勢，她都要擠進他身旁，睡夢中還要他抱著她，倘若他抽手，她就會不滿。

他們從沒這樣過，睡在一張床上，幾乎沒有縫隙。

欒念第二天睜眼的時候突然得出一個奇怪的結論，那就是做愛治感冒，因為他完完全全好了。頭腦清醒，身體輕快。懷裡的尚之桃像一個小火爐炙烤著他，烤得他身體發燙。

他想做點什麼，卻聽到盧克撓門的聲音：牠快要憋壞了。

欒念胡亂穿上衣服開門，盧克生氣的對他汪了兩聲，轉身跑了。欒念拿狗繩追上牠，以最快速度帶牠出去開了泡尿。尿過尿的盧克頓時不急躁，昂首挺胸走在社區裡，像一隻鬥贏了的獵犬。

梁醫生打電話來，欒念接起，問她：「怎麼了？」

『你幾點回來跟我們一起採買年貨？』她問他。

「我等等要去公司拿東西，然後再回去。」欒念說：「另外，我應該會帶個人回去。」

『帶人？什麼人？』

欒念沒有講話，等梁醫生反應過來。過了一陣子，梁醫生終於說：『尚之桃？』

「嗯。」

欒念聽到梁醫生的大笑聲，她甚至回頭對欒爸爸說：『我怎麼說的？這次兒子不會搞砸！』

欒爸爸鼻子裡哼了一聲，卻能聽出有隱隱高興。

『我得準備點禮物給她，第一次來我們家。準備點什麼呢？包？』

「別。」欒念忙制止她，如果梁醫生也拿出一個包送給尚之桃，她一定會覺得送包是欒家的傳統，而她並不喜歡。

『包不行啊……那給紅包？我等等去取現金，五萬？十萬？』

「不用。妳怎麼這麼緊張？」欒念問她：「媽妳好歹也是見過大場面的人。」

『你閉嘴吧。我怕我不努力，單靠你自己，那你還不得把我兒媳婦氣跑。我對人家女生好點，回頭人家想踹了你，想想未來婆婆也能心軟……』梁醫生嘮叨著掛斷電話。

欒念看了眼盧克，揚起眉：「也帶你一起回去吧，把你留在家裡也怪可憐的。」

尚之桃沒有拒絕跟欒念回家，但她覺得她不能空手去，可她沒有任何禮物。偷偷問Lumi：『我要見他爸媽，應該帶點什麼？』

『沒那麼多講究啊，買點點心拎去就行，有禮有面，來日方長。』

『好。那我等等陪他去公司拿東西，妳要下來找我嗎？』

『我靠！妳來了？當然！』Lumi終於反應過來。

尚之桃離開淩美有一些年頭了。

欒念的車停在地下車庫，他上去拿東西，她上到地面。那家咖啡館還開著，馬上就要過年了，裡面有一點蕭條。

尚之桃推門走進去，看到當年的服務生們已經不在了，換上了更新更年輕的面孔，但咖啡依然醇香。

她看著外面行人腳步匆匆，想起自己在這裡度過的那六年。

她很慶幸，那六年的每一天她都沒有虛度。而今想起，都是沉甸甸的回憶。

她有一點感慨，以至於Lumi看到她的時候第一句就是：「怎麼樣？故地重遊，是不是感慨萬千？」

「是！」尚之桃將咖啡推給她：「妳最愛的。」

兩個人都不講話，尚之桃學Lumi，鬆弛的靠在沙發上，兩個人齊看著外面那棵枯樹。

一歲一枯榮，年輪也增了十圈。

欒念打電話給她：『妳上來幫我找東西，我找不到。』

「不方便吧？」

『有什麼不方便？快點。』不給她討價還價的機會，掛斷電話。

「勇敢點尚之桃，怕什麼？不是還有我嗎？如果有人敢說三道四，我揍她一頓就完事了！走！」Lumi 站起身，拉起尚之桃：「昂首挺胸，帶點自豪感：對！老娘就是睡了妳們夢寐以求的 Luke！一睡好幾年！」Lumi 一邊說一邊大踏步往前走，尚之桃跟在她身後，忍不住笑了。

所有人都會變，但 Lumi 不會。她從前什麼樣現在就是什麼樣。活得自在通透。

可當她填了拜訪資訊真的走進凌美時，腿還是軟了一下。

電梯門打開，她一眼看到熟悉的辦公區，往昔歲月撲面而來。彷彿看到當年的自己抱著電腦大步流星去會議室，永遠匆忙。那一場又一場會議，一個又一個加班的夜晚，一次又一次挫敗，都變成了勳章蓋在她身上。

有同事認出了她，驚喜的喚她：「Flora！」

尚之桃也叫同事的名字，與對方擁抱。也有人聽到這個名字站起身，看到當年那個認真勇敢的女孩。凌美有很多故事關於她。她走後，同事們聊起她都會說：「那女生真棒。」

大家都很激動，圍著她與她敘舊，問她現在在哪裡，做什麼，怎麼突然來公司。

欒念站在辦公室門口看了一下，終於開口叫她：「尚之桃。」

大家都詫異地回頭看著欒念。

「來不及了，幫我找一下。」

欒念對大家笑笑：「今天早點下班，提前祝大家新年快樂。」又對尚之桃說：「快點，等等還要去超市。」

尚之桃的臉騰地紅了。

「去啊。」Lumi推了她一把，怕什麼！就是要讓全世界都知道你們在一起！

欒念的目光迎著尚之桃，並沒有收斂的意思。公司裡盛傳他喜歡男性，他那個圈子的男性各個英俊。也有人盛傳他女友不斷，每個月不重複。但沒有任何一個人見過他的女朋友。他從不害怕流言，但他今天突然很想把尚之桃介紹給他們，以他女朋友的身分。

尚之桃站在他辦公室門口，一如當年一樣。他辦公室還是那樣冷冷清清，背後那扇落地窗依舊乾淨。

「要找什麼？」

「找到了。」

欒念有一抹壞笑：「妳坐那等我一下，我寄一封郵件。」

「哦。」

尚之桃坐進他的沙發裡，沙發發出一聲澀響，像以往無數個曖昧的瞬間。

欒念的耳朵連著脖頸微微紅了，卻仍舊面無表情處理郵件。

在他們離開的時候，尚之桃突然問他：「Tracy 在嗎？」

「應該在開會。」

「我可以去見她嗎？」

「去。」

尚之桃跑到 Tracy 辦公室門口，深呼吸，終於伸手敲門。

「進。」Tracy 的聲音還是那麼溫柔。

她輕輕推開門，看到 Tracy 還在打電話。Tracy 抬頭看了一眼低下頭，又迅速抬起頭，突然就笑了：「我這裡來了客人，回頭再說這件事。」

她掛斷電話起身擁抱她，尚之桃也回抱她。

「妳這些年去哪了？」

「我回到冰城，我過得很好。」尚之桃指指欒念辦公室，神情歉意。

Tracy 阻止她：「我知道 Flora，不用對我感到抱歉。愛情嘛，誰能說得清？」

「Tracy 我想對妳講幾句話。」尚之桃站直身體：「我想謝謝妳當年給我機會。我知道我非常平庸，如果不是遇到妳，我的人生可能是另一種際遇。感謝妳無論在任何時候都選擇相信我，感謝妳幫助我。」

「我將永遠感激。」

感激自己遇到了那麼多那麼好的人。

她無比幸運。

Tracy 看著尚之桃，有一點動容。這麼多年過去了，她見過那麼多人，招進來很多人，也開除過很多人，她早已經在職場中磨練成一個永不失敗的女將軍。但這一刻，她的內心無比柔軟。

「Flora，我也想讓妳知道，妳是我招過的所有人中最優秀的。與妳一起共事的每一天都很愉快。永遠不要覺得自己平庸，妳知道嗎？我閱人無數，我看上的人，沒有真正平庸的人。」

尚之桃眼睛有一點紅了。Tracy 對她多好呢，那時她困惑惶恐，覺得自己差勁極了。每當她在辦公室裡遇到 Tracy，她都會對尚之桃說：「Flora，聽說妳最近做的專案很不錯，加油。」她永遠鼓勵她，當她遇到困難，她第一個站出來挺她。

Tracy 對尚之桃好，好到起初欒念以為她們是親戚。

哪裡是親戚？無非就是一個善良的人願意給一個平庸的女孩機會。

Tracy 教會她很多很多。

「如果有機會一起出來吃個飯，以朋友的身分。」Tracy 邀請她。

「好啊。下次我再來北京，一定第一時間打給您，我請您吃飯。」

「好。就這麼說定了。」

欒念敲門：「以後不見面了是吧？」意思是妳們怎麼沒完沒了？

Tracy 指指欒念問尚之桃：「就他這脾氣妳能忍？」

「有時也忍不了。」

欒念哼了聲拉過尚之桃的手走出 Tracy 辦公室，看到同事們看著他們，他停住腳步，看向大家，板著臉說：「我不是 gay，這麼多年也只交了這一個女朋友。」轉身走了，然後又想起什麼似的轉身：「還有，我身體還行。」

有一天在茶水間聽到女同事小聲說：「Luke 這麼帥的人，可惜歲數大了一點。都說男人歲數大了就不大行。」另一個提出反對意見：「我睡過一個，也分人。」

尚之桃聽到欒念說了這一句，臉騰地紅了，他卻像沒事人似的拉她走進電梯，身後 Lumi 吹了個口哨，喊了聲：「尚之桃，加油。」

大家笑出聲，都站起身收拾東西準備回家，彼此道一句：「新年快樂。」就算是這一年職場生涯的結束。

「看到老同事開心嗎？」欒念問她。

「挺開心的。」

「開心到臉紅？」欒念瞄她一眼。

尚之桃拉住他的手：「我有一點百感交集。」

「為什麼？」

「我想起在凌美工作的這幾年，真的是很精彩的幾年。很多當時想不通的事如今都釋懷了，這種感覺真的很好。」還有，尚之桃握住欒念的手：「你讓我上樓，就代表你帶頭違反公司規定，有辦公室戀情。大家也會議論，覺得當年我升職快是因為你關照我。又或者大家會覺得你玩弄我的感情。總之壞的輿論會更多。」

欒念打開車門安撫等待很久的盧克，一邊揉牠耳朵一邊問她：「所以？」

「所以對你影響不好。」

欒念拍拍盧克腦袋：「管好自己。」說的是覺得別人多管閒事。他很少關心別人八卦，要關心的時候也是出於某些特定需要。

尚之桃拉著欒念去買給梁醫生欒爸爸的禮物，他們什麼都不缺，最後就真的聽了Lumi的建議，去老店裡買了點心禮盒。一邊買一邊對欒念說：「Lumi說的，來日方長。」

欒念討厭吃這些點心，板著臭臉站在一邊。過年前一天，百年老字號店裡人特別多，買熟食的隊伍排到門口，另一隊就是買點心的。他們兩個排隊，總有人撞到尚之桃。欒念漸漸就有點不高興。那麼高的人杵在那，穿衣精緻又繃著臉，有一點像老派的英倫紳士。尚之桃回頭看他好幾眼，他生硬一句：「看什麼？」

「我覺得你特別好看。」

欒念象徵性揚嘴角，代表他笑了。好不容易輪到他們了，尚之桃可真捨得，滿滿兩盒點心。夠兩個老人吃到明年了。

欒念拎著兩盒點心上了車，打電話給梁醫生：「我們現在過去，十五分鐘之後下樓。」

『好嘞！』梁醫生聽起來很雀躍，尚之桃捂著嘴笑了。

她不知道聽到過多少次梁醫生跟欒念講電話，熟悉梁醫生講話的口吻，是一個很好很溫柔的人。

『Flora，尚之桃，桃桃。』梁醫生連叫了她三個稱呼：『等等見哦！』

尚之桃忙坐直身體：「好的，梁醫生。」

她養成習慣了，坐直了講話代表對人的尊重。欒念也看習慣了。

從前他看她的坐姿和站姿，總覺得不像個現代人。可也就是這樣的姿態，讓她生生顯出與別人的不同。

欒念啟動車，尚之桃打開手機看到 Lumi 傳訊息給她：『桃桃妳知道妳走後大家說什麼嗎？我這顆八卦的心真是抑制不住，必須現在跟妳說一聲。』

『說什麼？』

『他們說：突然明白為什麼那時 Luke 要勒死那人渣了。』

『……』

尚之桃想起那一幕，他眼睛通紅，像要食人的惡魔。放下手機看著欒念，目光無比溫柔。

「看什麼？」

「我想問你，那年你為什麼要打Dony？因為他欺負女員工破壞公司秩序？因為他是總部安排的人？」

「因為他欺負的人是妳。」

他有不當行為，欒念可以訴諸法律。但尚之桃身體撞到牆上的聲音令欒念無法自控。他對尚之桃說：「我甚至想弄死他。」

「如果什麼都不做，我永遠不會原諒自己。」

這就是欒念啊。他的溫柔都藏在他的軀殼裡，藏在他體內最深處。他用他的方式保護她，而她，差點錯失了他。

她微笑著看向車窗外。這一年的北京已經不同於十年前的北京。十年之間，這座城市也悄然發生很大變化。比如她曾租住的北五環，在十年前，在距離五公里遠的地方，還有殘留的玉米地。後來，都市化進程加快，一棟又一棟大樓被蓋起，城市裡有越來越多的人。有人在這裡工作、戀愛、結婚、生子，把根扎在這裡；也有人，在某一個凌晨或在某一個傍晚，總之就是很平常的一天，悄然離開這裡。

「今年過年好像比往年熱鬧。」尚之桃說。前幾年她過年離開的時候，城市快要變成空城。有一年她因為趕項目大年初三就回來，那天的公車空空蕩蕩。

「從前我不知道，至少比去年熱鬧。」欒念說。

「梁醫生為什麼回國？」

「有一個醫學研究項目請她回來，她覺得有意義就回來了。公益項目。」

「哇。」

兩個人說著話就到了老社區門口。

尚之桃看到有兩個老人站在那裡，女性知性優雅，男性體面英俊。原來欒念繼承了爸媽的好皮囊。他停下車，尚之桃車門剛推開梁醫生就迎了上來：「Flora。」是在逗她呢，那時梁醫生在電話裡問她名字，她說她叫Flora。

尚之桃被她叫得臉紅，忙說：「梁醫生，您叫我桃桃就好。」

「梁醫生是妳叫的嗎？」欒念站在一邊拆她的臺，指指欒明睿：「妳叫我爸什麼？」

「……叔叔。」

「我叫我爸老欒。妳怎麼不學？」欒念又拆她臺，他就喜歡看尚之桃急頭白臉開不起玩笑的樣子。

梁醫生一巴掌拍他後背上：「有病吧？」

口吻跟欒念一模一樣。

尚之桃一下沒憋住，噗哧笑了出來。她一張紅撲撲的臉，笑起來臉上光彩很盛，一雙眼清澈又溫柔。兒子眼光真好。

梁醫生在心裡誇欒念，對尚之桃喜歡得不得了。就對欒念說：「來，幫我和桃桃拍一張合照。」

「幹什麼？」

「快拍。拍完傳到家人群組裡。」

「……」欒念滿臉不願意，卻還是拿出手機拍了一張，梁醫生看了看，順手就丟進群組裡。一邊傳一邊說：「我有一種揚眉吐氣的感覺。我這光棍兒子也知道帶女朋友回家了。」

尚之桃一聽又笑了。

欒念眼風掃過她，對梁醫生發橫：「再不去就晚了！」

四個人去了超市採購很多東西。

梁醫生拉著尚之桃的手走在後面，讓欒念和欒爸爸推著車走在前面。梁醫生教尚之桃她的保養守則，那就是不幹重活。

「東西嘛，讓男人拎就行。妳別伸手。」

尚之桃點頭，欒念本來也不讓她幹活。就連飯都是他做的。

尚之桃特別喜歡梁醫生。

梁醫生有一點神經大條，又很溫柔。她關心病人關心環境，對小事統統不上心。而欒爸爸則很少講話。但他講一句是一句，沒有廢話。

欒念的性格好像有一點像爸爸。

尚之桃想，或許就是有梁醫生這樣的媽媽，所以欒念的心裡才會有那樣不經意的溫柔。

幾個人回到家裡，梁醫生拉著尚之桃進了臥室。裡面擺著幾個包包，對尚之桃說：「不是送妳的，別緊張。我也不喜歡。」她從首飾盒的最底端拿出一個玉鐲，對尚之桃說：「傳家寶。」

「欒念有跟妳說過嗎？從前欒家在當地也算名門，但老物件幾乎不剩了。長輩們都喜歡鐲子，這個是好不容易留下的。傳了五輩了。」

「那我不能要。萬一……」

「別胡說。」梁醫生不許她說萬一：「都走到這一步了還萬一什麼？你們好好過日子，我把兒子交給妳了。欒念從小脾氣不好，妳不用忍他。他凶妳妳就凶回去；他對人苛刻，妳多擔待，他沒有壞心；他那張臉看起來不安分，但我自己的兒子自己知道，他其實安分著呢。」

梁醫生有點感動，抹了抹眼角。

「如果妳受了委屈，妳大可以放心告訴我。我幫妳收拾他。但我只希望妳別輕易離開他。因為他真的很愛妳。」

「桃桃，他快四十歲了，第一次帶女生回家。」

尚之桃聽梁醫生說到這裡，只能紅著眼點頭：「好，我不離開他。」

隔天就是年三十了。

又一年過去了。

這是尚之桃跟欒念在一起過的第一個年，有欒念在身邊的年令她踏實，她終於不用看著煙火想念他了。

尚之桃打電話給大翟老尚後，就回到客廳跟他們聊天。梁醫生正在餵盧克吃肉，一邊餵一邊說：「小東西，還挺能吃。」

新年鐘聲敲響的時候梁醫生拿出一個大紅包塞到尚之桃手裡，尚之桃道了三聲謝。被欒念攔下了：「怎麼謝個沒完？」

尚之桃走到窗前想看看外面有沒有煙火，有的，在很遠的地方。她頭貼在窗戶上看，欒念站在她身後，將她攬在懷裡，在她耳邊說：「尚之桃，新年快樂。」

「祝我們一切都好。」

梁醫生突然興起要在年三十守歲，四個人一條狗坐在客廳裡，把該聊的話都聊了。尚之桃接連幾天折騰，疲憊還沒消。忍不住打了個哈欠，一雙眼霧濛濛的。

梁醫生覺得她很好玩。睏成這樣了還直直坐在沙發上，儀態沒有倒。就覺得欒念愛上的是一個少見的人。

也的確如此。

欒念從小就挑剔，他喜歡的東西得是特別的最好的，他的朋友也是。梁醫生才跟尚之桃相處這麼短時間，就大概知道欒念為什麼會愛她。

再看欒念，低頭看雜誌，偶爾看尚之桃一眼。見她打哈欠，就抬腿踢她：「守歲呢，別偷懶。」說給梁醫生聽呢，對梁醫生要求守歲不滿了。

梁醫生踢了欒爸爸一腳：「不守了，睏。」對尚之桃說：「桃桃也去睡覺。」把她拉起來，送到次臥：「這是欒念的房間，他只住過一次。妳將就一晚。」

「那我睡哪？」欒念問梁醫生。

「你睡那間小的。」

「我不睡小的。憑什麼讓我睡小的？」一步邁進去：「尚之桃妳進來。」

「那我睡那個房間。」

尚之桃覺得有長輩在跟他睡在同個房間不自在，欒念一把揪住她衣領：「那個房間有老鼠，五十公分長。還有蟑螂，拳頭大。」將她帶進房間，關上門。

「這樣沒禮貌！」

「怎麼沒禮貌？」

「在長輩面前睡在同一間房間裡。」

「又不跟妳做什麼。以後結婚也一輩子不睡在同個屋簷下？」欒念問她。

「……」

尚之桃聽到結婚兩個字愣住了。欒念卻像沒事人一樣敲她的頭：「快點睡覺！」

尚之桃出去也不是躺下也不是，就覺得為難。

欒念起來一把抱起她丟到床上：「那房間真有蟑螂。」

關了燈摟緊她，還嘲笑她：「破規矩怎麼那麼多？」

尚之桃要反駁，被他手掌捂住了嘴：「睡覺！」

欒念不想假裝正人君子，也不想被那些禮節束縛。他知道自己的父母是什麼樣的人，他們巴不得尚之桃跟他睡在同個房間裡，巴不得他們明天就去登記結婚。這樣他們就可以把他交接出去了。

他們特別喜歡尚之桃。欒念看得出來。尤其是梁醫生。她可不是一直這樣，欒念分得清梁醫生的表面客氣和真心喜歡。

尚之桃睏死了，翻身與他面對面躺著，頭窩進他臂彎，腿塞進他兩腿之間，這是她昨天發現的很舒服的睡覺姿勢，兀自笑了笑。

「欒念。」尚之桃小聲叫他。

「嗯？」欒念輕聲回應她。好像家裡隔音多不好，事實上老房子隔音的確不太好。但他們的聲音小到對方聽起來都很費力，像兩個小孩子在黑暗之中嘻嘻。

「我喜歡梁醫生。」尚之桃說。

「不喜歡我爸？」

「也喜歡。」

「我呢？」

「喜歡。」

尚之桃聲音越來越小，終於心滿意足的睡了。欒念在黑暗中聽著她咻咻的鼻音，也沉沉睡去。

第二天他們睜眼的時候梁醫生和欒爸爸去朋友那裡了，梁醫生傳了訊息給欒念：『年輕人自己去玩吧。』

「想去哪玩？」欒念出門的時候問尚之桃。

尚之桃有一點想念山上的風光，他的酒吧，還有坐在落地窗前就能看到的星星和月亮：「想去山上。現在是不是特別清淨？酒吧還開著吧？」

「開著。走。」

酒吧經理賴在欒念那裡近十年了，他就喜歡待在山上，所以欒念的酒吧一年三百六十五天從來不打烊。奇怪的是，無論什麼季節什麼天氣，酒吧總有人去。有人大老遠抱著電腦和書驅車前去，在酒吧消磨到晚上。有一段時間酒吧經理看著那些人都覺得稀奇，對欒念說：「怎麼孤獨的人這麼多？」

欒念那時沒辦法回答他，因為他也孤獨。

盧克還記得那條上山路，還沒到就已經很興奮，在後座不停的轉圈。到了地方，車門剛開，牠就衝了上去，先去那條欒念常帶牠走的小路上開尿，又把這座山占為己有。再跑向酒吧，欒念已經開門等在那裡，牠衝了進去，看到酒吧經理，就跳了起來汪汪的叫：「我肉呢！我肉呢！」

狗的記憶力真好。

酒吧經理看看尚之桃，又看看盧克，不肯相信：「我還以為這輩子見不到你們了呢！」

欒念冷冷看他一眼，他收了聲帶盧克去吃肉。欒念上次來的時候突然拿了一些肉，還對酒吧經理說：「盧克一定會來的。」

尚之桃笑著轉身，看到了暗影裡的巨幅照片。

照片中的他們站在拉薩的街頭，風華正茂。

她不可置信地看著那張巨幅照片，以為這輩子再也看不到了。那些被她夾在書中的照片，早已被她放到書架上層，與之一起束之高閣的還有那段時光。

照片中的他們可真美。

是那一年，欒念深夜下班，開車出公司。那天是七夕節，他經歷了一場令人崩潰的大塞車。街上人流如織，年輕的女生抱著鮮花靠在男朋友身上，到處都很熱鬧。只有一個高中生坐在公車站牌下抱著一本書在看，周圍的熱鬧都與她無關。

是二十二歲的尚之桃跳下公車跑進電梯間，抬起腿墊著書包將厚厚一本商務英語塞進書包裡。

崩潰來得猝不及防。

欒念在第二天一早就飛去了拉薩，站在人來人往的街上看那家攝影工作室，他們的照片還掛在那裡。店主說，他後來再沒拍出過比那還好的照片了。

他一個人在拉薩住了三天，又去了林芝。在那裡，回憶他們那次說走就走的旅行。是他一輩子最喜歡的一次旅行。

尚之桃看著那張巨幅照片很久，終於對欒念說：「看看，早知道自己這麼愛我，當初對我好一點多好？」

「閉嘴。」

欒念不接受她的嘲諷，走進吧檯：「喝什麼？」

「都行。」

尚之桃喜歡看欒念調酒。

他向來狂野，調酒的動作也不羈，有時低頭去雕那塊冰又很專注。尚之桃趴在吧檯上看他，他的酒調了很久很久，等他調完後終於拿了出來，一個冰月亮在酒杯裡，周遭是幽藍液體，像毒藥。

「這杯酒叫什麼？」

「明月照人歸。」

欒念難得浪漫，他這輩子為數不多的幾次浪漫都給了尚之桃。看尚之桃啜了一口酒，是她喜歡的酸甜味道，又隱隱上頭。

「好喝。」她點點頭，走進吧檯：「我也想調一杯酒。」

「妳會？」

「學了一點。」

尚之桃這幾年又有別的長進，陪賀雲產後修復去學空中瑜伽，陪尚之樹消磨時間學了鋼管舞，再後來，自己鼓搗了一段時間調酒。

老尚總是笑她折騰，她振振有詞：「我在拓寬我生命的寬度。」

手在空中迅速搖，冰塊在酒杯裡發出聲響，欒念看她像模像樣，過一下端出一杯白色基底的酒。就問她：「叫什麼？」

「雪白透亮。」她眨眨眼，隨便說。可那杯裡的酒像前面山尖上掛的雪，也算應了景。

端著酒杯去窗前品酒，就這樣消磨年初一的時光。山上太過安靜，就連一片枯葉落了都能聽見聲音一樣。

「明天送妳回冰城。」欒念對她說：「回去趕個年尾。」

「好啊。那你要不要來我家裡吃飯？」

「妳說呢？」欒念幽幽看她一眼，再過一下，說：「如果過段時間我父母去妳家裡拜訪，妳覺得方便嗎？」

「哈？」

尚之桃一時之間反應不過來，並不知道梁醫生他們為何要去她家裡拜訪。

欒念懂習俗，雖然不多。如果兩個人想結婚，雙方父母一定要見上一面。坐在一起談一談，把年輕人的小日子談得明明白白。

尚之桃太傻，根本沒有察覺他的用心。

「能去嗎？」欒念問她。

「能啊。」尚之桃終於反應過來：「我們是要談婚論嫁了嗎？」

欒念看她一眼沒有講話。

他在山上租了一塊地，他想在那塊地種玫瑰。等玫瑰花開的時候，把一整個花園送給她。

這個話題就算這樣過去了。

欒念送尚之桃回去，去她家裡很正式的吃了一頓飯。尚之桃的父母已經跟他很熟了，四個人坐在一起並沒有什麼距離感。他們說說笑笑，欒念陪老尚喝了一點酒。

老尚還是喜歡灌他喝酒，他每次喝到六兩就假裝喝醉伏案不起。老尚後來心知肚明，卻也不揭穿他。

欒念陪尚之桃待到年初八回了北京。

過了年，尚之桃想再新開一個賽道，同時再代理另一個公司的廣告。於是又開始沒日沒夜地忙了起來。

她諮詢管道經理新賽道的事，管道經理幫她找了兩個二代，讓她先跑幾個帳戶練手。尚之桃聽話，就認認真真的練。

儘管她很忙，卻也不像從前那樣，忙起來就將欒念忘在腦後。她會在開完一個會或見完一個客戶後傳訊息給他，有時討論一些問題，有時僅僅就是撒嬌。欒念呢，回覆仍舊簡短。但他時常在收到她的訊息後直接打語音電話給她聊幾句。

尚之桃經常對他說：「我想你。」

他經常說：『嗯，知道了。』

「那你想我嗎？」

『嗯。』

「想不想？我要你直接說出來。」

欒念總是頓了一下，然後才說：『想。』

他們真的談起了戀愛，像別的情侶一樣，在他們都過了而立之年以後。

他們都很篤定，也都並不著急，想用一生時間來慢慢消化這愛情。

有時在深夜，兩個人都忙完了，會打一通睡前電話。有時他們會在電話裡吵架，原因仍舊是因為欒念不會講話，他表達觀點仍舊直接。但也只是吵架而已，尚之桃不會真的放在心上，因為她徹底明白了欒念是什麼樣的人。

在三月末的時候，梁醫生、欒爸爸來了一次冰城。

他們不希望尚之桃父母勞累，就在他們的老倆口酒館裡一起吃了一頓飯。

四個老人都是很好的人，彼此在一起談天說地。在最後，梁醫生對大翟說：「我知道欒念性格不好，希望他沒有讓你們不愉快過。」

「沒有。欒念很懂禮貌。」

「那就好。」梁醫生點頭：「如果兩人結婚，這裡有什麼風俗嗎？比如彩禮。」

老尚搖頭：「我的女兒無價。我是嫁女兒，不是賣女兒。」

「那我們知道了。如果兩個孩子能走到那一步，您二位放心，我們會對桃桃好。」

就這樣。

尚之桃坐在一邊偷偷問欒念，我們什麼時候說要結婚了？

欒念笑笑沒講話。

他在醞釀一場終生浪漫。

第三十八章　早春晴朗

「所以我們什麼時候說要結婚了？」尚之桃翻了個身面對欒念躺著。

「妳好像不想嫁給我？」欒念捏住她臉：「嗯？」

「君子動口。」尚之桃抗議。

「妳說得對。」

欒念真的動口了。

他最近一個人的時候總有狂想，尚之桃又總是招惹他。他還在會議中，她就傳來一張照片，水潤紅唇和修長脖頸，半露的酥胸；又或者他在商務聚餐，她傳來兩條交疊的長腿。他人模狗樣故作鎮定，傳去一個問號給她。尚之桃呢，假裝無辜問他：『這件睡衣好看嗎？』

她不斷撩撥他，像是去參加了什麼奇怪的培訓。欒念甚至想再為她的培訓班續點費，他愛死尚之桃的混蛋樣了。

最難熬的是晚上，看著她的照片，突然就不受控。起初還會爬起來跑步，但跑步根本不管用。每當這時他都會在心裡罵尚之桃：「妳他媽給我等著！我弄死妳！」

欒念說到做到，真的以弄死尚之桃為目的去。

尚之桃趴在床上放賴不肯動，他擠進去，把她撈起來，一巴掌拍在她屁股上：「不是喜歡傳照片嗎！嗯？」

汗滴落在她後背上，他弓起身吸吮乾淨，尚之桃不穩，跌進被褥裡，他的手擠到前面去，牙齒細細咬她耳垂，舌尖舔過她耳後那一小片細嫩的肌膚。又突然掰過她的臉，將她的尖叫堵回口中。

尚之桃潰不成軍，她突然有點怪 Lumi 了。

是 Lumi 教她要懂情趣，甚至出了課程給尚之桃，什麼時候該講什麼樣的話。尚之桃聽她的，藉這種手段維繫感情，到頭來累的卻還是自己。

欒念真的被她逼急了。

他急了，她就會受不了。終於開始服軟，細著嗓音叫他：「欒念……我再也不傳照片給你了……」

欒念又捏她臉：「繼續傳，不許停。每天都要傳，從頭到腳，傳個遍。」沙啞的聲音顫在她耳邊，她想躲開，他便不許，甚至講更放肆的話：「傳影片也行，隨便什麼影片。」

「我錯了。」

「妳沒錯。」欒念咬住她鎖骨向下的位置：「繼續保持，我喜歡。」

欒念不是什麼聖人，他頭腦裡有很多關於尚之桃的骯髒念頭。他都想一一試了。

黑夜那麼漫長，又一個星期不見，前面鋪墊得太好，這個夜晚注定不能虛度。

尚之桃甚至在某刻瞬間覺得羞愧，她想推開他，不讓他看，他卻拉開她的手埋首下去。吞嚥的聲音讓尚之桃不安，剛剛經歷過一次痛快的人這時脆弱得不成樣子，就開口求他：「欒念……別……」

「不喜歡？」

尚之桃想說不喜歡，卻鶯啼一聲，說不清是喜歡還是不喜歡，總之欒念太磨人了。

欒念太磨人了。尚之桃閉眼的時候想。

第二天睜眼的時候看到欒念像沒事人一樣，正在回訊息。看她睜眼把她摟過去：「昨天晚上服務還滿意嗎？」

尚之桃通紅一張臉：「除了累點……」

「妳累？」欒念哼一聲笑了：「我都是自助服務，基本不用妳配合。」

「……」

欒念這種人，講葷話也是這樣，聽起來像是在損人，但描述到位、概括精準、突出要點。尚之桃氣急咬他肩膀，長髮落在他胸前厚厚一把。

欒念手指纏她髮尾又鬆開，尚之桃又用了力，他終於吃痛，捏她下巴：「屬狗的？」

「誰讓你抹殺我的努力。」尚之桃不服。

「妳怎麼努力的？」

「我叫了……」

「那倒是。」欒念唇碰在她臉頰，又慢慢到她唇角，細細吻她。尚之桃喜歡這個早安吻，欒念有炫技嫌疑，吻得她頭昏腦脹，什麼時候坐在他身上都不知道。

又胡鬧一通，終於肯下床。欒念一邊穿衣一邊問尚之桃：「看電影嗎？」

「好！」尚之桃也跳下床，速速穿衣服。她長得白，隨便套上一件莫蘭迪色系的風衣，就顯得颯爽又溫柔。

有時要承認，兩個人在一起久了，氣場就會慢慢融合，對方的氣質就會滲進你骨子裡，哪怕你們站了一公尺遠，路人也能一眼看出來：這對是情侶。

尚之桃對一切都很滿意，除了欒念該死的腔調，看個電影而已，他穿得那麼好看，墨鏡遮住眼睛，更凸顯鼻峰和薄唇的線條。只是站在那裡等入場就有賣弄的嫌疑。總有女孩偷偷看他，他完全忽略，低頭問尚之桃：「不吃爆米花？不喝可樂？不是說這是妳的電影拍檔？」

「……」尚之桃有一次抱怨欒念不陪她看電影，她說你知道抱著可樂爆米花看電影多快樂嗎？你根本都不懂，你這個沒有情趣的老男人！

欒念記住了，去櫃檯買爆米花可樂，跟尚之桃進場。

尚之桃突然想起在飯店的梁醫生和欒爸爸，對欒念說：「我們看完電影去找梁醫生。」

「梁醫生不用妳管。」

「？」

「他們跟老尚大翟去郊遊了。」

「沒告訴我？」尚之桃有點詫異：「我爸媽也沒告訴我？」

「妳算老幾。」欒念自嘲：「我也是剛剛打電話才知道。」

兩個人彼此看一眼，笑了。

坐在漆黑的電影院裡，尚之桃頭靠在欒念肩上，問他：「為什麼突然提議來看電影？你是不是想在電影院向我求婚？就是電影播完，後面有字幕，尚之桃嫁給我，然後全場起立歡呼，我們的朋友從周圍站起來祝福我們那種？」

這幾年流行在電影院裡求婚，網路上經常有這樣的影片。尚之桃有一點緊張：「是嗎？你是準備今天向我求婚嗎？」

「真不是。」欒念對她說：「我真沒打算向妳求婚。」又加了兩個字：「今天。」

但尚之桃不信他。她覺得今天一定有一場求婚，不然他不會提議來看電影。電影看得漫不經心，經常回頭去找後面有沒有熟悉的人。

不知道為什麼，她從前明明沒有想過跟欒念結婚的事，卻在這一天突然有了期待。她對所謂的「求婚」並沒有什麼要求，她一邊看電影一邊想，哪怕他們一起遛狗的時候吃飯的時候，欒念說一句「我們結婚吧」她都會答應。遛狗時求婚也是儀式感，畢竟狗兒子在呢。

欒念看出她心不在焉，但他鐵了心什麼都不說。一輩子那麼長，急什麼？他才不用那些招數向她求婚，他有他的打算，正如他從前所說，靈感迸發是一瞬間的事，但好的創意和靈感實現卻是需要經過打磨的。欒念的完美主義又開始作祟，在這之前，他要做那個裝糊塗的人，把戲劇效果拉滿。

「妳要是不想看電影，不如做點什麼？」欒念的手放到她腿上，指尖輕輕向上，被尚之桃一把抓住，害怕了。欒念笑出聲，啄她臉頰抽回手，過一下又湊過去問她：「妳確定不要在影院試試？」見尚之桃眼睛睜大，就抓住她的手：「看電影，不然就做別的。」

尚之桃真的被他嚇住了，坐在那裡動也不敢動，生怕欒念真的要跟她做點什麼。跟欒念看電影的感覺很神奇，他明明只是坐在那，存在感卻極強，尚之桃總想看他，他就光明正大看回來，再占她一個便宜。

從電影院出來，欒念問她：「去圖書館嗎？」

「哈？」尚之桃有一點愣了，欒念從前過來就喜歡窩在她家裡，兩個人頂多去超市買菜，他很少會提議出來約會。

「妳不是喜歡出來約會嗎？」

「對啊。」

「所以跟我去圖書館嗎？」欒念抬腕看錶：「先去喝下午茶，然後去圖書館。」完全不跟尚之桃商量，就是這麼霸道。

「所以我們今天的行程都是什麼？」尚之桃突然很興奮，她可以不做主，欒念要跟她約會一整天這件事本身就很令人期待。她有點好奇欒念這個狗男人是怎麼安排這一天的。

「接下來喝下午茶，去圖書館，出來後一起去吃晚飯，然後去酒吧聽歌，最後走路回家。」欒念非常認真：「妳可以提出反對意見，但我不會改。」

尚之桃大笑出聲：「我不反對我不反對，我們去約會！」

欒念帶她在咖啡廳喝了咖啡，吃了點心，而後去圖書館看書。尚之桃拿了一本關於直播電商的書，欒念拿了一本雜誌。

他看了尚之桃的書一眼，問她：「動念頭做直播電商了？」他了解尚之桃，無論做什麼，她都要先學習。她搞不明白就不會入場。

「是不是入場晚了？」

「不晚。妳可以諮詢林春兒，他們公司一直在做助農項目。」

「我要做的也的確是農產品相關，想幫農民賣大米、大豆、白菜、蒜和毛蔥。」尚之桃小聲跟欒念說：「你有什麼建議嗎？」

「做直播電商核心的是物流和品質保證，妳想好這兩個環節。這跟妳做廣告代理又是完全不同的領域。」

「嗯！我只是有念頭，還沒決定呢。」

「好的。冰城女企業家，祝妳成功。」欒念摸摸她的頭，安心翻雜誌。

晚飯他們選在酒吧附近的俄羅斯餐廳，尚之桃一個人的時候很少吃俄餐，跟冰城的朋友們聚會也從不吃西餐。冰城的俄餐其實很道地，尚之桃小的時候老尚偶爾發了薪水會帶她來吃。長大後就很少了，掐指一算，竟然有十幾年沒有進過冰城的俄羅斯餐廳了。俄羅斯餐廳的歐式裝修很隆重，欒念提前訂好位子，不然排隊要排很久。

他們剛坐下那天的表演就開始了，有漂亮的俄羅斯女孩男孩拉琴唱歌，熱熱鬧鬧。

尚之桃喜歡喝紅菜湯，一小口一小口的喝，味道真濃郁。一邊喝一邊提意見：「我要是能在家喝到紅菜湯就好了。」

「我又不是妳僱的廚師，想喝自己做。」

「哦。」音樂突然安靜下來，緊接著周圍很多人站了起來，開始唱情歌，有人拿著攝影機和手機開始錄製。欒念看了尚之桃的神情一眼，心裡罵了一句，靠，今天可真巧。

「尚之桃。」他叫她。

「嗯？」

「不是我跟妳求婚，妳管理一下表情。」

果然不是，那些人唱著歌，一個小夥子從桌邊站了起來，伸手拉起女朋友，他講了很長一段話，大概是說一路走來不容易，希望我們永遠在一起。小夥子單膝跪地，掏出戒指，女孩淚如雨下。太感人了，尚之桃甚至感同身受了。

欒念看著尚之桃對著別人的求婚又哭又笑，像個大傻瓜一樣。

等別人求婚儀式完了，尚之桃轉向餐桌對欒念說：「這也太感人了。」

欒念挑挑眉：「妳剛剛很期待，以為我要向妳求婚？就這麼想嫁給我嗎？」欒念吃了口牛排問她。

尚之桃也學他挑眉：「欒先生過於自信了。」

兩個人吃完飯，就去旁邊的酒吧坐著。

酒吧裡很安靜，大家都靠在沙發椅上聽歌手唱歌。欒念找了一個靠窗的位子，要了兩杯酒，靠在沙發上，尚之桃靠在他懷裡，就這樣安靜聽歌。

她有時會覺得疲憊。

自己開公司跟在公司裡上班是不一樣的。她每天都在思考業務策略，因為這事關公司裡五十多個人的生計。如果她要引入其他廠商的代理，那她又要成倍的招人。

腦子裡被各種事情占據，很難得有這樣完美的一天，幾乎不用思考工作，就連要做什麼都不用思考，欒念都想好了。

欒念走到小小的舞臺上，跟歌手講了兩句話，歌手將吉他遞給他，欒念抱著吉他坐下，對著麥克風說：「尚之桃，要不要唱歌？」欒念問她。

在座的人都看向尚之桃，那女生落落大方，面目晴朗，像極了冰城的春天。

「我嗎？」

「我們。」欒念邀請她一起唱歌，他並不十分喜歡在這樣的場合高調，可此時春夜正美，酒吧的氣氛也剛好，就突然有了這樣的念頭。

「那我要唱〈Way Back In To Love〉。你可以嗎？」尚之桃有點挑釁。

「我不可以？」

欒念撥了兩下弦：「來吧，尚女士。」他看著尚之桃，酒吧昏暗，但他眼裡的光璀璨，明晃晃的愛著眼前的女生。大家都看著他們，有人拿出了手機。

兩個人認識這麼多年第一次一起合唱。

尚之桃看著欒念，他還是狂妄，但他又跟當時不同，因為他愛著她，所以他看她時很溫柔。尚之桃瘋狂心動。拿出手機給歌手：「可以幫忙錄一下嗎？」

第一次合唱，很值得紀念呢。

欒念彈前奏，有時看弦，有時看尚之桃。

他們音色很搭，曲調又好聽，彼此看一眼，就是春燕銜泥，要在彼此眼中築窩。

一曲畢，都站起身朝觀眾微微致意，又回到窗前。尚之桃打開影片來看，兩個人視線相撞的時候總有火花。她太喜歡了。傳給孫雨、Lumi、賀雲，也傳到春兒、宵妹她們三個的小群組裡。欒念則順手丟在群組裡。

兄弟群組裡沸騰了，陳寬年嘴損：『快來圍觀中年人談戀愛呀！酸臭酸臭！』

『距離修成正果只差那個讓欒念廢寢忘食的浪漫計畫了。』譚勉說。

『所以進行到哪一步了？』宋秋寒問。

『緊鑼密鼓。』欒念說。

他從來沒想過，自己這輩子最用心的作品沒用在工作中，而是用在這一次。幾乎用盡畢生所學，又總是覺得不好。他甚至都沒有意識到，他在這段感情中掏心掏肺，不留退路。近四十歲的男人，為了愛情掏心掏肺。說出去多少人不肯信，又要惹來多少嘲笑，管他呢！老子願意。

孫雨看到這段影片，對她說：『你們可以考慮結婚了。我們公司現在開放婚姻諮詢服務了。哈哈哈哈。』

Lumi則說：『我靠！我的倔驢，今天不倔了！但更性感了怎麼回事？』

尚之桃提醒她注意措辭，並對她說：『妳教我的我都用上了。後果我承受不起。』

『嘖嘖。年「富」力強的男人。那我還有別的招數呢，還學嗎？』

『學學也行。活到老學到老嘛。』尚之桃玩笑道。

林春兒看他們唱歌，覺得他們太般配了。

尚之桃的陽光、晴朗和溫柔環著欒念，讓他的稜角被包裹起來，不是磨平，稜角還在，只是被包覆起來，那麼恰到好處。

她說：『相愛的人不用開口講話，愛情就在眼睛裡、嘴角裡、甚至在髮梢裡。』

『詩人開始了。』宵妹說她。

尚之桃很喜歡這一天。

她知道如今真的很難有這樣完全放下的一整天，單純的跟欒念約會。過了明天，欒念飛回北京，他們又要各自戰鬥。尚之桃並不為此遺憾，她喜歡他們的狀態。

但是她知道，儘管他們一週只能在一起兩天，她卻開始依賴欒念。從前的欒念是她的工作導師，她遇到事會想向他尋求解答；那時儘管她愛他，但她不真正依賴他。可現在，她依賴他。

她遇到麻煩會告訴他，想尋求幫助就找他，一旦閒下來就會聯絡他，分開的時候各自努力，在一起的時候彼此最重要。

他們之間漸漸找到了一種真正的平衡。

那天晚上，欒念站在尚之桃客廳裡的書牆前對她說：「我徹底理解妳和他當年之間的感情。也明白這些書於妳的意義，我會跟妳一起愛護這些書，也愛護屬於你們的真情，和你們之間的年輕歲月。」

尚之桃點點頭，撲到他懷裡：「欒念，我特別喜歡這一天。」

這一天真好。

尚之桃又引入了一個廠商，成立了一個新的部門。

在她不斷的努力和學習之下，終於開始了解網路廣告的真正玩法。她的團隊極其專業，在各種專業技能PK賽中斬獲獎項，所得獎金尚之桃全部發給了員工。

她開始快速輸出行業標竿案例，在凌美修煉的功底派上了用場，她帶領員工們大腦風暴，一整套全面深刻的資料模型，全面監控廣告效果。傳給欒念看，欒念說：『數據還能拆一層。』於是繼續拆，終於拆到了底。

她開始在廠商的系統之外埋點做全鏈路監測。

到四月末，廠商籌組其他代理商來學習。管道經理說：「不想講就不講，不想教就不教。」

尚之桃笑了：「沒什麼不能講的。」

她要求員工認真準備分享，並全程參與接待。

張雷也來了，尚之桃沒讓他這個擔保人失望，果然快速跑到了完成率第一梯隊。

「怎麼樣？累嗎？」張雷問她。

「累。累得要死。」

「好多人不願意分享這種經驗，妳怎麼傻不啦嘰全講了？」

「沒事的。共同學習，共同進步，創造良性競爭環境，這本身是沒有問題的。我們除了客戶資料不能共用，但所有方法論都可以。」尚之桃說。

「我就說妳厲害。考不考慮來我這裡帶商業化團隊？聽說妳男朋友在北京，你們異地。」

尚之桃臉微微紅了：「他每週都過來。」

「所以妳男朋友真的是凌美的 Luke？」張雷之前對尚之桃的感情了解甚少，還是前幾天去孫雨公司聽她說起。

「是。」

張雷看了她半天：「不聲不響，幹票大的。」

欒念在圈內名氣大，張雷公司要安排副總裁對接他。他聽說過欒念很多事，說他才華橫溢、用人嚴格，也說他尖刻，不好相處。

「可以替我保密嗎？不想讓大家知道。」

業務盤根錯節，很多人不在這裡遇到就在那裡遇到。尚之桃不願意利用欒念的名氣，她希望別人記住她和她的公司是因為他們足夠優秀，而不是因為她是欒念女朋友。

「當然。結婚要請我去。」

「如果結婚當然要請你！不請你請誰？十多年的感情在那裡。」

結婚？欒念想結婚嗎？尚之桃說不清。她覺得欒念想跟她結婚，可他最近好像又有一點神祕。只是在那一天突然問她：「六月份可以休一個多月的假嗎？」

「為什麼要休這麼久？」

「大概因為想去玩。好像很久沒有出去玩了。」

「那我計畫一下？」

「放下一切，跟我走。」欒念這樣說。

欒念總是這樣，平平淡淡一句話，突然點燃了她。讓她想任性一回。

「好像那次去西藏一樣，什麼都不需要準備，只要跟你走就好了嗎？」

「對。把自己交給我就好。」

「好的。」

欒念在她心裡點火，一埋一個準。他知道她真正喜歡的是什麼，知道她平靜的外表下內心滾燙靈魂撒野，只需要一個小火星就能點燃她。

尚之桃把業務做得風生水起，也開始研究團隊的人力建設。她打電話給 Tracy，請教一些問題，Tracy 認真幫她解答，最後問她：『妳要自己上手？』

「不是。我還想請妳推薦人給我。業務越做越好，員工成長、關懷、獎懲都要做好，而且後面還有大量的招募和培訓工作。但我們現在沒那麼多錢招一個 HR 團隊，所以想先招一到兩位複合型人才。」

『不難。我推薦一個人給妳，妳儘管交給她。』

Tracy 推薦給尚之桃的人是她當年的同事 Sunny，與 Tracy 同歲，單身，回冰城照顧年邁的父母親。

尚之桃迅速約了 Sunny，她發現 Sunny 跟 Tracy 很像，身上有一種見過世面的沉澱，不高調，不尖銳，跟她聊天很舒服。她叫她 Sunny 姐，在聊天結束後掏出了合約。

「薪酬就是我剛剛說的那個數字，在冰城應該算頂尖，年底有獎金。當然，最後給員工的錢怎麼算，還有您自己到底拿多少錢，由您來定。您看我們簽合約？」

Sunny 也痛快：「交給我就好。」順手簽了名。

尚之桃解決了一件大事十分開心，她的團隊有了營運總監、銷售總監，還有人力資源總經理，她可以不像從前那麼辛苦了。

隨著公司納稅額的增加，地方政府也在這一年五月注意到有這一家公司在迅速的崛起，於是約見了尚之桃。尚之桃去的那天，特地穿了一身黑色西裝，將頭髮整齊的束在腦後，幹練優雅。出門前問欒念：『這會面我的話題核心是？』

『表達妳的野心，妳想把生意做大，也把妳公司收入配捐的事情告訴他們，最後問他們，如果想加入政治協商會議，妳需要做哪些努力？』

『政治協商會議？』尚之桃不懂為什麼這麼問。

『嗯，我認識的兩個代理商老闆都是當地政協代表。先從加入工商聯或民主黨派開始。對公司未來發展有好處。加油。』

尚之桃發現自己的視野還是窄了，她以為自己只是向政府官員做工作彙報而已，其實不是的。她突然明白了這次會面的意義。

『加油，戰神。』欒念傳訊息給她。

『謝謝，念念。』

『滾。』

念念是欒念小名，有一天梁醫生因為某些事故意這樣叫欒念，被尚之桃聽到了，念念念念的叫他好幾天，欒念覺得肉麻噁心，不許她這樣叫。她偏不。

尚之桃有跟政府打交道的經驗，她帶著 Sunny 一起去，因為政府想聽企業發展規劃和用人規劃。Sunny 在車上跟她說：「政府官員關心就業問題，尤其是解決畢業生就業問題，所以我的這部分我會講得仔細；他們還會關心稅收，稅務報表我帶了，也做了稅收預估。」

「辛苦妳，Sunny 姐。」

「剛剛出來的時候，付棟說：加油，冰城姐妹花。」Sunny 笑了：「我馬上五十歲了，還能跟妳做姐妹花嗎？」

「當然能。」

Sunny 不愧是跟 Tracy 並肩戰鬥過的人，氣場足夠強大，經驗豐富，很多尚之桃從前沒有思考過的問題，她都思考過。尚之桃只講了戰略方向，剩下的 Sunny 一個人全包。政府官員對她們非常滿意，這個企業的負責人格外有素質有理想，也有情懷，業務邏輯也理得清楚，就對她們格外上了心。在會面結束後下了任務給尚之桃，下半年起，每次政協會議她都可以申請列席旁聽，了解民生發展規劃，也歡迎她加入到城市建設中。

這是很好的一步。

尚之桃對城市建設感興趣，她覺得有意義。在結束後打電話給林春兒，說了這件事，林春兒說：『加油桃桃，妳的選擇是對的，雖然我們力量渺小，但我們的努力很必要。』

「好啊。姐妹。懇請多多指導我。」

『互幫互助嘛！』

尚之桃開始推動公司的新業務，到五月中旬，新代理的牌照下來了。Sunny 開始著手招人。公司的薪酬和福利機制非常完善，在整個冰城都能經得起比較。

一切慢慢開始步入正軌。

尚之桃開始籌備休假。

說不清為什麼，她對這次長途旅行充滿期待。她以為自己已經過了期待旅行的年紀，卻還是會在夜晚睡不著。

有一天晚上她打電話給欒念，聽到他那邊很吵，並且風很大，就愣了愣問他：「你在做什麼？」

『我在參加活動。』

「我想跟你說話。」

『今天不行。妳先睡覺，我大後天飛去接你們。會有一些裝備寄到妳那，讓付棟幫妳放到後車廂。』

「好啊。那我現在能知道我們要去哪了嗎？」

『不能。』

「可是我要準備行李啊。」

『妳自己就是行李。』

欒念講完掛斷電話。

尚之桃拿著電話哼了一聲：「臭男人！」

老尚和大翟非常支持尚之桃出去長途旅行。他們覺得尚之桃太過辛苦，需要這樣的放鬆，加上旅伴是欒念，就格外放心。

欒念讓關於尚之桃的流言跑到了新的方向。

新的流言說尚之桃在北京遇到了欒念，因為門不當戶不對被欒念家裡拆散了，一氣之下回到冰城。後來欒念難忘舊情，追了過來。

尚之桃覺得這版流言比上一版強一點。

但梁醫生可不願意了。當她聽到大翟跟她說這些的時候氣壞了。於是在一天，梁醫生和欒爸爸開著豪車，盛裝來到老倆口酒館，帶著一本存摺。

流言又變了。說尚家的女兒是個經商天才，又跟欒念相愛，婆家親自來提親了。

這麼一聽還行。梁醫生開開心心地走了。

有時尚之桃會想，自己真的足夠幸運，所以才遇到這麼多好人。

只要認真過下去，生活就會慢慢變得有趣。尚之桃體悟了。

欒念在他們長途旅行前一天半夜到的，無論尚之桃怎麼問，他就是不肯說安排。尚之桃哼了聲轉過身假裝生氣，他從身後攬住她輕輕啃咬她的背：「尚之桃，最近上培訓班了嗎？」

「嗯？」尚之桃的呼吸有點亂了：「什麼？」

「最近有老師教妳新花樣嗎……嗯？」欒念問她。尚之桃每天都在吊他胃口，他什麼沒見過，卻被尚之桃吃得死死的。別人對他用這種手段他嗤之以鼻，到了尚之桃這裡就覺得她可以提高使用頻率。

「最近我的導師有點忙……」

「那沒關係，我學了。」

欒念輕聲哄她：「別怕，今天是頂級服務。」

一條緞帶遮住尚之桃雙眼，她起了雞皮疙瘩，什麼都是未知的讓她有一點恐懼。她的手捧著他的臉以尋求安全感。但欒念拿下她的手，距離她遠了一點，再回來時，冰涼的舌尖遊走，尚之桃從沒有過這種體驗，拉著欒念要他停下。

欒念當然不會停，他不在的時候她挑釁過多少次，他都記著呢。記仇的中年男人，要起手段真的令人震驚。

尚之桃覺得自己在他舌尖的冷熱交替之中膨脹成一朵雲，飄飄忽忽，不知去往何處。

欒念的頂級服務要了她的命，指甲陷進他後背，求他給她一個痛快。

欒念當然也急。

兩軍交戰勇者勝，他用十八般武藝殺得她片甲不留。

在最後的時候問她：「還要其他服務嗎？」

尚之桃那口氣終於吐了出來，摘下緞帶看到一片狼藉，騰地就紅了臉。

「流氓！」尚之桃嬌喝一聲。

欒念笑了：「對旅行的第一個安排滿意嗎？尚之桃女士？」

他鋪墊得太好，尚之桃完全沉浸，只希望旅程快點開始。

尚之桃終於在旅行出發的這天早上知道了欒念醞釀的瘋狂計畫。

跨越一萬三千公里的邊境線打卡，最終回到北京。

「所以我們有三十天的時間一直在路上！」尚之桃坐在副駕上突然很興奮，盧克「汪」了一聲：什麼？我要有上萬公里的旅行？

「本來想帶妳去追極光，但我們很難出去。所以，」欒念聳聳肩：「出發吧！」

「我喜歡極光，更喜歡和你在一起。所以，出發！」

「出發！」

他們迎著朝霞出發，北國高速公路車況暢通，時值初夏六月，萬物蓬勃，滿眼綠色。尚之桃對旅途充滿期待。她突然很感激欒念要求她安排時間來參與他瘋狂的旅行計畫，畢竟她過了任性的年紀，卻跟任性的欒念在一起。

「那我們為什麼不走全國邊境線呢？」尚之桃問他：「我可以安排工作！走三個月！不過了！」

「來日方長。」欒念偏過頭看她一眼：「如果妳願意，每年都來一次，我能奉陪到底。」

尚之桃喜歡欒念說奉陪到底，帶著他慣有的霸道和凶狠，以及他並不自知的性感。

「可我只帶了貼身衣物，別的都沒帶。因為我不知道我們要去哪。」

「後車廂裡都有。」

「所有我的衣物？」尚之桃疑惑。

「對。」欒念依照他的喜好為尚之桃挑選了旅行裝備，他自信他的眼光會令尚之桃滿意，不滿意也得憋著。

梁醫生總是擔心他讓尚之桃受委屈，在出行前叮囑他：「多聽人家女生的意見，講話不要又臭又硬。」

「如果桃桃累了病了，你一定要好好照顧她。好好帶出去好好帶回來。」

「另外，注意保護措施，未婚先孕要不得。」

欒念覺得梁醫生過於疼愛尚之桃了，這令他覺得稀奇。他逗梁醫生：「我才是妳的兒子。」

梁醫生搖搖頭：「你性格太差勁，桃桃是身心健康的人。」

兩個人的車在高速公路上疾馳，欒念把手繪路線圖拿給尚之桃，他親手繪製的國家地圖，在他們要去的地點畫了圈，只是沒寫字，原來欒念這麼會畫畫。

「妳字寫得好，等等到服務區休息的時候妳來寫字。」

「寫什麼？」

「第幾天，日期，對應地點。」

「這樣我們就有一份合作完成的旅行地圖了嗎？」

「對。」

「以後每一次都可以這樣嗎？」

「可以。」

欒念參加了什麼浪漫培訓班了嗎？尚之桃甚至覺得稀奇，他可從來不是這麼柔軟的人，如果從前她做這種事，他甚至會嘲笑她。

可是這個主意真的太棒了，他會畫畫，她會寫字，他們一起合力完成一張旅行地圖。

到了服務區，兩個人走進去，找了一張桌子，欒念拿出一盒彩色簽字筆：「寫吧，日期從今天開始，每個標誌是一天。」

尚之桃寫得認真，也終於知道了他們旅行的全部路線，只是不知道欒念研究了多久，他一定是把國家的地圖背得爛熟於心了吧？

從國之北漠河到中俄邊境滿洲里，從蒙古人聖河額爾古納到大興安嶺城市阿爾山，從錫林九曲到胡楊之林額濟納，從夢中可可托海到喀納斯，從阿拉山口到那拉提大草原，從異域喀什到無人阿裡，從神山聖湖到珠峰大本營，從日喀則到朝聖勝地拉薩，從拉薩到日光之處林芝。這是欒念選定的路線，跨越山海，最終匯入時光之門。

他們這一路將途經山地草原，穿越無人區和雪山湖泊，路的盡頭仍有路，山的那邊還是山。

這次旅行於尚之桃而言是人生一次壯舉。

尚之桃一邊寫時間一邊問欒念：「你計畫很久了嗎？」

「不然呢？」欒念笑她這個問題問得很傻，他當然計畫很久了。

「那你為什麼不讓我參與計畫呢？」尚之桃問他。

欒念無法正面回答她，我不能讓妳參與，因為這是我送給妳的蜜月之旅。

這張地圖真的太好看了，尚之桃寫完後拿起來看，真的愛不釋手。她真的太想炫耀了：

「你可以幫我拍張照片嗎？我拿著地圖，你幫我照相，我想發動態。」

「不行。」

「為什麼？」

「因為我畫的，妳得跟我一起拍。」

欒念支起三腳架，他自在的靠在車上，尚之桃雙手拿著那張巨大的地圖，盧克坐在他們面前，尚之桃看著鏡頭笑，欒念看著尚之桃笑。簡直是一張旅行宣傳照片。

尚之桃發了動態：『與欒先生，遍歷山河。』

欒念看了眼，也發了一則動態，確切的說，他抄尚之桃的：『與尚女士，遍歷山河。』

誰都知道這則動態意味著什麼。

意味著他們徹底在所有人面前公開了，從此再無退路。也都不想要退路，這樣多好。

光明正大的愛人與被愛。

姜瀾傳來一則訊息給欒念：『徹底定下來了？』

『徹底。』欒念回她。

『那我要難過死了，我這輩子竟然睡不到你。』姜瀾開玩笑的，兩個人已經成為好朋友，姜瀾講話百無禁忌。

『下輩子也不行，尚之桃給我蓋章了。』

欒念固執的認為他和尚之桃還能擁有下輩子，下下輩子。他覺得他這麼懶的人，如果換人，一定會不適應，不如就約定她生生世世。

欒念打了個冷顫，覺得自己過於肉麻了。

陳寬年把照片丟到群組裡玩笑道：『我彷彿看到了欒總炮火連天的三十天。』

『倒也不至於，畢竟年紀不小了，身體未必吃得消。』譚勉說風涼話。

欒念只@陳寬年：『記得每天去監工。』

『不去我是王八蛋行了吧？』

欒念放心了。

他的朋友們平時講話不正經，但做事可靠。準備收手機時看到臧瑤的回覆，她說：『恭喜在人生過半的時候，牽到了愛人的手。』

再看 Lumi：『哎呀！這女生好眼熟，這不是我的桃桃嗎？哦，原來 Luke 愛慕我的桃桃啊！』

有病。欒念心裡罵 Lumi 一句。

都收起手機，看看彼此，再看看盧克：「正式出發？」

「正式出發！」

盧克汪了一聲：走！

欒念戴上墨鏡，也丟給尚之桃一副，她戴上後才發現這是情侶款。心裡有點甜，卻嘲笑他：「是誰從前說用情侶款最不入流？」

欒念摘下墨鏡幽幽看她一眼，又戴上，不承認是他講過的話。

「所以這趟旅途還有其他驚喜嗎？」

「每一天。」欒念說。

他為這趟旅途付出所有心思，只為尚之桃他日想起覺得幸福，也想讓她在該攀比的時刻贏得勝利。雖然他知道尚之桃並不喜歡攀比。

兩個人奔向漠河。

北國天高地闊，黑土地綿延而去接連山脈，大山大河，令人激蕩。尚之桃坐在副駕上吃零食，欒念對那些零食嗤之以鼻：「多大了還吃這些？」

「那是什麼東西？都是地溝油。」

「吃一袋洋芋片，妳要游泳三個小時才能消耗。」

「那破東西妳也吃？」

尚之桃搖著頭：「不聽不聽王八念經。」

然後撕了辣片整理好給他，欒念不吃，她瞪眼睛：「快點！」

只能勉為其難地吃了。味道竟然意外好吃。尚之桃看他表情，知道他應該喜歡吃，就又整理一小塊，小心翼翼放到他嘴裡。她了解欒念，他討厭吃東西沾到嘴，覺得髒，就是這麼麻煩。

「還行嗎？」尚之桃問他。

「勉強。」

尚之桃撇撇嘴，老男人嘴硬著呢！

「今天到了漠河吃什麼呢？」尚之桃問：「如果我們能去延邊多好啊，小韓國，東西可好吃了。」

「延邊隨時可以去。今天晚上吃什麼妳現在看。」

「好嘞！」

尚之桃掏出手機看吃什麼，滿螢幕的鐵鍋燉，就收起手機：「鐵鍋燉。」

「好。大鵝？」

「對！」

有商有量的，和和氣氣。

梁醫生打電話過來問他們：『出發啦？』

「嗯。」

『行，注意安全。跟桃桃代好。』

「她就在旁邊。」

「梁醫生我在呢，謝謝您。」

電話那頭梁醫生在笑，過了一下說：『之前欒念說妳在調理身體，我幫妳找了一個專家，等得空妳來北京我帶妳去看。但無論怎麼調理，都要保證休息妳知道嗎？』

「好的，謝謝梁醫生。」

『別謝我了，趁著休假好好玩，開開心心的。欒念如果欺負妳呢，妳就欺負回去。』

尚之桃大笑出聲：「好！我現在就欺負他！」

欒念「切」了一聲掛斷電話，轉頭凶尚之桃：「欺負我一個試試？」

「哼！」

尚之桃是第二天早上睜眼才知道欒念說的每天都有驚喜是什麼意思。兩個人每天穿的衣服都經過精心挑選，她穿上，再看看欒念，才發現兩個人穿的是情侶裝。並不是市面上常見的那種，而是同一塊布料裁切的，在袖口、領口、或者縫線處下了心思，不張揚，但真的好看。

兩個人站在鏡前看看彼此，真的就像極了一對小夫妻。尚之桃喜歡得不得了：「你竟然偷偷去訂製衣服！而且我這件尺寸這麼合適！你怎麼知道我的尺寸的！」

「我摸那麼多次……」欒念掃她一眼，她的尺寸他最熟悉，那都是嘴和手親自量出來的。

「你怎麼這麼流氓！」

欒念不理她，帶著她繼續上路。

從滿洲里到額爾古納的邊境公路上，初夏的草剛開始野蠻生長，一天一個樣。欒念將車停到界石前，對尚之桃說：「拍紀念照。」欒念骨子裡藏得很深的浪漫主義接連作祟，界石界碑集結成相冊，他日也有很多故事可以講。更何況他訂製的衣服有一點情侶旅拍的風格，一萬五千里旅拍，足夠壯觀。

小小一塊界石，他們架著三腳架拍了很久，盧克自己玩，被鐵網攔住，隔著鐵網對著外國的獵犬汪汪叫：你過來！我不怕你！

草原上的獵犬都凶悍，低聲嗚著向前邁了一步，盧克尾巴垂下跑到欒念身邊：汪！牠欺負我！

「不是你先招惹人家的？活該。」欒念不理牠，上了車翻看照片。背景足夠遼闊，他們又都好看，很出片。

「以後我們就會有很多很多合照了嗎？」尚之桃問他。

「很多很多。」

尚之桃鼻子有一點酸。她有時也會遺憾，他們都沒有什麼合照。欒念更加遺憾，當年無人機拍下他們的影片被他看了無數遍，兩個人在一起那麼久，竟然只有一段影片和一組照片能證明他們在一起的歲月。那太過單薄。

「我也準備了驚喜給你。」尚之桃說。

「什麼驚喜？」

「我覺得你可以期待一下。」

欒念的胃口被尚之桃吊起，在他們的旅途進行到一半的一個晚上，尚之桃突然想吃水果。喀什老城的水果當然好吃，除了天黑得晚，幾乎再挑不出缺點。欒念出去了半個小時，回來的時候推開飯店房門，看到屋內黑著燈，他叫了聲：「尚之桃。」

「關門。」尚之桃說。

欒念關上門，屋裡亮起一盞昏暗夜燈，地面到屋頂之間接連一根鋼管。

尚之桃從一邊走出來，走到欒念面前，一手抵在他胸口，一手攥著他領口，讓他跟她走。

欒念眼落在她的裝束上，黑色抹胸與褲子之間是雪白腰肢，長筒襪只過膝。

尚之桃真香豔。

這樣的驚喜欒念每天都想要，眼神漸漸有了殺氣，尚之桃在他動手之前將他推倒在床上，唇貼著他的：「下面的表演慰勞你旅途辛苦。」學他口氣：「給我受著！」

陪尚之樹學鋼管舞的時候不過是一時興起，鋼管舞不好學，好在她身體柔軟，身上卻也青一塊紫一塊過。那時覺得自己有病，學這個幹什麼？看到欒念的目光才明白，學這個挺有用，哪有男人是真的正人君子？

她不是為欒念學的，她真正想取悅的是自己，每個女人大概都有這樣叛逆的時候，摒棄世人的傳統觀念，當人在鋼管上飛舞的時候，能無限接近自由。此刻的她喜歡欒念這樣的目光。情侶在一起，總不能每天裝清高，總要有這樣的時候，屬於兩個人自己的放縱與失控。

音樂曖昧，空氣旖旎，尚之桃上了鋼管。她在空中飛舞，長髮也隨之飛舞，眼睛看向欒念，他眼裡有光有火，好像要將她燒個精光。

當她後仰腰身貼在鋼管上的時候，看到欒念站了起來，緩緩脫他自己的衣服，眼睛一直流連在她身上，最後鎖住她的眼，緩緩走向他，尚之桃翻身而起，欒念手落在她腰間，一把將她帶離鋼管。她出聲抗議：「我還沒跳完……」

欒念將她丟到床上，整個人覆壓上來：「明天再跳。」

他身體裡大火燎原，尚之桃這個點火人逃不了責任。他要一點點把她燒了，不，他不能一點點，他得馬上。欒念急迫又帶著一點粗魯，將尚之桃困在他的世界裡，跟他一起燒這場大火。

尚之桃不肯就此服輸，貼著他的唇說：「今天我做主。」用了力一把將他推倒翻身而上，又將欒念仰起的頭按下：「慢慢來。」

喀什的天黑得晚，亮得晚，還早著呢，急什麼。

戰線拉得很長，都沒有停下的意思。或許是尚之桃的表演太過令人難忘，欒念只要閉上眼就是她在鋼管上舞動。她從來是這樣，生著一張乖巧的臉，卻在無人的時候放得開。知情識趣，人間第一。

終於結束的時候，迎來喀什真正的深夜。欒念指著那鋼管：「妳怎麼變出來的？」

「可攜式，隨時裝卸，裝在小箱子裡，提上就走。」

「我怎麼沒看到？」

「藏在你準備的那些裝備下面……」尚之桃有點得意：「不然怎麼給你驚喜？」

「我喜歡妳這種不服輸的勁頭，繼續努力。」欒念親她臉，與她相擁而眠。

當他們的車快進到拉薩的時候，尚之桃的頭腦裡都是那年。他們說走就走，正值人生最好時節。後來有一兩次，她曾有過衝動一個人再來一次西藏，最終因為各種事未能成行。

她從沒想過再來西藏，還是跟欒念一起。

這一路經歷那麼多年，細細算來，人生也沒有幾個十年。

尚之桃百感交集，當車駛進拉薩的時候，終於紅了眼睛。

「欒念，你可以停一下車嗎？」

欒念將車停下，兩個人都沒有講話。車上安安靜靜，尚之桃啜泣一聲，摘下墨鏡擦眼淚。

她覺得自己已經足夠強大了，這幾年也很少哭泣。她追求人生的價值，忽略期間經歷的所有痛苦，並無數次勸慰自己那不過是必經之路，所有人都要走。

她卻遺憾過，因為她在最好的年紀愛過一個人，又愛而不得。

尚之桃看著眼前的拉薩，布達拉宮就在不遠處，她那時在這裡朝聖，曾許願兩人長命百歲，如果可能，再一起多走一段人生路，她甚至不敢奢望天長地久。

欒念握住她的手，終於摘下墨鏡，指尖擦了眼角，一雙眼通紅。

如果時光能再倒回，欒念知道自己會做得比當時好。不至於從二十多歲蹉跎到三十多歲，浪費這大好的十年。他十分抱歉，尚之桃遇到他的時候他那麼糟糕。

他們走在八廓街上，帶著盧克。那家攝影工作室還在，他們站在對面，看到那裡已經掛著他們的照片。欒念帶走一張，聰明的老闆給他底片，自己也拷貝一張，以為他們再也不會回來。

照片裡的他們笑容燦爛，正值人生好時光，在西藏的日光下，面目晴朗。

工作室老闆出來送客，看到站在街對面的他們，愣了愣，伸手相迎。甚至對過往行人說：「快看！我的模特來了！他們還在一起！」

工作室老闆看過多少人來人往，人聚人散。有人來這裡拍照，總是指著那張照片：「我們想拍這樣的。」

化妝的時候總是問：「這兩個人是模特嗎？」

「不是。是來這裡旅行的小情侶。」

「他們還在一起嗎？結婚了嗎？生小孩了嗎？」

老闆總是不知如何回答：「或許。」

這一次他們還是請老闆拍照，老闆問他們穿什麼，欒念說：「就我們身上這件。」

他訂製二十餘套旅行服裝，到拉薩這天最接近正式。又去車上拿了一條訂製白紗冠，紗上墜了桂花花苞樣式，像早春冒了花芽的樹，在尚之桃暖暖的目光中親自為她披上，小聲說：「把春光留在拉薩，行嗎？」

「行。」

老闆快門按下的瞬間，尚之桃和欒念彼此望了一眼，這一眼，情深誼長。

這一次老闆沒有收他們錢，只對他們說：「我可以把這張照片跟那張並排放到一起嗎？」

「可以。」

「那等你們有了孩子，可以再來一次嗎？還在這，我為你們一家再拍一組，圓圓滿滿。」

「好。」

從此當人站在人來人往的八廓街上看向這家工作室，會看到兩個人的故事，時光都記得。

當他們的旅程結束，回到北京的前一天晚上，尚之桃接到林春兒的電話。

『桃桃，欒念在妳旁邊嗎？』

「他出去接電話，說要很久回來，不知道在做什麼，神神祕祕。」

『那就好。』林春兒笑了笑說：『桃桃，我想傳一個影片給妳，妳自己看，別讓欒念知道妳看過好嗎？』

「好。」

朋友們都覺得兩個人這麼多年不容易，擔心尚之桃心裡還沒有沸騰，怕欒念忙到最後一場空。於是林春兒出了這個主意，她說：「那個影片放在你們手機裡除了用來嘲笑欒念還有什麼用？要傳給最該看到的人。」

尚之桃打開那個影片，首先看到極光。

在拉薩之旅的那年新年，欒念對她說：「明年一起看極光吧？」

後來他們分開了，欒念跟朋友去追了極光。

極光可真美，飄渺於天地之間。尚之桃聽到幾個男人在講話，還有玻璃酒杯碰到一起的聲音。鏡頭一轉，她看到欒念。

他在打電話。

攝影的人問他：『打給誰？』

欒念好像喝多了，眼睛鼻尖都通紅，講話並不清楚：『打給我心愛的人。』

『我要跟她分享極光。』

尚之桃聽到欒念含糊叫出她的名字：『尚之桃，我來看極光了。極光很美。』

『這裡很冷，特別冷，比冰城還要冷。』

『極光太美了，我們說好一起來看的，可妳消失了。沒關係，我來看了。我現在說給妳聽……』

欒念說著說著痛哭出聲，鼻涕流了下來，他用手抹去，全然不見他的體面和腔調：『極光特別美，美到不像真的。飄渺浩蕩，像一個夢境。』

『對不起，很多事情對不起。我希望妳過得好，有生之年妳一定要來追一次極光。』

『我想妳了。我很想妳。我沒喝多，我非常想妳。』

『我愛妳。我希望妳知道。』

『我也希望妳知道，那些年，我付出過真心。』

『我知道我特別糟糕，我不配被愛，我做好孤獨終老的準備了，我希望妳嫁給一個特別好的人，兒女繞膝，一生幸福。』

『妳一定要來看一次極光，極光特別美。真的。』

他喋喋不休，一遍又一遍地打，一句又一句地說，影片的最後有人搶走他的手機，電話裡說：『您撥打的號碼是空號。』

尚之桃淚流滿面，那時她離開他，經歷鑽心之痛。多少個夜晚坐在窗前看冰城的大風吹倒枯枝，一次又一次想他。在他們都以為自己不配被愛的年紀，他們接近過愛情。可他們錯過了。

『桃桃，我想告訴妳的是，分開再相遇，已經很難。我們都希望你們兩個能白頭到老。』林春兒傳來一則訊息給她，尚之桃回她：『好。』

欒念一路將車往山上開，尚之桃問他：「不回家放行李嗎？」

「還沒到旅途的終點。」

旅途的終點，是欒念為尚之桃造的花園。

山邊的綠樹和野草隨夏風舞動，陽光斑駁在他們臉上，浮影掠過，像時光織夢。

欒念停下車：「走吧。」

這一天他們穿著這次旅行欒念訂製的最後一套衣服，尚之桃一身簡約白裙，他是白衣白褲。握住她的手緩緩向前走，轉進一條小路，洞見一方新天地。

玫瑰花園芳香四溢，從她腳下開始，鋪就一條青石板路，花園兩邊是流光溢彩的手繪像，一直向前，最終彙聚到一個陽光房裡。

太美了。

尚之桃從沒見過這麼美的場地。她愛花，誤會他送人花，在二十多歲時嫉妒。他知曉，終於為她造了一座花園。

欒念指指旁邊，一塊並不明顯的牌匾綁在籬笆上，上面寫著「尚之桃的時空博物館」。

欒念斂去不羈，很認真地對她說：「歡迎來到尚之桃的時空博物館，我是博物館高級講解員，欒念。」

首先讓我們來到二〇一〇年，也就是尚之桃女士來北京的第一年。

巨幅手繪上是尚之桃站在深夜的北京等車，周圍燈光璀璨，但好像一切都與她無關。所有的畫是欒念親筆畫的，再經由同比例放大製作，他不允許有任何瑕疵。

這一年尚之桃女士來到凌美工作，她對這個陌生的城市充滿好奇和恐慌，對一切充滿敬畏。她早出晚歸，把所有的時間都奉獻給工作，很可惜的是，她遇到了一個每天勸退她的老闆。那個老闆有點不是東西。

欒念說到這，尚之桃笑出聲。

但那個老闆愛上了她，可他不自知。他下班的路線明明是另一條，卻一定要繞到樓前偶遇她，送她回家。

從二〇一〇年到二〇二一年，每一張手繪都是當年的尚之桃，髮型、穿著都是當年她的樣子。這些巨幅手繪將她拖進回憶之中。

她看到她在凌美的第一個專案結案，第一次晉升，看到她的車壞在山路上她的顫抖，看到她拖著行李箱一週四城，有時睜眼想不起她身處哪座城市；看到她孤身一人去到西北，在那裡忍受孤獨去完成專案；她看到自己在後海邊、長城上、校園裡跟老師學語言，她手中厚厚的單字本換了一本又一本；她看到兩個月大的盧克撓她的床，想睡在她身邊陪她一起度過寂寂長夜；也看到孫遠翥離開的那一年，她站在他公司樓下對著那條白布失聲痛哭；她看到她站在舞臺上唱歌，臺下螢光棒揮舞著和同事們大聲喊著我愛妳；看到火車駛離北京，她傳了最後一則訊息給欒念，然後與他相忘於江湖。

她看到她爬上高架，身體在空中晃了一次，下來時篩糠似的抖；看到她在酒桌上喝酒，男客戶的手放在她後背上，她拿起酒瓶砸到他頭上；她看到她深夜出會場被人尾隨，她落荒而逃握緊包裡的剪刀。

她看到她熬夜研究公式，在新賽道上橫衝直撞；看到辦公室從只有兩個人到現在近七十人。

看到欒念和她在八廓街上的第一次合照，最後是欒念站在她身邊。

欒念造了這座時空博物館，他吹毛求疵、完美主義，親自畫設計圖親手選建材，他無數的時間泡在這裡，要求他的作品在任何光線光感變幻下都具美感。他還要這個博物館經得起風吹日曬，無論何時都要在這裡。他要求花園裡每一朵花都按照他的心意盛開，因為這是他捧給他愛人的花園，他在這座花園裡造夢，時空博物館裝了尚之桃的曾經，也將盛下她的未來。

欒念這樣的人，一意孤行，不會回頭。

有人笑他傻，斥巨資建這個有什麼用，回頭錢花完了，人走了，時空博物館變成廢墟，花園裡的花全敗了，一轉眼都成空了。

欒念說你們不懂。

錢花光了可以再賺，但人不能走，就是要糾纏一輩子。

欒念一輩子都沒講過這麼多話，他講尚之桃的一年又一年，謙卑的、驚恐的、篤定的、勇敢的、聰明的、良善的、調皮的、乖巧的尚之桃都在他口中，也在他心裡。最終他帶她來到博物館的盡頭。

那裡面擺著的所有東西尚之桃都認識。

她出生時的手腳印、第一件小衣服、第一雙小鞋、第一次寫的毛筆字、第一次拿的獎狀、第一輛自行車、第一個隨身聽、第一件校服、她在凌美簽的第一份合約、她留在欒念枕上的第一張紙條、她的願望清單。

欒念將鑰匙放在她手中，愛人，這是我為妳造的博物館，我希望它能裝下妳一生的美夢。

尚之桃握緊鑰匙，握著欒念的心意。朋友們和摯親不知何時都站在了他們身邊，將他們圍了小小一個圓。欒念不希望他的求婚在大庭廣眾之下，他不想把尚之桃架到道德制高點上。他只希望他們真心的朋友在，最親的親人在，足夠了。

盧克汪了一身跑了過來，牠脖子上掛著一張小牌匾，上面寫著：「嫁給爸爸。」欒念蹲下身，從牠背上的書包裡拿出戒指盒。看了很久，終於站起身，請尚之桃女士允許時空博物館裡給我留有一席之地。

他紅著眼說道：「尚之桃，嫁給我吧。」

尚之桃的淚水流不完，陽光房被日光覆滿，光照在他們身上、臉上，此刻都無限接近乾淨。

她抹掉臉上的淚水，終於點頭說：「好。」

欒念擁抱她，擁抱二十二歲的她，和三十三歲的她。

他們早晚都會老去，時光從不過分厚待誰。

但他們並不害怕，因為他們知道，這一次他們不會分開了。

再也不會。

他們的愛情經歷寒冬，迎來屬於他們的早春晴朗，並最終走到炎夏，走進人生最熱烈的時光。

這熱烈將永不消逝。

願你、我，我們一切都好。

——《早春晴朗04》正文完——

番外一　梁成敏

一、

梁成敏二十七八歲時還不嫁人，這在八〇年代的國內顯得十分另類。

梁成敏媽媽看到女兒就嘮叨：「嫁不嫁嘛，妳給個痛快話。多少人介紹男朋友給妳，妳看都不看一眼。家裡倒是也能養得起妳，只是鄰里會講閒話的呀！」

「講就講囉～」梁成敏講話慢條斯理：「嘴長在別人身上，我們管不了的呀！」

她生在江蘇，在上海讀書，又去安徽做實習醫生，一圈跑下來專業知識長進了，口音也雜了。

梁成敏媽媽看她就有一點上火：「妳不急奶奶還急呢。」

「明天不管那個人什麼樣我都不嫁！」梁成敏丟下一句就跑了。

第二天從醫院出來，騎車到圖書館，在周圍磨蹭一下。她二十八歲，卻還是小孩心性，對什麼事都不關心，她只關心人體和病理，一心想做女華佗。

圖書館門口站著的那個男人顯得有點突兀，白襯衫黑褲子，身姿筆挺，眉頭皺著，看起來不是好相處的人。介紹人說這個人長相英俊，不知道多少女生惦記。梁成敏看不出英俊不英俊，她關心別人健康不健康。這位看起來挺健康。

她跑過去，兩條粗辮子垂在胸前，手中抱著一本書，像個書呆子。跑到男人面前的時候微微喘著：「欒明睿嗎？我是梁成敏。」

欒明睿脾氣不好，看了手錶一眼：「妳遲到了，八分鐘。」

梁成敏不能說我是在周圍打量你呢，只是尷尬的笑笑。

「我醫院有事出來晚了。」

「沒事。」

「我們要走走嗎？」

「嗯。」

欒明睿隨便應了一聲，兩個人走在馬路上。那時馬路邊人很少，空氣中有海水的味道。每天早上會有漁船回來，帶著一船的海貨。梁成敏從小身體不好，再大一點，父母聽說吃蝦蟹強身健體，就想方設法搞來，每天做蝦泥剜蟹肉給她吃，日子久了，她骨架看起來比一般的南方女孩大一點，整個人水靈靈的。她這樣的身段，走在欒明睿身邊還是顯嬌小。他個子高，身板平直，戴著一副眼鏡，梁成敏偷瞄一眼，還行，度數不深。

兩個人說了自己的情況，都對相親沒什麼心思，隨便說兩句就算了。

梁成敏剛進家門，介紹人就進了門，拉著梁母站在窗外講話，起初梁母還挺興奮，兩句話後就有一點無精打采：「哦，覺得不適合是吧？沒事沒事，要講緣分的。不適合不能硬湊，人家家境確實比我們好一點。瘦死的駱駝比馬大嘛。」

梁成敏咳了一聲：「媽，我這開著窗呢，說什麼我都聽得清清楚楚。這有什麼可難受的，我也沒看上他啊！」

介紹人聽到這句，從窗戶探頭進來：「妳沒看上人家？」

「沒有。他是四眼。」

「妳不也是四眼嗎？」介紹人指出事實。

「我不是，我不到一百度，不戴眼鏡也可以。他度數深。」

介紹人聽完這句：「嘖嘖，這年輕人呀，一個比一個挑剔。這麼挑下去要在家裡待到老啦。」已然忘了是別人先挑的。

梁成敏不把這件事放在心上，不嫁就不嫁嘛，嫁人有什麼好。醫院裡的醫生護士結婚的大有人在，常有人哭鼻子上班呢！

她平常沒心沒肺，像長不大的女孩，一坐診就極其嚴肅，醫師袍一穿，頭髮一盤，醫生帽一戴，要多嚴肅有多嚴肅。

這天坐診，來了個聲稱自己骨折的。

進門就哇哇叫，無論梁成敏說什麼他都不聽。梁成敏生氣了，板著臉嚇唬他：「再嚷嚷就把你嘴縫住！」她年輕，嚇唬人也就這樣了。這句落在被父母通知來照顧弟弟的欒明睿耳朵裡，就對這醫生起了一些偏見。

梁成敏認認真真幫病人看，那條腿腫成了樹幹粗，卻真的沒骨折。

「你別再叫了，你聽我說，你沒骨折。」

「沒骨折怎麼這麼疼？換個有經驗的來！」

「我就是有經驗的！」

「妳一看就是半吊子！」

梁成敏被他氣得臉通紅，問：「家屬呢？」抬起頭就看到板著臉的欒明睿。

梁成敏覺得這人有點眼熟，想了半天想起是嫌自己家境不好的公子哥。但她沒提那件事，裝作不認識：「你是家屬嗎？」

「嗯。我弟弟。」

「你弟弟沒骨折，讓他別叫了。我開藥給他，去旁邊理療。」

「能換醫生再看看嗎？」欒明睿問她，擺明不信任她。她才二十八歲，能有什麼經驗？

「能。出門，重新掛號。」梁成敏沒給他好臉色，換人就換人。頭都沒抬，脾氣可倔了。

欒明睿帶欒明成重新掛號，是個老醫生，老醫生也是梁成敏那一套，對他們說：「沒骨折，開藥理療吧。」

「那腿怎麼這麼腫？」

「傷筋了。骨折沒骨折不一樣的年輕人。你們可不能胡思亂想。」

欒明睿突然覺得剛剛冤枉了那女生，想了半天想不起她的名字，就去門診問。再回去的時候梁成敏已經下班了，換了一件碎花襯衫，正往醫院門口走。

看見欒明睿心裡切了聲，目不斜視過去。

欒明睿也不知道她記不記得自己，那就當作不記得好了，攔住她自行車：「醫生。」

「還知道我是醫生啊？我幫你弟弟看病的時候你怎麼不信我是醫生呢？還換人，換了，腿骨折了嗎？」

梁成敏嘴像機關槍一樣「突突」欒明睿：「還有啊，你弟弟多大了？在醫院裡嚷嚷什麼？丟人不丟人？」

欒明睿本來想道歉，見她得理不饒人，就往旁邊一站，說了句能氣死梁成敏的話：「換人看一下放心。怕妳誤診。」

又高傲又氣人。

梁成敏一口氣堵在心口，瞪他一眼，走了。

到了家這口氣還沒消，就對梁母說：「以後再有人介紹對象，戴眼鏡的一律不行。」

「為什麼不行？」

「看起來就陰險！」

第二天早早上班，在醫院走道裡看到欒明睿帶欒明成來理療，目不斜視過去。欒明成記得她，就跟她打招呼：「醫生好啊！」不是昨天哭號的那個樣子了。

梁成敏停下看著他：「你誰啊？」轉身走了。

「這醫生真嚇人。」欒明成小聲說。

欒明睿對他說：「你以後再受傷忍著點。在醫院叫什麼？不丟人嗎？」

欒明成被哥哥訓了幾句，不敢講話。他從小就怕欒明睿，總覺得在這個哥哥臉上沒見到過晴天。欒明睿很慶幸自己當天就回絕了介紹人，就梁成敏那脾氣別說過日子了，相處幾次兩人就能打起來。

欒明成在裡面換藥，欒明睿坐在外面木凳上等，聽到梁成敏在隔壁診室高一聲低一聲的訓人：「都這樣了才來？想什麼呢？」

「我說的話你當耳邊風是吧？是不是讓你忌口？你看看你這傷口！」過一下又很溫柔：「別哭了，妳丈夫現在需要人照顧，妳還懷著孕，妳得控制情緒知道嗎？」

年紀輕輕變臉跟翻書一樣。

欒明睿二十九歲，喜歡他的女生不少，但他都不喜歡。久而久之就成了家裡難以解決的問題。欒家世代經商，三落三起，被抄過家也主動捐過，慢慢的家道中落。但欒家人也是奇怪，到欒明睿父親這裡，到老了，又趕上了好事，在這一年被平反了，日子就又漸漸好了起來。一家人窮過也富過，但老一輩的習慣沒丟，哪怕吃個炒青菜，也得把盤子擺得乾乾淨淨漂漂亮亮。早些年的時候，兩兒兩女站出去，身上穿著帶補丁的衣服，但那衣服洗得乾乾淨淨。透著小城人少見的體面，用鄰里的話講：矯情。

欒明睿就是這樣。

他不僅矯情，脾氣也差，每天板著一張臉，不知道嚇跑多少女生。頭腦卻好用，趕上政策註冊了個體工商戶，靠著販賣海貨賺了第一桶金。

小夥子長得英俊，學問好，家境好，又有錢，加上挑剔，就成了小城女孩心裡的朱砂痣。

梁成敏可不知道這些。

她從小就愛讀書，後來學醫，為了學醫又離開小城幾年，對小城新興的這號人物不清楚。在她心裡，欒明睿就是個眼高於頂的大傻子。嫌她家境差，她還嫌他是四眼呢！更何況她家境哪裡差，父母都在學校教書，好歹也算半個書香世家。

但梁成敏也不記仇，事情過了就過了。

半個多月後的一天晚上，她被梁母趕去買醬油，供銷社[1]裡排了兩大長隊，她估算著時

1 供銷社，供銷合作社，是過去中國計畫經濟下的產物，為農村提供日用品銷售、收購農產品等服務。

間不趕，索性安心排隊，站在那背書。好巧不巧那天欒明睿也去了供銷社，就站在她旁邊那排，有人叫他名字，他回頭的時候看到梁成敏。好歹兩個人一起相過親，她這時一動不動，看起來有點目中無人。

終於輪到他們，梁成敏翻了半天口袋，沒帶糧票。旁邊一隻乾淨的手伸過來：「用我的吧。」抬起頭看到欒明睿。

梁成敏怕回去被母親罵書呆子，就點點頭：「行，謝謝你。我明天還你啊。」買了醬油就往外走。

欒明睿跟在她身後問她：「妳怎麼還我？」

「？」

「妳知道我住哪嗎？知道怎麼找我嗎？妳什麼都不知道怎麼還？」見梁成敏被他問愣了，又接著說：「妳沒打算還我吧？」

梁成敏急了：「你有病吧？誰差你那張票啊！沒這麼羞辱人的啊！我說明天還你就還你，我不知道你住哪我問介紹人行不行？我怎麼就不打算還你了？」

「妳記得我們相過親是吧？」

「……」

「那妳怎麼跟不認識我似的？我以為妳視力不好呢。」

他跟介紹人說覺得女生挺好，但不合自己的脾氣。介紹人跟他父母說：「沒事，女孩也沒看上明睿，嫌明睿是四眼。」

今天算出了這口惡氣。

見梁成敏被氣得臉通紅，又說了句：「明天晚上，八點，還在這，妳還我票。不還我去妳家裡要。」

轉身走了。

月光如水，他嘴角那抹壞笑路人可是看得清清楚楚。

二、

梁成敏回到家在另一件衣服裡發現了糧票，心裡直懊悔。被欒明睿劈頭蓋臉那一頓教訓只覺得面子沒地方放。

第二天下班的時候碰上了之前的病人家屬，拉著她一直問下一步治療方案，能不能省點錢，家裡錢花光了。

梁成敏耐心的跟他們解釋：如果孩子的手術不早做，病情惡化，耽誤的就是孩子。還要更遭罪。

那父母在梁成敏面前哭，哭得她心都要碎了，紅著眼睛安慰半天，卻也沒有什麼更好的辦法。梁成敏覺得自己修煉不夠，遇到這樣的事要難受好幾天。

跟病人分開的時候天都快黑了，她一跺腳，這下好了，見面又要說她賴帳了。

騎著自行車往供銷社趕，到了門口看到欒明睿大剌剌坐在供銷社前面那棵歪脖樹下，白襯衫挽到手肘，領子那解開兩顆釦子，皺著眉看著姍姍來遲的她。

梁成敏還是有禮貌，把票遞給他：「實在不好意思，剛剛醫院有事耽擱了。」

欒明睿並不伸手接：「還人東西還遲到，醫生都像妳這樣還怎麼救死扶傷？」

梁成敏聽他這樣說頓時來了氣，把票拍在長凳上：「還你了啊，歪脖樹作證，至於你要不要那是你的事。反正你家有錢。」

「送妳了。反正我家有錢。」欒明睿把票放在她自行車車籃裡。他個子高，把梁成敏罩在他陰影下。低頭就看到梁成敏的睫毛翹著，但她抬起臉瞪著他，生氣了。

欒明睿講話從來不肯讓人，梁成敏軟硬不吃他覺得新鮮。家裡有沒有錢無所謂，就是覺得這個小醫生的脾氣得治治。完全忘了自己才是那個討人厭的狗脾氣。

「誰要你的破東西！」

「那妳昨天不是用它買醬油了？」

「……」梁成敏從來沒遇過這樣的人，一雙大眼睛瞪著他，怒氣往外衝，胸口氣得起伏。眼睛裡被氣得濕漉漉的，眼淚快出來了。過了很久憋出一句：「你有病吧？」

「嗯，我有病。」

這還怎麼說？

「讓開！」欒明睿擋在梁成敏自行車前面，就不動。梁成敏見他不動，將自行車頭調轉，跨上車走了。一個女生騎大二八[2]，在自行車上左一下右一下，樣子挺滑稽。欒明睿哧一聲笑了。

他覺得這個小醫生挺好玩。脾氣臭得要命，也難怪她二十七八歲嫁不出去。

再過幾天，他從連雲港回來，在國營飯店前看到梁成敏。也是奇怪，自打相親後，老是能遇到她。她坐在前面的木凳上，手裡捧著一本厚書。他走近一看，那書上畫著人體。她指尖在書上比劃，口中念念有詞：「這樣，再這樣，切開，縫合。」

模樣認認真真。

「梁成敏。」他開口叫她。

梁成敏抬起頭看著他，眼睛立刻立起來，這下是真的記得他了。低下頭看書不理他。

「梁成敏妳幫我看看我的傷口。」

欒明睿挽起衣袖，把手臂伸到她面前，上面一道很深的劃痕，血淋淋的。

「想看病明天去醫院掛號！」

梁成敏又低頭看書，看不下去，啪！闔上書，拽過他手臂。傷口太深了，又那麼長一道：「怎麼弄的？打針了嗎？怎麼不去包紮？」

---

2 大二八，是「二八大槓自行車」的簡稱。所謂二八是指車輪二十八英寸。大槓是說車子帶有一條黑粗的橫梁，可以坐人、可以載物。

「打針了。家裡沒有醫用紗布了。」欒明睿說謊，他根本沒回家。

「跟我來吧！」梁成敏板著臉站起來要走，才想起自己今天是來相親的：「你等一下啊！」跑到飯店前，跟剃頭的王大爺說：「大爺，您幫我看著點啊，等等有一個高個子捲著報紙筒的男人坐那椅子上，你跟他說一聲，我這有個病人，等一下就回來。」

說完對欒明睿說：「走吧。」

欒明睿走在她身邊，回頭看看，那個捲著報紙筒的男人來了，但他沒說。回過頭嘲諷她：「又相親？」

「關你什麼事？」

梁成敏帶著他走到家門口：「等著。」撒腿跑進去。

欒明睿聽到一個女人的聲音在批評她：「妳跑什麼呀？多大人了呀，這麼不沉穩。」

「我救命呢！」梁成敏抱著一個小匣子跑出來，坐在她家門前的那塊老石頭上：「過來。」

欒明睿蹲到她面前，把手臂伸給她。她膽子可真大，他傷口這麼恐怖她眉頭都不皺一下，俐落的幫他塗碘酒，包紮。你說她是書呆子吧，她的表情又靈動。欒明睿也不知道為什麼，心裡癢了一下。

「你打針了？打針了沒包紮？」梁成敏才反應過來。

「沒打。」欒明睿放下衣袖，他蹲在那，比坐在石頭上的梁成敏矮了一截，微微仰頭看她。眼鏡下的那雙眼，像鷹一樣，看得人心慌。

「……無知！」梁成敏又生氣了。她自從認識欒明睿，總是被他惹生氣。她自己都不知道為什麼，明明不工作的時候脾氣好得要命，卻被欒明睿一次又一次氣得要昏頭了。

把藥匣子送回去，想起國營飯店還有人等著相親呢，又轉頭向外跑，看到欒明睿還站在那。南方的青石板路，他站在那擋了小半條路，像個不好惹的惡棍。

「你怎麼不走？」

「妳是不是要去國營飯店相親？」欒明睿問她。

「對。」

「走吧，我順路。」

挺高的人，腿又長，走在梁成敏身後拖拖拉拉。她著急，就回頭說他：「你倒是快一點呀！」

「我手臂疼。」

「你手臂疼又不是腿斷了！磨蹭什麼！」

「跟我相親遲到，跟別人相親就著急？」欒明睿不鹹不淡來這一句，就是不肯快走。

梁成敏不理他，兀自加快腳步，碎花襯衫被微風吹著，後背那裡鼓起來。

欒明睿跟在她後面，心想這麼著急相親，妳可真恨嫁。

那捲筒報紙也是個不爭氣的，等不及，走了，人影都不見一個。

欒明睿在一旁說風涼話：「妳以為誰都是我呢？妳遲到還要等妳。」

「妳是除了上班就相親嗎？相親這麼有意思？」

「不相親妳嫁不出去？」

「欒明睿！」梁成敏被他念叨煩了：「你煩不煩啊？」

「我相親關你什麼事啊？你怎麼管那麼多啊？」

「你不是一樣要相親？你好意思說我嗎？」

「還有，我今天為什麼遲到啊？還不是因為你！」

「那妳見我那天遲到又是因為誰？」欒明睿冷不防問她。

欒明睿這人可真記仇。

梁成敏懶得理他，轉頭要走，聽到欒明睿問她：「妳餓不餓？」

「不餓！」

「我去吃飯妳去不去？」

「不去！」

「妳是不是不喜歡相親？」欒明睿又問她，見她眼睛閃了一下，就知道她也不喜歡：

「妳陪我吃飯，我幫妳出個讓妳以後都不相親的主意。」

「騙人。」

「騙妳我不是人。」

兩個人進了國營飯店，面對面坐著。

「喜歡吃什麼？」欒明睿問她。

「螃蟹，蝦。」梁成敏沒說慌，從前蝦蟹不好弄，爸爸也弄來了，從小就不虧待她的嘴。

「哦。」

欒明睿點了一道白灼蝦，一道醉蟹，還有一道炒青菜，幾樣菜放在一起，倒是挺好看。

梁成敏也不拘謹，翹著蘭花指剝蝦。

欒明睿懶得剝，嫌髒手，就看準機會在她剝完後搶了一個，梁成敏眼疾手快搶了回去：「你不能吃！你得忌口！」看到欒明睿還想搶，就瞪起眼睛：「你吃一個試試！我是醫生！」

他收回手，只吃青菜，眼見著梁成敏把蝦蟹吃得乾乾淨淨。

吃完了才問他：「你剛剛不是說告訴我不相親的辦法？」

「就這麼不愛相親？」

「你愛相親？」

「我也不愛。」欒明睿勾勾手指：「妳過來，我告訴妳怎麼能不相親。」

梁成敏就真的朝前坐了一點，聽欒明睿說：「很簡單，妳嫁給我。」

梁成敏起初沒反應過來，再過兩秒一張臉嗖地紅了，丟下一句：「你有病吧！」站起身跑了出去。

什麼人啊！才見幾面啊就說這種話！

她都跑了幾十公尺遠了，又轉頭跑了回來，看到欒明睿站在那看著她，臉又紅了：「你怎麼回事啊！這種事是隨便開玩笑的嗎？你怎麼這麼輕浮！」

「我們才見幾面啊？我知道你是誰嗎？我了解你是什麼人嗎？」

欒明睿不講話，一雙黑漆漆的眼看著她，聽她講話跟放機關槍一樣。

他知道自己在說什麼。

那天看她排隊買醬油，站在那背書跟老僧入定一樣，實實在在的書呆子。也不知道怎麼了，他心裡就動了一下。

特別想招惹她。

看她著急他就覺得好玩。

梁成敏訓完他又跑了，像一陣風一樣。

第二天她坐診，病人都看完了，就坐在桌前翻書等下班。過了一下有人敲門，她抬起頭看到欒明睿拿著一張號碼進來：「我換藥。」

「去找護士換。」

「妳趕病人？醫德呢？」

欒明睿就坐在那不走，梁成敏拿他沒辦法，讓護士送來紗布和醫用酒精，為他清理傷口。

傷口有點癢疼，目光垂在梁成敏的耳垂上。

欒明睿這人挺神。他向來果斷，說做生意就放下一切做生意，從前說不結婚就不結婚，現在說不清為什麼看上了這一個，那就是這一個。

必須娶回家。

梁成敏為他換完藥，對他說：「明天換藥不用掛號。」

「我掛號進來就是為了問妳一句：還去吃螃蟹嗎？」

「……」

「我做海貨生意的，比不起你們醫生工作高尚。我就是別人看不上的個體戶，但有一點：妳嫁給我，蝦蟹隨便吃。想吃多少吃多少。」

這什麼話啊！

「我家買不起螃蟹嗎？」梁成敏氣他：「我不能嫁給你。我爸媽說讓我嫁個工作穩定的，老師、工人、醫生，什麼都行。就不能嫁個體戶。」

「妳認真的是吧？」欒明睿看她。

「騙你幹什麼？」父母才沒這麼說，梁成敏故意氣他的。誰讓他最開始嫌她家境不好。好像有點錢就特別了不起。

低下頭去開藥給他讓他回家自己換，聽到門「砰」的一聲，人走了。

脾氣可真臭！

三、

欒明睿被梁成敏氣得不輕。

醫生？老師？工人？做夢吧妳！妳這輩子就安心當個體戶的小老闆娘吧！

板著臉回到家，欒明成一看他神色，就湊上前來：「哥，你去換藥了？」

「嗯。」

「那你看見那個嚇人的女醫生了嗎？」

「你說誰嚇人呢？你不在醫院裡嚷嚷人家至於跟你急嗎？」人還沒娶回家呢，欒明睿就不許弟弟說了。

「不是，我想說的是你猜怎麼樣？那女醫生是我同學的表姐。叫梁成敏。」

欒明成敲了敲自己腦袋，自言自語道：「梁成敏？前段時間有人介紹給你的那個不也叫梁成敏？不也是個醫生？」

欒明睿打斷他：「有話直說。」

「哦，對。說是那女醫生二十七八歲了不結婚，說是讀書的時候跟班裡一個男同學好上了。後來男同學走了。」

梁成敏？跟別人好過？

就她那書呆子樣，擺明了情竇未開，跟誰好？

欒明睿笑梁成敏情竇未開，說的好像他開了似的。二十八九歲的人了，一個對象也沒處過。在那個時候也算怪胎了。也就老天爺待他不薄，給他一張好臉。長得不好的快三十歲不結婚，叫光棍；他這樣的不結婚，就成了挑剔了。

他心裡惦記把梁成敏娶回家，她說的那些屁話他都記在心裡，準備秋後跟她算帳。眼前頭等要事是把她人娶回來。別回頭真殺出一個書呆子來給他添亂。

第二天又趕著梁成敏快下班的時候去，問了護士，她還在坐診，於是又掛了她的號。推門進去，看到她正朝自己手上扎針。欒明睿從前跟醫生接觸不多，並不知道好多醫生護士功課都是這樣練出來的。在他看來梁成敏朝自己手上扎針的行為很怪異，她腦子八成是念書念壞了。

梁成敏見他進來，把合穀穴上的針撤了，睥睨他一眼：「幹嘛？」

「換藥。」

「不用天天換，出去吧。」

「傷口好像爛了。」

「胡說八道！」梁成敏對自己的醫術有信心，她包紮的傷口怎麼可能會爛掉？站起來剪他的紗布，冰涼的指尖碰到他手臂，他戲謔：「醫生妳不戴手套？操作不規範吧？」

「……」

梁成敏準備趕人了，他一把握住她手腕：「開不起玩笑。」

梁成敏甩開他的手：「你這人怎麼動手動腳的？我跟你熟嗎你就開我玩笑？」

「一來二去不就熟了？」

「誰跟你一來二去？」

「眉來眼去？」

欒明睿這種人講這種話，根本不像在調情，分明就是在抬槓。梁成敏要煩死他了，打開紗布：「爛了嗎？哪爛了？」

「沒爛就好，幫我包上吧。」

梁成敏點點頭：「嗯，我幫你包。」纏紗布的時候她手勁故意大了點，欒明睿喉嚨裡哼了一聲，低下頭，疼得脖子紅了一截。

梁成敏突然笑了。

她笑起來特別好看。

本來就是一個清秀的女生，只是平時因為讀書多了看起來有一點古板。這麼一笑，就像南方的青石板縫裡孤零零開一朵小花，就是那麼惹人憐惜。

欒明睿看她笑，目光幽幽的，帶著要將人吞了的勁頭。

梁成敏撞上他目光，紅著臉訓他：「你看什麼看啊！」

她紅臉，他得趣，就逗她：「梁醫生要不要跟我結婚？結了婚隨便妳怎麼跟我嚷嚷，我不會急。妳這個臭脾氣也沒人敢娶妳，不如跟我湊合湊合。」

「誰跟你湊合？一輩子不嫁人也不嫁你。」梁成敏討厭欒明睿那個樣子，平時板著臉像誰欠他錢，講話又衝，好好的話到他嘴裡都帶著嘲諷。就連婚姻大事他說起來都像兒戲，聽不出什麼認真勁。

她一生氣臉更紅了。

欒明睿看了她一眼，笑了。他難得笑，笑的時候有一點溫柔。

欒明睿每天都來，手臂好了以後他就在醫院門口等她。梁成敏躲著他，每天下班前讓小護士幫忙看看，那個瘟神在那嗎？小護士一看，在呢。梁成敏就從後門走。

這天剛出後門就看到欒明睿站在那：「妳躲我？」

「你老是來醫院影響不好。」梁成敏說。

「什麼影響？我未婚妳未嫁我等妳怎麼了。」

「你情我不願，對我影響不好。」梁成敏跟他頂嘴，眼睛都不敢看他。

「行。」欒明睿丟下這一句，走了。梁成敏總這樣躲著他，他們像貓抓老鼠，一個追一個跑，日子久了就覺得沒意思。搞對象這種事，欒明睿突然悟了，有來有往才有意思。

隔天就真的不來了。

梁成敏說不清對欒明睿什麼感覺，看見他就想跟他吵架，他沒來，她心裡又會空落落的。

醫院裡的同事好幾天沒見到欒明睿，就跟梁成敏打趣：「公子哥不來了？」

梁成敏紅了臉：「來不來跟我有什麼關係？」

騎著那輛自行車，左一下右一下回了家。吃晚飯的時候梁母問她：「今天傍晚時候鄰家的王奶奶說前幾天在醫院門口見妳跟一個年輕男子講話，是誰呀？」

「病人。」

「哪個病人？」

「……不記得。」梁成敏知道王奶奶講的是哪一個，還不是那位公子哥？但她就是不想跟媽媽講，怕她多問。

「哦哦。」

後來她又去相了幾次親。

對她來說，相親就像政治任務，她必須去，不去就是思想覺悟不夠。她怕梁母嘮叨，就真的去。

這一天相親是在國營飯店，她剛進門就看到欒明睿坐在靠窗邊的位子，手裡擺弄一顆不知道哪裡來的釦子。她琢磨著躲開他避免尷尬，結果撞到欒明睿的眼，他淡淡看她一眼，裝不認識她。

再過一下，他的相親對象來了，她聽到他問那女生：「喜歡吃什麼？隨便點。」女生長得很好看，細細的眉眼，講話輕聲細語，典型的南方女孩。

「我都行。」女生沒像梁成敏那樣敞開點，只點了一道炒青菜。反倒是欒明睿，點了蝦和蟹。他說：「不用省錢，錢留著也帶不走。」

欒明睿跟女生講話，耳朵聽著梁成敏那桌。聽到她對面的小夥子說他是老師的時候，偏頭看了一眼。小夥子穿得很乾淨，人長得也清秀。

「老師很好。」梁成敏認真點頭：「教書育人，桃李滿天下，非常高尚。」

「醫生救死扶傷，也高尚。」

開始互相吹捧了。

「所以你平時經常去外地嗎？」女生問欒明睿。

「對。」

「介紹人說你想找一個能顧家裡的。」女生臉有點紅，她從前就知道欒明睿，遠遠看過他幾次。小城裡多少女生喜歡他呢：「你覺得我還行嗎？」

女生很直接，要欒明睿一個答案：「我回去會告訴介紹人。」欒明睿指了指桌上的蝦和蟹：「多吃一點，別拘謹。」

「你經常相親嗎？」女生突然問他：「你是不是相了很多親，有心上人了？」

「相過一次，醫生。自視甚高，我不喜歡。」

梁成敏聽到這句自視甚高我不喜歡，不知道為什麼心裡好像被什麼敲打了一樣。

女生不好意思，總覺得在欒明睿面前剝蝦不自在，不像梁成敏，翹著蘭花指，對那蝦蟹勢在必得的樣子。

梁成敏跟男老師吃完飯，要走的時候，男老師問她：「改天要一起去圖書館嗎？」

「好啊。」

欒明睿聽到這句「好啊」終於抬起頭認真看了她一眼。他天天去醫院門口等她，她見他像見到鬼一樣。別人約她去圖書館，她說好啊。

挺好。

欒明睿起身送女生回家。女生家跟梁成敏同個方向，這條路上去一直走，她家就在路邊。他心情不好，一直到女生家門口都沒怎麼講話，轉頭往回走，看到梁成敏和那男老師一起走路。梁成敏根本不像在他面前那樣，撒腿就跑，這下好，沉穩了。

欒明睿心想，妳愛嫁誰嫁誰？管我什麼事？面無表情從她面前過去。

梁成敏突然來氣，來也是你，裝不認識也是你。就大聲叫住他：「欒明睿！」

欒明睿回頭看著她：「怎麼了梁醫生？」

「你沒看見我？」

「沒看見。我視力不好，我是四眼。」

說完就走，把梁成敏一句話噎在那，氣得臉通紅。眼裡不知怎麼就蓄上了淚水，撒腿跑了。男老師在後面愣了愣，追也不是，走也不是。

再過幾天，她好不容易能休息一天，吃午飯的時候梁母又幫她安排：「今天下午這個妳努力一點。之前跟妳相親的那個欒明睿妳記得吧？介紹人說人家成了。」

「誰成了？」

「欒明睿啊。說是雙方家長準備見面了。」

梁成敏一口飯堵在喉嚨口，無論如何都嚥不下去。這時才發現，那個問她要不要嫁給他的人當時就是逗她玩。

她吃過飯回屋裡看書，躺在床上，整個人就有點蔫，也不知道怎麼了，或許是吃飯時梁母問那一嘴，讓她想起欒明睿。於是幹什麼都沒力氣，書翻兩頁就放在手邊。看著窗前瓶子裡插的那枝桂花發呆。再過一下，在床上一歪，睡著了，這一睡睡到了天黑透。梁母看她睡得香，知道她平日辛苦，就不忍叫她。

「噹」一聲，一顆小石子砸在她窗上，她躺那沒動，以為是小孩子調皮。再過一下，又一顆，力道跟剛剛差不多。小孩子手可沒這麼穩。她坐起來推開窗，看到站在青石板路上的欒明睿，月光籠罩著他，將他整個人洗得乾乾淨淨的。

她騰地紅了臉，速速關了窗，獨自坐在窗前喘氣，也不知怎麼心跳得特別快。

再一聲，欒明睿又丟了一顆石子。

她推開窗，小聲問他：「你砸我窗幹什麼？」像小蚊子，還瞪眼睛。

「妳出來。」欒明睿也小聲叫她。

「到睡覺時間了！」

「出來。」

「我不出去！」

又「砰」一聲關上窗。

欒明睿又丟了一顆石子，把梁成敏丟煩了，順手撿起石子開了窗用力丟了出去，聽到一聲悶哼，推開窗。看到欒明睿捂著眼鏡。

「砸到你了？」她問。

欒明睿不講話，梁成敏這下看出來了，他生氣了。

「你等我。」梁成敏胡亂披一件秋衫躡手躡腳走出去，小心翼翼關上家門，走到欒明睿面前。

「我看看你眼睛。」

欒明睿不講話，把眼鏡丟到她手中，轉身就走。梁成敏看到那鏡片缺了一塊，就在後面追著他，跟他轉進一條巷子。巷子悠長，也沒有人，偶爾一隻野貓走過，爪子踏在石板上噠噠的。梁成敏的腿又趕緊挪騰幾步，上前拉他手腕：「你站住！我看你眼睛！」

欒明睿終於停下腳步站在那。

他個子高，她看不到，索性踮起腳，還是看不到，又急了：「你低頭行不行？」

欒明睿低下頭，呼吸落在她額頭，看著梁成敏仰頭看他，難得的乖巧。他眼皮上有一道輕微血痕，應該是被眼鏡的碎片劃到了。

「疼嗎？」

「不疼。」

「哦。」

她站離他，問他：「你來幹什麼？」

「送喜糖給妳。」欒明睿變戲法似的從懷裡拿出一顆酒心巧克力，這東西當時少見，梁成敏吃過一兩次，她很喜歡。但今天她不想吃。

「你送什麼喜糖？你跟我炫耀呢？你是不是想說妳不嫁給我有的是人願意嫁給我！」

「你是不是逮著一個女生就問人家要不要嫁給你？還是看你心情？」

「你結婚了不起啊要在我面前耀武揚威！」

「誰要吃你的破喜糖！」梁成敏說著說著急了，急了眼睛就紅了，她也說不清為什麼，覺得有點委屈，還有一點遺憾。

欒明睿看到梁成敏眼裡滾下一滴淚，終於不忍心逗她了：「我表妹的喜糖。」

「……」

要是地上有個洞，梁成敏就鑽進去了。她抿著嘴，淚眼汪汪的。

「吃嗎？」欒明睿又問她。

「吃。」梁成敏抹掉眼淚攤開手掌，欒明睿將巧克力放在她掌心。她撕了錫箔紙，將它放到口中，捨不得咬碎，就那樣含著。

「巧克力好吃嗎？」他問她，聲音有點啞。

「好吃啊。」

「我嘗嘗。」

他突然低下頭親她嘴唇，舌尖在她唇角舔了舔。梁成敏頭腦「轟」的一聲，愣在那。

欒明睿的唇再來的時候，她像個傻子。

欒明睿不傻，他不會，但他一心想嘗巧克力，手扣著她的頭，舌就探了進去，這一探不得了，女生香甜的唇舌和淡淡的酒氣讓他近三十年的鐵樹霎時開了花。舌尖勾著她的，將她舌上的巧克力著著實實吸過來，連帶著她的舌，手捧著梁成敏的臉有一點無師自通的感覺，又覺得兩個人離得太遠，猛然把她攬到懷裡。

梁成敏撞到他的身體，他杵著的東西嚇到了她，在他懷裡掙扎：「放開我！」

「不放！」

「我喊人了啊！」

「妳喊！」

欒明睿將她困在他與牆之間，兩個人在博弈，咻咻的喘氣：「不喊是嗎？」欒明睿問她，看她的眼睛可憐兮兮的，又去親她。這次比剛剛還要急，牙齒撞到牙齒，他也不管，偏過頭去終於找到合適位置。

梁成敏站不住，他撈起她，身體纏上去，做她的把手和靠山。
最近天天惦記她，卻放不下面子。今天別人結婚，他突然羨慕，尊嚴面子能有把梁成敏娶回家重要嗎？
當然沒有！
娶回家再慢慢收拾她不好嗎？現在跟她較什麼勁！
好不容易分開了，欒明睿心裡滿當當的，又問她：「梁成敏，要不要嫁給我？」

四、

梁成敏點點頭又搖搖頭。她頭昏腦脹的，酒心巧克力早就融化了，口腔裡只剩一點甜膩的酒味。
欒明睿鼻尖擦著她的，他不會講什麼甜言蜜語，講話就是這樣直來直去：「問妳呢，梁成敏，妳願不願意？」
「妳如果願意明天我就讓我父母去妳家裡。我不是老師、醫生、工人，但我保證妳跟我以後我不讓妳挨餓。讓妳每天都吃妳愛吃的蝦和蟹。」欒明睿開始誘哄她。
梁成敏終於反應過來，伸手推他，推不動，兩個人就這樣在黑夜裡僵持，她貼在牆上，他貼著她，鼻尖挨著鼻尖，呼吸接著呼吸。

「誰要你養！我……」她開口講話，欒明睿聽進去也沒聽進去，他第一次親人，發現那感覺好極了。梁成敏講話的時候她香甜的味道讓欒明睿失神，索性去堵她的唇，他找到了一點門道，用力吮她，梁成敏頭腦裡又「轟」一聲。

「妳什麼？」欒明睿貼著她的唇問她。

「我是醫生，我能養得起自……」欒明睿咬她嘴唇，就是不讓她講一句完整話，反反覆覆三五次，兩個人都有點氣喘吁吁，梁成敏的話終於講完了。她的大意是我用不著你養，我好歹是醫生，我就算不能每天吃蝦蟹，發了薪水我也可以打一次牙祭。

「我聽明白了。妳的意思是不願意是吧？」欒明睿瞪她：「不願意妳這是幹嘛呢？大半夜跟一個男人在小巷子裡又親又抱，妳耍流氓呢？」他倒打一耙，故意氣她。

「是我耍流氓嗎？」梁成敏要被他氣死了，伸手擰他腰，真沒省著力氣，欒明睿疼得哼了一聲，握住她手腕，嘴裡還不饒人：「妳摸哪呢梁成敏？妳怎麼不再往下點？」

梁成敏真沒想到欒明睿是這樣的人。醫院的小護士說他是清高的公子哥，對人沒有笑模樣，說他家底厚，家裡的孩子也算飽讀詩書。護士說的跟眼前的是同個人嗎？他怎麼這麼無恥！

欒明睿見她急了見好就收，終於放開她，向後退一步：「不嫁給我，行。要不要跟我自由戀愛？」

「不要。」

「不要妳臉紅什麼？」

「臉長在我身上，你管得著嗎？」

梁成敏推他一把，轉身跑了。進了家門跑回自己的小小房間，將窗開了一個小縫，看到欒明睿還站在那，像個大傻子一樣。

梁成敏也不知道心裡惦記一個人是這樣的。

閉眼睜眼都是欒明睿那張臉，還有他抱著她哧哧的喘氣。第二天睜眼的時候眼睛通紅，像小兔子。吃了早餐出門，看到欒明睿站在她家門口。

臉又紅了：「你怎麼來了？」

「送妳上班。」

「不用你送我上班。」

「就送。」

欒明睿跨上自行車，指指後面：「上來。」

「我自己有自行車。」

「妳腿太短，騎二八車太滑稽。」

「……」

梁母聽到聲音出來，看到僵持的兩個人。梁母認識欒明睿，這小夥子在小城裡名氣大著呢。

「你們幹什麼呢？」

「阿姨好，我來送她上班。」欒明睿大大方方的。

「你不是要結婚了？」梁母問。

「謠言。結也是跟梁成敏結。過兩天我父母就來。請阿姨放心，」

「誰要跟你結！」梁成敏急了，在他身上拍了一下。在梁母看來，這兩人是在打情罵俏呢。就說：「要晚了啊，趕緊。」梁母對欒明睿印象好，這小夥子看起來多端正，跟自己女兒很配呢！

梁成敏跨上自己的自行車，左一下右一下騎走了。欒明睿在她身後跟著，看風把她的衣裳吹得鼓起來，青石板路不平坦，自行車看起來一跳一跳。

欒明睿看著這樣的梁成敏就覺得這女生真不錯。

這女生除了脾氣臭點，真是什麼都好。

跟著她到了醫院，她下了自行車，他坐在車上，一腳支在地上，一手抓著車把，另一手騰出來握住她手腕：「梁成敏，我昨天晚上說的是認真的。」

「你說什麼了？你昨天晚上就要流氓了！」梁成敏小聲訓他：「再要流氓我就舉報你！」

「行。我晚上再來接妳去吃飯。」

「我不去！」

梁成敏說她不去，這一天卻一直惦記著。她覺得欒明睿挺討厭的，她從前一心鑽研醫術，這還是第一次為一個男人分心了。

到了下班的時候，推著車出了醫院，欒明睿果然等在那裡。手握住梁成敏的自行車把，將車接過來，自行車在地上漂移了一下，就到了他腿下，指指後座：「上來。」

「不上。」

「不上妳走路去吃飯？」

「那是我的車！」

「妳知道妳騎這車多滑稽嗎？」欒明睿學她在車座上左一下右一下，路過的人笑了。

「欒明睿！」梁成敏急了：「你有病吧？！」

「對，我有病。等結婚了妳慢慢幫我治。」

欒明睿這個人向來穩準狠，他認準的事必須得成，他認準的女生必須娶回家。哪怕他看起來一反常態，像個臭無賴呢，無所謂，他自己願意。先把消息放出去，人占上，就是這麼卑鄙。

他這句話可是挺嚇人，周圍經過的下班的人都停下腳步看著他們：梁醫生要結婚了？都沒聽說梁醫生有對象，怎麼就要結婚了？

梁成敏跟他急了：「你胡說八道！光天化日朗朗乾坤，你……」

「我什麼？妳走不走？不走我跟大家說一下酒心巧克力的事？」

欒明睿話音剛落梁成敏就跳上後座，手捏著他衣服：「快走！」

生怕欒明睿那張破嘴什麼都說。

她不知道她怎麼就招惹了這麼一個瘟神，最可怕的是她竟然惦記起了這個臭無賴。

欒明睿突然捏了剎車，梁成敏坐不穩，臉撞到他後背上，下意識摟住他的腰。又聽欒明睿說：「抱緊了啊！」

他帶著她在小城裡穿梭，欒明睿身上的味道乾淨又好聞，梁成敏一顆心飄飄忽忽的。

到國營飯店門前，欒明睿蹲下去幫自行車上鎖，梁成敏看到他乾乾淨淨的手指、理得整整齊齊的頭髮，突然就覺得跟他結婚能差到哪去？至少她昨天晚上惦記他一整夜呢。

等欒明睿站起身時，梁成敏對他說：「欒明睿，這飯我不能白吃。」

「妳請我也行。妳是不是發薪水了？」誰請都行，坐下吃就行。

「我的意思是我同意跟你自由戀愛，也不怕嫁給你。」她通紅著一張臉，像十七八歲女孩一樣害羞又堅定。

欒明睿看著她，突然笑了。她上班的時候多老成，一下嚴肅一下難過，滿腦子都是她的病人。下了班，就變成一個沒長大的小女生，特別單純，特別乾淨。

手指捏了捏她的臉，路過的人看他們，他們也不怕。怕什麼呢？

欒明睿行動特別快。當天回家就宣布他要結婚的消息，他有主見，但從來不胡來。他說要結婚就是真的要結婚了，於是在他請父母準備好東西去梁成敏家的時候，父母二話不說立刻同意。

他們知道那個梁醫生，小城裡非常好的女生，人品好、工作好、父母也可靠，萬萬沒想到在那次相親雙方彼此回絕後，欒明睿就不聲不響快速的搞定了人家女生。

欒明成在一邊嘖嘖出聲：「我就說你怎麼不讓我說她脾氣臭！」

「她嫌你是四眼！現在不嫌了？」

「你們的脾氣一起過日子還不得天天打架！」

「關你屁事。」欒明睿瞪他一眼。

欒明睿跟梁成敏結婚那天，小城裡特別特別熱鬧。都不覺得這兩人是年齡到了湊合結婚，為什麼呢？瞧他們往那一站，把整個小城都點亮了。多般配啊！是得他們結婚。

不然還能跟誰呢？

欒明睿偷偷勾她手指，指尖在她手心劃了一下。梁成敏在人前紅臉，卻一動不敢動。任由欒明睿握住她的手，隱祕的甜蜜。

梁成敏偷偷問過自己，愛不愛欒明睿，不愛為什麼要結婚？她在結婚第一天晚上把兩個人的過往想了一遍，她覺得她是進了欒明睿故意撒的網了。他就是個壞人。可她又不在乎，她這輩子還是第一次惦記一個男人，這種感覺很好。

小城結婚熱鬧，喜宴擺長街的熱鬧。兩個新人胸前各別一朵紅花，梁成敏頭上盤著小辮子，笑起來天都晴了，特別好看。

欒明睿看梁成敏看不夠。

在鄉親鄰里、親朋好友面前也忘了掩飾，也不管這會不會傷害其他女生的心，總之就是喜歡看她。

敬酒的時候欒明睿有意少喝，後來乾脆拉欒明成幫他擋酒。欒明成不解：「你結婚讓我替你喝酒？」

「懂什麼！」

欒明睿惦記晚上呢，喝多了還過什麼晚上！

醫院的同事跟梁成敏喝酒，欒明睿也推欒明成上去：「我們家派一個陪各位喝，梁成敏酒量不好，喝多了影響她上班。」

「她明天不用上班。」同事打趣。

然後大家哄堂大笑，都明白這對小夫妻在躲什麼了。多數人都從這一天過來的，於是就不為難他們。酒換成了白水，碰杯的時候一樣響，只要開開心心比什麼都強。

到晚上鬧洞房，象徵性鬧了鬧就散了。

屋裡突然只剩他們兩個人。

梁成敏坐在床頭，欒明睿坐在床尾，連呼吸都是小心翼翼。

外面窗子響了一下，有人小聲說：「怎麼沒動靜？」

欒明睿討厭被聽牆角，推開窗看到幾個毛頭小子撒腿跑了。又關上窗坐回床頭。

過一下問梁成敏：「妳是不是特別了解人體？」

「是。」

「那妳研究研究我吧。」

五、

梁成敏起初沒明白欒明睿的意思。

直到看到他站起來，動手解他襯衫的衣釦，才突然明白。她爬到床角，手指著他吼他：「你離我遠點！誰要研究你！」

「那我研究妳。妳教我。」

欒明睿也不會，這幾天有人塞幾本香港那邊過來的雜誌給他，讓他自己研究。他倒是翻了翻，大概知道了怎麼回事。但他覺得也就那樣了，他馬上就有大活人了，看那個做什麼！

「誰要教你！」梁成敏心撲通撲通跳，不是說洞房花燭夜男女一對眼燈一滅該做什麼就做什麼了嗎？怎麼還研究起人體了！欒明睿怎麼把這事弄得這麼嚇人！

欒明睿將襯衫丟到一邊，裡面是一件乾乾淨淨的白色背心。身體很好看。比梁成敏的假人好看多了。

他上了床盤腿坐在她對面，對她說：「梁成敏，妳過來。」

「我不。」

「膽小鬼。妳幫病人看病也這樣？病人衣服一脫，妳跑了？」

「……你才膽小鬼。你又不是病人。」

「妳不是總問我：你有病吧？我是病人，妳過來，我需要妳幫我檢查身體。不然妳就不配做醫生。」

「你胡說！」

欒明睿見她頂嘴抬槓可厲害了，知道她不緊張了，就伸手拉了燈，向裡挪，徹底把她堵在牆角。手在黑暗中摸到她的，拉著她的手貼在他臉上。

他的臉很燙，梁成敏想抽回手，他不准。

微微偏過頭去親吻她的掌心，手腕，而後將她的指尖貼在他喉結上：「這是我的喉結。」

「這是我的肩膀。」他握著她的手在黑暗中描出他的肩膀，他的肩膀很寬闊，鎖骨形狀和位置很正。

「這是我的胸膛……你們醫學上把這些地方叫什麼？」梁成敏觸到他胸膛，他肌肉繃緊，她的手被燙了一下，緊接著被他拖進懷中。

黑暗之中呼吸相接。

「梁成敏妳怎麼不講話？妳嘴不是特別厲害嗎？」欒明睿偏過頭銜住她嘴唇，動作很輕。握著她的手一點點向下：「這裡也研究一下好嗎？」

梁成敏不知道是不是所有男人都像欒明睿這樣，講話沒羞沒臊的。她的手被燙到，心飛了一下，她又好學，就真的覆上去上上下下的體悟。

欒明睿喜歡她好學，將她攬在懷裡。

不知道過了多久才說：「好了，現在該我研究妳了。」

他的手放在她肩膀，緩緩移向她的衣領，指尖放到她衣釦上，梁成敏握住他的手，終於開了口：「我帶你研究。」

欒明睿愣了愣，在黑暗中笑出聲。梁成敏多好玩啊，她怎麼這麼可愛呢。

就把自己的手交給她，真的由她帶他研究。

梁成敏拉著他的手貼在自己臉上，欒明睿的唇也跟上去，他們的手到哪，他的唇就跟在哪。梁成敏的呼吸越來越急，研究這麼多年醫學，今天的人體研究得最徹底。

兩個人都沒有什麼章法，慌慌張張鬧了一晚。第二天睜眼的時候，一個神清氣爽，一個蔫蔫的。

眼睛對到一起，昨晚的種種就跑到頭腦中。

他們之間的第一次並不成功，因為欒明睿不會。

他不會但他不氣餒，就像他做生意一樣，賠點錢以後還能賺大的。就在梁成敏以為人體研究結束的時候，他開始了自行探索。他太好學了，也太溫柔了，將她裡裡外外探索得徹徹底底，梁成敏一度忍不住出了聲音，被他堵了回去。在她耳邊說：「我不想別人聽到。」

梁成敏忍不住，他就用唇舌堵她，將她所有聲音都堵在喉間。

梁成敏喜歡。

她回娘家的時候，梁母偷偷的、隱晦的問她：「明睿……還行吧？」

「從人體結構來講，他某些器官異於常人。」梁成敏認認真真答道。

日子就這樣過。

兩個人每天拌嘴，也拌不出輸贏。總之不管誰惹誰生氣，只要欒明睿在，他就會接送她上下班，風雨無阻。

他買了一輛女式自行車給她，但他在的時候卻不許她騎。他喜歡她坐在他自行車後座上，兩個人在小城裡穿梭。吵架的時候梁成敏坐在後座上不碰他的腰，不吵的時候會摟住他腰身，臉貼在他後背上。

他們真正的爭吵爆發在梁成敏去省城進修的時候。

梁成敏沒想到會碰到老同學傅博。

那時同學們說傅博喜歡過她，但她察覺不到。兩個人經常一起泡圖書館，傅博總是輔導她功課。在梁成敏心裡，傅博只是那個念書搭檔。

老同學再相見就有一點親切，下了課就約幾個同學出去吃飯。席間大家覺得梁成敏嫁人是好事，就提議喝幾杯。梁成敏也覺得高興，就應了。

他們喝酒，起初一小口，盡興了就開始放開。

欒明睿中轉到省城看她，表妹住在附近，說想請他們一起吃飯。兩個人在學員宿舍門口等了很久，等到一個被別的男人攙回來的酒鬼。

欒明睿這輩子都沒這麼生氣過。

他生氣的時候根本不紳士。

「梁成敏，妳就這樣念書的？」他從男人手中接過她，傅博不知道他是誰，就問他：「你哪位？」

「問妳呢！我哪位？」欒明睿扯著梁成敏，讓她跟傅博介紹自己。梁成敏靠在他懷裡，對傅博說：「我愛人。」

傅博眼裡一閃而過的失望情緒落在欒明睿眼裡，他對傅博說：「你們來念書就好好念書。男男女女出去喝酒是在念書？還有，就沒有女同學能送她回來，偏偏你送？就這麼居心不良？」

「你說什麼呢！」梁成敏清醒了一點，她拉著欒明睿的衣袖：「你不能這樣講話！」

「我怎麼講話？明天把你們兩個堵在妳宿舍裡我才能這樣講話嗎？」

「欒明睿！」

「妳他媽別叫我！喝酒去吧！」

欒明睿把梁成敏丟給表妹，轉身走了。

他特別討厭梁成敏這樣。在他面前從來都是跟他抬槓，在外人面前就是一張懂事聽話的嘴臉。

梁成敏是三天後回來的。

她到家的時候欒明睿正在看書，進門將行李放在桌上，對他說：「你跟我道歉。」

「我道什麼歉？」

「你侮辱我的同學我的朋友，你還侮辱我。你跟我道歉。」

梁成敏覺得欒明睿不可理喻，在大庭廣眾之下說那些話，讓她無地自容。

「所以妳跟別的男人喝酒沒錯，我撞見你們一起我就有錯了？妳有病吧梁成敏！」

「你汙衊我你就是要跟我道歉！」

「我他媽做錯什麼了！」

「你講髒話！你粗俗！你汙衊我！你不道歉我就跟你離婚！」

梁成敏從小就這麼倔，她受了委屈就一定要把道理爭回來，不管那個人是誰，她都不可能低頭。她就是這麼想的，欒明睿必須道歉，不道歉就跟他離婚。

欒明睿點點頭：「離婚是吧？什麼時候？」

「明天！」

「行。」

欒明睿穿上外套向外走，梁成敏叫住他：「你去哪啊？要走也是我走，這是你家！」

她拎著行李出了門，氣哼哼向外走，一直回了娘家。梁母看到她有點驚訝，就問她：「怎麼啦？」

「沒事。」

梁成敏決定再給欒明睿一個機會，只要他明天早上來道歉，她就不離婚。都不用等到第二天，她自己就動搖了。

第二天一早，欒明睿來了，就站在她家門口等她，也不進門。

梁成敏出了門問他：「資料帶齊了嗎？」

「帶齊了。走。」

欒明睿從前跟梁成敏拌嘴從來不真生氣，他心裡有她，也捨不得真跟她吵架。但這次不行，梁成敏跟別的男人喝酒，讓別人送她回宿舍，還要讓他道歉。欒明睿過不了這道坎。他寧願離婚。

他神情很冷，看都不看梁成敏：「快點去，辦完了我還有事。」

梁成敏跟在他身邊，偷偷看他很多眼，他都沒有發現。她突然有點難過，紅著眼睛蹲下身：「我肚子疼。」

「辦完了妳回家休息。」

「我走不動了。改天去。」

「行。」欒明睿轉身走了。

梁成敏回到家裡，收拾東西去上班，想到欒明睿的決絕，突然覺得他其實根本不愛她。他就是想找個人結婚而已。

梁成敏開始鑽牛角尖，下了班回家就窩在房間裡，等欒明睿像從前一樣用小石子砸她窗，把她叫出去，兩個人在小城裡專挑黑的地方消磨時光。

欒明睿消失好幾天。

有一天梁成敏中午回家拿東西，看到他站在馬路邊跟一個女人講話，那個女人穿著那個年代很少見的裙子，戴著兩個大耳環，特別摩登。梁成敏就走上前去叫欒明睿：「你幹嘛去？」

「等等跟朋友吃飯。」

「什麼朋友？」

欒明睿指指那女生：「女性朋友。」然後問梁成敏：「妳現在方便了？我也可以先跟妳去辦手續，然後再吃飯。」

欒明睿才不稀罕做什麼紳士，梁成敏讓他整夜整夜睡不著，逼他低頭，他就不低頭。她既然這麼想離婚，那就離好了。

梁成敏點點頭：「行。你等我。」

她回去拿資料，翻箱倒櫃找不到戶口名簿結婚證書，就問梁母：「媽，妳看到我東西了嗎？」

「什麼東西？」

「就是我結婚證書。」

「妳爸拿去登記了，說是過幾天才能拿回來。妳找它幹什麼？」

「沒事。」

梁成敏又出了家門，看到欒明睿等在那裡。

「我的資料讓我爸拿去登記了，過幾天才能拿回來。」

「不想離妳就直說。」欒明睿對她說：「妳要是不想離婚，我們湊合過也行。妳喝妳的酒，我吃我的飯，我們互不相干。」

「欒明睿！」梁成敏怒喝一聲，眼淚緊跟著下來了。她還從來沒這麼哭過，被欒明睿逼急了。

「妳叫我幹什麼？我跟妳熟嗎？」

梁成敏許是被他氣過頭了，眼前一黑，倒了下去。

六、

梁成敏這一暈倒把欒明睿嚇得魂飛魄散，抱著她就往醫院跑。梁成敏經歷短暫眩暈後在欒明睿懷裡睜開了眼，覺得不舒服又閉上了。到了醫院，急診醫生一看是梁成敏，就說：「梁醫生這是怎麼了呀？」醫生護士一聽梁醫生暈倒了，剛巧病人不多，就圍了過來看著她。急診科醫生有經驗，看一眼就知道梁成敏疲勞過度加低血糖，於是就批評欒明睿：「怎麼照顧你老婆的呀？讓人家吃不好睡不好還要暈倒。要你這個老公做什麼？換個會疼人的多好！」

欒明睿站在那聽著，也不講話。什麼離婚不離婚，尊嚴不尊嚴，都要心疼死了。

等梁成敏眩暈過了睜開眼，看到欒明睿坐在她旁邊，心裡的委屈又湧了上來，嘴一癟，眼淚劈里啪啦地掉。

欒明睿握住她手，小聲說：「別哭了。我跟妳道歉。」

「你道什麼歉，你哪裡有錯！不是執意要離婚嗎？你等我爸把資料拿回來我就去跟你辦手續！」

「離婚是妳提的。」欒明睿提醒她。

「我說離婚你就離？我那時說不嫁給你你怎麼不聽？」梁成敏委屈死了：「我就是要跟你離婚！」她要被欒明睿氣死了，這一暈倒真的就打定了主意要跟他離婚。現在道歉？晚了！

梁成敏打完葡萄糖點滴往家走，欒明睿跟在她身後。

「你別跟著我啊！我跟你不熟！」

欒明睿也不講話，就是跟著。回到梁成敏家，她把他堵在門口：「不許你進門！」

欒明睿看她一眼，扯脖子喊了聲：「媽！」梁母從屋裡出來，看到他們在門口鬧，就說：「要鬧進來鬧！把門關上。」多大人了，要是這兩個倔人真想離婚早離了，還用得著鬧這麼一齣又一齣嗎？

跟小孩扮家家酒一樣！

梁母是過來人，也算見過這個小城的風浪，又教了那麼多年書，什麼事都看得透徹。看了他們一眼，說：「我去買油。」走了。

屋裡就剩他們，欒明睿去抓她的手，她躲開他，把手藏在身後：「你別碰我！」

「我碰我老婆不行？」

「誰是你老婆？要離婚了！」

「我不離！」

「晚了！我必須離！」梁成敏紅著眼：「你以後去吃你的飯，我以後喝我的酒，我們互不相干！」把他講的混蛋話原封不動還給他。

欒明睿被她氣笑了。

從來都是他氣別人，直到遇到梁成敏這個強硬的人。梁成敏多硬呢？欒明睿覺得他一輩子只遇到這一個，脖子立得挺直，打死不彎一下的。比他還硬，比他還無情。

接下來該做什麼他不會了。

就那麼看著梁成敏，過了半天對她說：「等妳消氣了我再來。如果那時妳還要離婚，我順妳的意。」抬腿走了。

誰沒有一身傲骨啊！欒明睿想。第二天就收拾東西去外地了。

欒明睿快三十的年紀結婚，他不知道有時候女人就是要哄著的，放下身段好好哄著。他心裡就是覺得梁成敏不該跟學醫的男同學出去喝酒，也是因為之前梁成敏說家裡要她嫁給醫生、老師、工人，還因為欒明成講過梁成敏讀書時跟一個醫生好過。從前覺得梁成敏不可能跟別人好過，她自己什麼都不懂。可那醫生攙著醉酒的她，他又覺得或許他們真好過。他不知道自己怎麼就這麼介意，大概是因為他跟梁成敏之間，一直是他主動。而她看起來不情不願的。她好像對他們的婚姻沒有多少熱情，大概是因為到了結婚的年紀，家裡逼得緊，又遇到他這一個死纏爛打的，於是就嫁了。

他的生意其實很辛苦，做海貨生意能輕鬆到哪去呢？必要的時候自己下手搬東西也是常有的事，身上青一塊紫一塊，總有傷痕。但他從前去外地會寫信或者打電報給梁成敏，心裡每天都想著她，這次真是什麼都不用了，沒有信，沒有電報，兩個人就這樣冷了下來。

欒明睿心裡難受，又不知道該怎麼說，說了怕梁成敏嘲笑他。這半個月過的像地獄一樣，總覺得快活不下去了。

他不知道他走這半個月梁成敏怎麼過的，他覺得她應該挺自在的。

等他回來的時候，小城裡的樹都抽新芽了。

這一年的春天多美啊。他想先去找梁成敏，去到她醫院，發現她那天休息。去她家裡，在門口轉了半天，就是邁不開腿進去。

於是回父母家吃飯。

父母問他：「晚上叫敏敏一起回來吃吧？你不在的時候，敏敏總是來照顧我們。」

「照顧你們什麼了？」

「那可多了，你自己問她。」

欒明睿吃過飯回家，行李放在門口，推開門，看到院子裡有一個人在曬被子，踮著腳伸長手整理被子，兩條粗辮子，不是梁成敏是誰？

梁成敏聽到院門響回頭看著他。他怎麼瘦了這麼多？他沒好好吃飯嗎？

他走進去，關上門。

問她：「今天不上班？」

「不上。」

「那妳聽我說句話。」

「說吧。」梁成敏要想死他了。她從前不知道愛一個人是這樣的，鬧了這一場心神俱裂。她執意要離婚，他悄無聲息走了她又想他。有時想知道他過得好不好，就去婆婆家裡。婆婆會把他的信拿出來給她看。

他們就是認識日子太短就結婚了。

兩個人對對方都不那麼了解，也不知道自己在對方心裡究竟是什麼分量，總覺得對方跟自己結婚是出於將就。他們都不知道，他們誰是將就的人？如果真能將就，還要等這麼大年紀結婚嗎？

「我出去這半個月挺想妳的。」

「想我你不寫信給我？不打電報給我？」梁成敏問他：「你是這麼想人的？」哪怕一個字呢，讓她知道他好好的，在哪，想他的時候知道該往哪看！

「是不是妳說要離婚？」

「對，我現在還是要離婚呢！」梁成敏從小就是死鴨子嘴硬，一顆心滾燙滾燙的，但嘴上就是不服輸。在醫院上班，明明為病人著急，說出的話都是在教育病人。

「那我們現在就去。」

「去什麼去！幾點了！關門了！」梁成敏瞪著他，他怎麼就是不知道自己錯在哪！她轉身進門拿出一封信給他：「你現在念。」

欒明睿打開信，看到梁成敏的筆跡，她替他寫了一封檢討書，大意是我不應該汙衊梁成敏，梁成敏有跟異性吃飯的自由（不單獨），我應該信任梁成敏。

這個括號挺逗的。

他將信紙還給她：「我不念。」

「第二頁你還沒看呢。」

「我不看了，我不想看。」欒明睿真是寧死不彎：「如果要我念了這封信妳才不離婚，那我們直接去辦手續。我不會念。」

梁成敏終於了解了欒明睿是什麼樣的人，從前關於他的傳言都是真的。他就是這麼生硬冰冷。哪怕第二頁她寫的是她自己的檢討書。她不該跟異性一起喝多並由異性單獨送她回宿舍，不該輕易就說離婚。還有她很想他。

「那我念。」梁成敏翻到第二頁：「我念完明天一早我們就去辦手續。」

她念她那頁，剛念個開頭，欒明睿就上前一把抱住她，梁成敏踢他咬他，她快委屈死了，別人說她是堅強的鐵娘子，可她都被欒明睿氣哭幾次了！

「我必須跟你離婚，你沒機會了。我不願意跟你這種臭脾氣過日子，我不要為了跟你過日子委曲求全一輩子！」梁成敏在他懷裡掙扎，欒明睿抱著她就是不鬆手，他一直念著對不起，對不起。

「妳別念了梁成敏。」欒明睿死死抱著她：「我心疼。」

他們都是這樣寧折不彎的人，可婚姻裡有很多事根本不用講那麼清楚，也不是一定要誰低頭。他眼紅了、她落淚了都是那句說不出口的對不起，沒有誰一開始就什麼都懂。

欒明睿後悔死了，他為她抹淚：「梁成敏，妳以後可以做任何妳喜歡的事，我不會管妳。我只會自我約束。」

「我不是要你不管我，我要你相信我。」

「我相信妳。」

「你騙人！你相信我就不會這樣了！」梁成敏抽泣的哭，欒明睿捧著她的臉，低下頭吻她。

「不許你親我。」儘管梁成敏這樣講話，手卻攥著他的衣襟，微微閉上眼。

「梁成敏。」欒明睿貼著她的唇說：「我走這些天，每天都很想妳。我希望妳跟我一樣，不是因為將就而結婚的。」

梁成敏聽到這句睜開眼：「我要是能將就，我早都嫁人了。」

「妳好好講話。」

「反正我不是將就。」

「那妳為什麼跟我結婚？」欒明睿捧著她的臉：「為什麼？我跟妳結婚是因為我心裡有妳，別人都不行。如果不是妳，我就打一輩子光棍。妳呢？」

梁成敏唇貼著他：「因為我愛你。現在你可以親我了。」

分開的時候特別想他，心裡難受得跟什麼似的。她回家，媽媽就問：明睿來信了嗎？她都不知道該怎麼說。上班的時候還好，畢竟有事情做。下班回到家只有一個人。

那時欒明睿堅決不同意婚後跟他父母住在一起，快要結婚的時候他搬到老房子裡。梁成敏回到老房子裡覺得空蕩蕩的，回到娘家又覺得屋子裡沒有欒明睿的痕跡，於是又回到他們的小家。

他不寫信給她，她不好問婆家他究竟在哪裡，就只能生生想著，想得她心都疼了。

那天他們兩個都很急，剛結婚不久的小夫妻，吵了這麼大的架，又分開那麼多日子，身體裡每一個細胞都想。欒明睿把她抱進房間，腳踢上門，動手扯她的衣服。

梁成敏就像一灘水，任他胡亂搊起又放下，總之都由著他。

特別特別激動的時候，梁成敏甚至有種錯覺，覺得她體內有一顆種子在發芽。

那天之後，這對小夫妻的好才是真的好。梁成敏就像欒明睿的小尾巴，下班後就跟在他身後，他去哪她就去哪。欒明睿特別願意帶著她走街串巷，遇到熟人就說：「我愛人，梁成敏。」

再過十幾天，梁成敏起床的時候嘔了一聲。

正在穿鞋的欒明睿回頭看她一眼：「妳怎麼了？」

「如果我懷孕了，我們的孩子叫什麼呢？」梁成敏自己就是醫生，她幾天前就覺得自己懷孕了，但她懶得查。

「？」欒明睿心裡激動了一下，但他覺得不會那麼快。不過也認真想了想：「欒念吧。」

「為什麼？」

「好聽。」

梁成敏真的懷孕了。她自己掐指算日子，就是他們和好的那一天，那一天她有感覺，覺得一切特別豐沛。

她整個孕期都伴隨著嘔吐，這也不常見，大多數人吐到三個月以後症狀會消失或緩解。但她不行，過了三個月，還是吐。吃了東西就會吐。

梁成敏被這個孩子折磨得沒有了人樣。

別人懷孕會慢慢胖一點，她呢，除了肚子變大，細手臂細腿的。

欒明睿要心疼死了。他對這個孩子十分不滿意。有時忍不住點著梁成敏肚子說：「等你出來，看我怎麼收拾你！」

「你怎麼就不知道心疼人？你媽媽懷你多辛苦，你別折騰了行不行？」

好巧不巧，孩子在肚子裡動了一下，像抗議。

梁成敏就對他說：「我有預感，這個孩子脾氣可能不會太好。」

「為什麼？」

「有時你凶他，他會不樂意。」

「他懂什麼？」

欒明睿心疼她，問她想吃什麼，她說：「蝦。」

欒明睿就挽起袖子為她做蝦。他怕她吃膩，變著花樣為她做蝦。欒家人，從上到下都矯情，欒明睿也一樣。他做飯，色香味差哪一樣都不行，像在雕刻藝術品。

他做蝦，先挑蝦線，蒸半熟再油爆。油爆大蝦顏色真好看，還要再做一道炒青菜，再來一杯牛奶。

南方有桂花，欒明睿媽媽想辦法保存了。如果家裡能搞到牛奶，那孩子們就能喝到好喝的桂花牛奶。

欒明睿做桂花牛奶給梁成敏，梁成敏特別愛喝。

梁成敏懷孕那年，欒明睿不去外地了，他得照顧她。先起床做早餐，她吃完送她上班，他轉身去貨場，到十點鐘趕回家做午飯。葷素搭配，營養均衡，用陶瓷餐盒帶到醫院去，陪她吃完，跟她聊幾句，然後再往回走。去各種部門辦文件，去貨場看發貨，交代欒明成該怎麼做。然後去醫院接梁成敏下班。

一天都沒落下。

醫院的人看他們兩個天天長在一起一樣就會打趣：「嘖嘖，甜蜜呦！」

七、

小念念出生那天象徵性的哭了一聲，然後就閉眼睛睡覺。

新生兒一直睡覺，這沒什麼不對。可他睡覺的時候小臉皺在一起，本來剛出生的孩子都像猴子一樣，他這樣皺著臉就更難看。梁成敏看了他一眼突然有點發愁，偷偷對欒明睿說：「他長大會不會長得不好看？」

「胡說。我的兒子能不好看？」欒明睿看了眼小念念，真挺難看。心裡也打鼓，不會長大了特別難看吧？照了照鏡子，覺得自己沒什麼特別難看的地方，梁成敏更不用說了，多好看的女人呢！在他心裡梁成敏最好看，別的女人都要靠邊站。

梁成敏躺在病床上很虛弱，一轉頭就是小念念那張皺著的臉，心情一陣不好。直到出院回家了，這種心情還沒消散。小念念就睡在她旁邊，皺著眉頭。睡覺的時候像個老頭子，吃奶的時候卻要了命了，吃得哼哼唧唧，力氣要多大有多大。

梁成敏是在一個深夜發現孩子的脾氣真的不好。那天夜裡，他餓了，欒明睿起來說先幫他換尿布，然後再餵奶。剛做爸爸的人尿布換得不熟練，動作慢了一點，孩子就開始哭。他哭的時候臉憋得通紅，差點哭背過氣，跟殺豬一樣。梁成敏和欒明睿，兩個大人在深夜被他哭出一身汗，乳頭都塞進他嘴裡了，他不吃，吐出來接著哭。一直哭到他累了，才吃奶。

梁成敏一邊餵奶一邊對欒明睿說：「完了，這下我肯定了，這孩子脾氣真是隨了我們了。」

欒明睿不以為然：「他還沒滿月呢，妳就能看出脾氣差了？是我動作太慢，他餓壞了才哭得這麼厲害。」欒明睿開始自省，甚至在心裡比劃這尿布怎麼換能更快一點。

梁成敏坐月子的時候，兩邊老人白天過來幫忙。但欒明睿不放心，什麼都要看著，月子飯必須他來做。那時都說月子要頓頓吃雞蛋，欒明睿不以為然：「讓妳天天吃雞蛋妳不吐嗎？不膩嗎？」

他自己看了都不愛吃！憑什麼讓梁成敏天天吃？

於是變著花樣為梁成敏做吃的。老人說坐月子要保護牙齒，不能吃硬的，就把蝦搗碎成蝦泥，做蝦丸湯；清蒸魚先去腥，再上蒸鍋；鯽魚湯湯汁雪白雪白的，小火慢燉出來的；雞湯燉到雞肉脫骨；少油少鹽，但味道都好。

他們家飯菜香，鄰里能聞出來做的是什麼。坐在一起閒聊的時候就說：梁醫生真是嫁對人了，看看人家坐月子吃的是什麼，再看看別人吃的是什麼。

那是什麼年代啊，坐月子吃的起雞蛋的人家都不多，他們家天天魚肉蝦不斷。

欒明睿也清楚這樣吃究竟要花多少錢，但他一點都不心疼。當初要娶她的時候就答應她嫁給他一輩子蝦蟹不愁，他得做到。

不僅讓梁成敏吃得好，讓她心情也好。她整個孕期一直到生完脾氣都不好，但欒明睿沒跟她吵過一次。有時被她氣得要背過氣，他就穿上衣服去庭院裡站著，自己寬慰自己，什麼時候氣消了，什麼時候再進屋。

他變得溫柔了一點。

婚姻到底能不能改變一個人呢？或許能的。

欒明睿從前是多麼倔強的人，無論何時都是一根硬骨頭，難啃著呢。梁成敏也一樣，兩根硬骨頭在一起過日子，起初真是磕碰在一起噹噹響，各自都疼。

慢慢的兩個人都學會了讓，日子就開始甜蜜了起來。

梁成敏在生完孩子後慢慢變得溫柔。

不是一下子變的，是一點一點，她自己都沒有發現。她還會跟欒明睿拌嘴，但並不是真的拌嘴。有時拌著嘴自己忍不住就笑了。她本來就生了一張明媚的臉，笑起來就很溫柔，有時欒明睿都會看呆。偷偷對朋友們說：「我怎麼覺得我換了個老婆一樣？」

「你不喜歡？」兄弟們逗他。他們可是記得當初他被梁成敏折磨得要死的樣子。

「不，我賺到了。」欒明睿覺得這日子也太順心了，簡直沒有一點不順心。日子一順心，他整個人看起來就有一點春風得意之感。這種順心照亮他整個八〇年代，也貫穿他的一生。

到孩子三個多月大的時候，夜裡終於能睡幾個小時整覺了。梁成敏窩進欒明睿懷裡，臉貼著他胸膛，覺得日子好像好過了起來。

欒明睿藉著一盞小燈看她，看到她臉上比孕期豐盈一點，他每天沒白餵她，終於把她餵回了從前的樣子。他心裡喜歡，輕輕啄一下，又啄了一下。

梁成敏仰起頭親他下巴。手捧著他的臉，看個沒完。

「怎麼了？」欒明睿看到她敞開的衣領，有點心不在焉。

梁成敏不講話，舌尖在他下頜上輕輕劃過，落在他喉結上牙齒輕輕咬上去，喉結在她舌尖下滾動。

梁成敏靜在那裡，突然推倒他。

壓在他身上看著他。

梁成敏知道從醫學上來講，剛生過孩子，身體會發生一些變化，會恢復，但需要時間。儘管她看起來滿不在乎，卻偷偷做過訓練。深呼吸，收緊，放鬆。她相信科學，卻第一次有點怯意。

欒明睿攬著她，他們在黑暗中彼此端量許久，漸漸的就醞釀了一場風暴。

但都覺得不自在，因為孩子就睡在旁邊。

欒明睿輕輕吻她，舌尖碰到一起，都覺得對方很美味。

「不在這個房間。」梁成敏說。是跟同事聊天的時候，一個同事說起當年糗事，孩子三歲大的時候，夫妻行房事，興致正濃的時候聽到孩子叫了一聲媽媽，坐起身來，看著交疊在一起的爸爸媽媽。梁成敏聽出了心理陰影。

「好。」欒明睿帶她去到另一個房間，平常沒人居住，被褥很涼，梁成敏身體貼上去就涼得人蜷在了一起。欒明睿壓上來，將她碾了進去。她聽到自己哼了一聲，就被他堵住了嘴唇：「別吵醒念念。」

他說。

太久沒有過的兩個人都有點控制不住。梁成敏所有注意力都在那裡，她想知道自己究竟變了多少，恢復了多少，可她感覺不到，只覺得一切情意都漫了出來。

欒明睿跟孩子搶飯吃，甘甜可口，他遲遲不肯鬆開。梁成敏羞愧難當，又喜歡這種體驗。當他們舌尖又碰到一起的時候，她嘗到自己的味道。

欒明睿特別特別溫柔。

他做過功課的。堂兄生欒思媛後，夫妻之間恢復的第一次並不順利，以致後面將近半年的時間，嫂子都會抵觸。堂兄與他抱怨過：怎麼就這麼難？他聽進去了，就格外溫柔。

哪怕他急得要死了，也還是不敢太重，總是問她：「這樣好不好？這樣呢？」

「疼不疼？」

「需要我停下嗎？」

梁成敏快要落淚了。欒明睿這麼謹小慎微，哪裡還像他。於是將他推倒。

狂風驟雨拍在他們身上，令他們無比暢快。

欒明睿覺得自己闖過了一關。

第二天對孩子就格外溫柔。過了百天的孩子終於不像個小老頭了，也不像小猴子了，竟然有一點好看了。

兩個人並排坐在那看孩子哼哧哼哧啃手，啃得自己唧唧歪歪，就彼此看一眼，嘆口氣。

「媽，欒明睿小時候這樣嗎？」梁成敏問婆婆。她見過同事家的小孩，可不是念念這樣的。人家百天大的孩子一逗就咯咯樂，哪像念念？象徵性呵呵一聲，又把笑臉收回去，好像別人都很愚蠢。再看此時，沒人招沒人惹，啃手把自己啃急了。

「一個孩子一個樣。明睿小時候好像不像念念這麼愛著急。」

「那就是像妳。」欒明睿終於逮到機會，將孩子的怪脾氣歸咎到梁成敏頭上。

「胡說八道，我媽說我小時候可乖巧了，抱出去這個捏一下那個親一口，我從來不著急。哪像念念，誰碰都不行。」

念念是不許任何鄰里碰的。

他不是害怕，就是不讓碰，你一碰他，他就小臉漲紅的生氣。這是什麼性格啊！說不定大點就好了呢！

梁成敏一心一意都在醫學和孩子身上，欒明睿被排到了第三。

漸漸的欒明睿就心生了不滿。他開始跟孩子吃醋。

「妳這樣不對。」

「怎麼不對？」

「妳是要跟我過一輩子的。」欒明睿跟梁成敏講道理：「妳得覺得我最重要。」

「你現在拉屎尿尿得用人看著嗎？用人餵奶嗎？」

「拉屎尿尿不用看，餵奶嘛……倒也行。」

梁成敏騰地紅了臉：「你走開！」

雖然梁成敏讓他走開，卻也意識到欒明睿吃醋了，於是常常在夜裡哄他。兩個人都喜歡這件事，每次都格外認真。身體舒暢，心情就更好。

梁成敏被欒明睿滋養成了一朵花。

從前的她，是小城裡第一厲害的女人，年紀輕輕的外科醫生，大家想起她都是她在診室裡認真看病，都忽略了她也是一個女人；現在的她走在小城裡，別人都會想：這麼好看的女人是誰啊？呦，這不是醫院的梁醫生嗎？梁醫生結婚了，嫁的是欒家的欒明睿。看看梁醫生，嫁對了人就更加好看了呢！

梁成敏偶爾聽到兩句議論，都裝作沒聽見紅著臉走過去。

到孩子快一歲的時候，已經會走兩步了。梁成敏發現，只要在外面走路，他摔倒了都不會站起來，而是去拍身上的灰。他哪裡會拍，於是又開始著急；遇到泥濘的地方，他永遠不肯走；手上沾了東西，一定要馬上洗掉；衣服髒一點，就自己扯，鬧著要換；還有，他不喜歡玩具破損。

梁成敏意識到自己的孩子可能不是別人家那些討人喜歡的小孩，他有一點不一樣。於是她和欒明睿溝通了很久，他們決定永遠不因為他生活習慣上的這些嚴苛指責他，適當引導他，但不強迫他。

他們的努力只有一丁點效果。

念念第一次真正打架是在三歲多的時候。正在跟小朋友玩，因為別人搶他玩具，他突然動起了手。小孩子打架，從來都是象徵性的你撓我一下，我推你一下，沒什麼傷害性。可念騎到了別的孩子身上抓人家臉，這可把梁成敏嚇壞了，上前把正在生氣的他強行抱走，對人說：「教教孩子，別隨便搶別人玩具。我家孩子下手狠。」

梁成敏是害怕的。晚上孩子睡了，她跟欒明睿說起這件事，欒明睿嘴角動了動沒講話。他不敢講話，孩子這點真的隨他了。他從小愛打架，小城裡的人教育孩子：離欒明睿遠點啊，別惹欒明睿啊。欒明睿覺得男孩子嘛，好鬥正常。梁成敏不這樣覺得，下手太狠了，像在逞凶鬥狠。

她開始抽空看兒童心理學和行為學的書籍，開始系統研究孩子的行為。她知道，她的孩子有一點暴力傾向，有強迫症表現。

呵護這樣的孩子成長究竟要費多少心呢？梁成敏知道的，欒明睿也知道。他們兩個人，為此費盡心力。

到了八〇年代末，欒明睿想去美國。欒家有很多遠親早些年就去了美國，幾十年未見，但這些年漸漸恢復了聯絡。他跟梁成敏商量，如果她不想去，他也就不去。梁成敏不反對，她想去美國繼續念書深造，想搞醫學研究。於是兩個人開始了沒日沒夜的學習，語言、風俗、習慣，也帶著欒念一起學習。

離開那天，梁成敏對欒明睿說：「我還要回來的。我要好好搞醫學研究，為國家和人類做貢獻。」

「那我只能好好賺錢，支持妳搞醫學研究了。」

他們開啟新的生活，但從沒放棄過彼此。起初的日子很難，但他們每天晚上躺在一起回顧這一天，彼此鼓勵。慢慢的日子就好過。梁成敏繼續深造，然後進到了課題組開始正式搞醫學研究。

欒明睿面對的世界充滿誘惑，但他從不動搖。

他們一輩子只談過一次戀愛，只愛過一個人，跟這一個人白頭到老。

他們都不覺得遺憾。

番外二 念桃

一、

尚之桃高一那年班級元旦聯歡會，學藝股長安排大家表演節目。那一年的原則是每個人都要有節目，哪怕演一棵樹都行。

班級裡文藝生很多，唱歌跳舞的節目立即滿了。班導師就說也別都唱歌跳舞了，顯得我們班才藝匱乏。於是有男同學連夜去學變魔術，尚之桃和賀雲彼此看看，突然都沒了主意。

於是自薦去幫別的節目演一棵樹或者舉牌，但教室太小了，唱歌跳舞根本沒地方再站一棵樹。

最後尚之桃對學藝股長說：「要不然我表演寫字吧？賀雲表演研墨。」

「行！寫完了裱起來掛在教室後面，非常有意義。」

尚之桃讀書時期遇到的同學都挺好玩，班級裡也有問題人物，但都對尚之桃很好。大概因為尚之桃總是真心祝福別人。

尚之桃和賀雲真的表演了寫字研墨，在教室有一張小桌子，尚之桃她們在聯歡會開到一半的時候開始表演。主持人介紹：「接下來尚之桃賀雲同步表演書法，其他節目也將進行，最後展示書法。」

各個班都在搞聯歡會，尚之桃他們班有墨水香，學校高層們一進門就聞到了，笑道：「書法也能表演，挺好啊。」

就這麼過去了。

尚之桃和賀雲舒了一口氣，那天放學早，兩個人收拾好文具出教室，看到高年級的男同學，看到尚之桃就互相問：「這是那個表演寫字的同學？」

八成是了。

再過兩天，有人在走廊塞一封情書給尚之桃，她問：「給誰的啊？」

「不知道！」男同學紅著臉走了，尚之桃也不知道該給誰，反正不是給自己的，就想著再遇到那個男同學問清楚。可她忘了男同學長什麼樣了，這事就這麼算了。挺遲鈍的。

尚之桃一直以為她學生時代只被辛照洲喜歡過，因為辛照洲的喜歡太明顯了。他第一次見到尚之桃就對同班同學說：「以後階梯教室上通識課，都幫我搶尚之桃旁邊的位子。」

「還有啊，餐廳打飯幫我站她身後。」

「圖書館裡她對面的位子幫我占住。」

「無論在哪看到她都第一時間告訴我。」

陣仗太大了，起初女同學跟尚之桃說：「那個班草辛照洲喜歡妳。」

「他喜歡我幹什麼？」尚之桃並不肯相信。她只是覺得巧合了一點，辛照洲在圖書館坐她對面，打飯站她身後，再過一兩週，上通識課的時候，女同學們都會在她一側留位子，那個位子很快坐著辛照洲。

她懵懂著看到辛照洲站在她面前，紅著臉對她說：「尚之桃，我喜歡妳。」在南京的冬天裡，他懷裡揣著鮮花，送給妳。

原來他真的喜歡我啊。

她真的是很遲鈍的人，要真的偏愛她才能感覺得到。

現在的她能夠感受到欒念愛她，因為他對她的偏愛太明顯了。

尚之桃睜開眼的時候天已經大亮了。

她好像很久沒有睡過這麼好的覺了。拉開窗簾，看到外面的天昏昏暗暗，她在窗內就能感覺到外面的潮濕。要下雨了。

欒念手臂放在眼睛上：「尚之桃！窗簾拉上！」

「不！」

欒念跳下床扯上窗簾，抱起她丟回床上：「閉眼！睡覺！」

將她鎖在胸前，語氣並不特別好：「快點！」

「哦。」

尚之桃閉上眼睛，她也確實想睡回籠覺。手攬住欒念腰身，腿在他腿間尋個位置，又睡了。她每個星期最好的兩天覺就是欒念在身邊的時候，欒念這個霸道精不允許她早起，只要他在，他們就要睡到日上三竿。

這一覺睡到了午後。

他們睜開眼的時候外面真的下起了雨，傾盆大雨。

「天氣預報說要下兩三天，週一早上的飛機要延誤了。」

「週一是全天會議，我可以遠端參加，週二走吧。」

大家都在這兩年培養了遠程辦公協作的習慣和能力。Lumi 對尚之桃說：「真希望妳能每週日把妳的老公我的偏驢凌美中國區的掌門人按時傳送回北京。」

「為什麼啊？」

「因為他不在公司的時候我們日子更難過了。」

欒念遠端辦公受到的干擾少，腦子就越發好用，一個部門一個部門過工作，過完了保證一大堆 To do。他在公司呢，見這個見那個，To do 少了，日子就能好過點。

兩個人躺在床上看外面的雨，欒念放了他的「慵懶」歌單，兩個人都不講話。尚之桃手指在欒念下巴上劃，他臉上冒出的鬍渣扎得她心裡有點癢。

尚之桃手機響了，她順手拿起看了一眼，竟然是辛照洲：『最近怎麼樣？聽說妳結婚了。』

尚之桃看了欒念一眼，將手機丟到一旁，不想當著欒念的面回辛照洲訊息，因為欒念是個「小氣鬼」。

欒念不是完美愛人，他的缺點和優點一樣多，占有欲是他最大的缺點，尚之桃當然知道。單單是「辛照洲」這個名字就夠他生氣的了。

「不回？」

「哈？」

「妳不回訊息？」欒念問她，他都不用故意看就知道她心虛。

「……不是什麼著急的事。」

「辛照洲？」

「？」

尚之桃打開手機的時候他看到了，這個人真是夠賊。

「問妳最近怎麼樣呢！不回？」欒念睥睨她一眼，大有我倒是要看看妳準備搞什麼鬼的意思。

「回。」尚之桃拿出手機回辛照洲：『是啊，我結婚啦，過得還挺好哦。』

「就這樣？」欒念顯然不滿意，這個過得還挺好顯然不夠具體，他希望尚之桃回得具體點。比如我老公特別英俊、對我特別好之類的話，這樣「挺好」才能有具體形狀。

說到老公，尚之桃從來不叫他「老公」。

好像「老公」這個詞有多怪異。

「那我再細緻點？看起來像炫耀，不必了吧。」尚之桃又將手機丟到一邊：「我餓了。」

「那妳去做飯。」

「我做的不好吃。」

「我比妳大六歲，很大機率我會比妳早死。妳不會做飯，我死了妳餓著嗎？」

「……」

尚之桃「切」了一聲裹上衣服跳下床，簡單洗漱後進了廚房。家裡什麼都有，但她到了廚房看到那些東西一時之間不知道從何下手。欒念站在那看她胡亂折騰，終於頹敗的住手，回頭可憐兮兮的看著他，在求助了。

「叫老公。」

「？」

「叫老公，做飯給妳吃。」

欒念想聽聽尚之桃叫他老公什麼感覺，別結了一次婚連老公都沒聽人叫過，這婚不是白結了嗎？娶了個兄弟嗎？

尚之桃憋了半天，彆彆扭扭叫了一句：「老公。」

欒念嘴角垂下去，感覺真怪異：「以後別叫了。」

將尚之桃推到廚房外。尚之桃最近喜歡啃骨頭，跟狗一樣，欒念昨天半夜用壓力鍋燉了一鍋羊蠍子，這時開了火，讓尚之桃洗菜。然後穿上雨衣，也幫盧克穿上，帶牠下樓尿尿。盧克年紀大了，不像從前那麼愛衝撞，加上草地裡滑，摔了個踉蹌。欒念在雨裡笑了一聲，嘲笑牠一句：「不中用了吧？」

盧克大概是聽懂了，對欒念汪了一聲。

「不丟人啊，誰都有老的那天。」專撿盧克不愛聽的說。

雨下得大，一人一狗都成了落湯雞，欒念將雨衣掛在門口，拉盧克過來幫牠擦毛，又烘乾，怕牠生病。都說狗年紀大了不能生病，病一次老一點，所以全家人都把盧克當寶貝。就連梁醫生偶爾見到，都要把牠供起來一樣，還像模像樣幫牠檢查身體。

欒念就嘲笑梁醫生：「妳學的不是獸醫。」

「醫理相通你懂不懂啊？」梁醫生幫盧克看完，說：「我們盧克可真棒，身體健健康康的，能活成長壽狗。」

折騰了好一通，羊蠍子開鍋了，兩個人坐在餐桌前準備開飯。尚之桃提議喝點，欒念拒絕：「我不喝。」

欒念戒菸戒酒了，因為梁醫生偶然有一天對他說：年紀大了，如果還打算生個孩子，還是要戒菸戒酒。他菸抽得少，一天兩三根，有時不抽，酒喝得多。但自從梁醫生說完，他就一口酒都不喝了。

「我覺得可以喝點，老公。」尚之桃故意逗他，看到欒念脖子上起了雞皮疙瘩，就笑出聲：「你叫我一聲老婆看看！」

「老婆。」

尚之桃仔細體會了一下，還行。

「喝點吧？」尚之桃想小喝一口，欒念拿了蘇打水給她：「妳也不許喝。」

「你從前不是說百無禁忌？」尚之桃抗議。

「妳喝一個試試？」欒念懶得跟她辯論，直接對她瞪眼睛。

尚之桃乖乖喝一口蘇打水，然後戴上拋棄式手套啃羊蠍子。她愛啃骨頭，欒念就用羊蠍子羊棒骨搞了一鍋，她心裡特別知足。

「所以辛照洲只是為了跟妳敘舊？」欒念問她。這個人太小氣了，都過了一個小時了，他還記得這件事。

「不是。」

「？」

「他轉了五千塊錢給我，說是祝我新婚快樂。我沒收。」

欒念看她一眼，尚之桃真是明事理。

「他為什麼轉錢給妳？」欒念又問。

「因為他結婚……我……」包紅包了。都過去那麼多年了，現在也不會見面，只是包個紅包而已。畢竟還有同學情誼在。

「收。」

「什麼？」

「他轉給妳的紅包錢，收了。」

「然後呢？」

「我看上一頂帽子，妳買給我。」

「……」

尚之桃還是看不透欒念的想法，以為他會吃醋，結果他是不想賠錢。於是拿起手機，點了收款，對辛照洲道謝。

「錢轉給我。」

欒念想試試花尚之桃前男友錢的感覺，點了收款，去下單那款帽子，兩個顏色，不錯。下單完了對尚之桃說：「不就是前男友嗎？沒必要避諱我，我也有前女友，妳多少也知道一點。但我覺得我比妳強點，因為我不跟我前女友聯絡。」

欒念說完對尚之桃挑眉，等她表態。

尚之桃才不表態呢，她準備氣死欒念。就自顧自啃自己的骨頭，吃得非常開心。

她不表態，遭殃的就是她。

下午她看書的時候，欒念將她從椅子上撈起，一把放到冰冷的書桌上。

她的肌膚挨涼，身體顫抖了一下。

「我冷。」

「馬上就熱了。」欒念將她裹進懷裡，額頭抵著她的，問她：「現在感覺到我偏愛妳了嗎？」

尚之桃仰起頭咬他嘴唇，代表是了。

「以後還有更多偏愛。」

「妳受著就行。」

欒念心想，什麼新照洲舊照洲，都得靠邊站。這女人在我身邊呢，我自己會好好疼，其餘人等退散就好。

如果能有個孩子就更好了。

二、

欒念是從什麼時候起想當爸爸的呢？大概是陳寬年那個傻子每天都在群組裡傳孩子的照片，還挺可愛。

欒念從前對孩子沒有概念，他甚至覺得不婚不育多好，一個人自在。可現在他的想法變了。有時他睜眼，看到尚之桃的睡顏，就覺得有個孩子似乎也挺好。

他準備認真跟尚之桃談談。

在他們於書桌上完成一場激烈的儀式後，他在他們的體內還殘留著溫情、慵懶之時問尚之桃：「生個孩子怎麼樣？」

尚之桃震驚的看著他：「你戒菸戒酒真是因為這個？」

「我為了長命百歲。」欒念胡說八道。

尚之桃坐起身看著他。

「可是前提是我們應該做負責任的父母。」尚之桃很認真的表達觀點。

「妳連飯都不會做，做一個好媽媽的確差點意思。」欒念嘲諷她，見她要急，又慢悠悠說道：「我會做，我可以補齊妳的短板。」

尚之桃要被欒念氣死了，她踢出一腳，被他抓住腳踝：「現在就開始？」

「什麼？」

「造人。」

欒念將她扯坐在懷裡，兩個人在沙發上對望。外面的大雨拍打在窗上，拍得尚之桃一顆心亂七八糟。

「我不允許我的小孩家庭不完整，不允許爸爸媽媽不相愛，不允許爸爸媽媽不愛他……」尚之桃這樣說。

「所以？妳有離婚打算？別做夢了尚之桃。」欒念手扣在她腦後，將她拉向他：「妳離一個試試？」

「不是，我……」

欒念堵她的唇，難得溫柔。唇貼著唇，舌尖探進去又出來，掃過她唇角：「妳了解我的，我只有不想做，沒有做不好。」

手滑進她的T恤，尚之桃跌在他懷裡，輕輕吐出一個字：「好。」

抱緊他的脖頸，感受他慢慢的融入，又突然用力。

這是他們之間第一次沒做措施。尚之桃與Lumi聊起過，欒念這樣不管不顧的人，卻從來都要做措施。這種感覺很奇妙，好像比從前近了很多很多，再也沒有縫隙。

兩個人都有額外的熱情，說不清為什麼。期間他們滑坐到地上，那一下真的要了尚之桃的命，她哼了一聲，像被什麼奪走呼吸。

這場恩愛好像外面那場雨，時而熱烈，時而纏綿。欒念亮黑的眼在黑暗中鎖著她的視線，偶爾見她蹙眉或聲音變了，就會問她：「喜歡這樣？嗯？」

他們在探索一切。

他對尚之桃充滿探索的熱情。他無法忍受跟她在同個空間裡什麼都不做，他最喜歡像現在這樣隨心所欲。他更討厭房事變得標準化，他的創造力讓他推陳出新，他有信心在他六七十歲的時候還能像一個色胚一樣跟尚之桃這樣。可能那時不會這麼激烈，但他心底的熱情還在。

尚之桃把自己完全交給他，她無比信任他。但這也太漫長了一點。

原來造人這麼磨人。

尚之桃心想。

他們鬧到天幕黑透。

雨還在下，尚之桃找了一面牆倒立。

「妳做什麼？」

「說是這樣更容易。」

「妳有病吧？用得著妳倒立嗎？」欒念將她拉下來：「腦子裡裝什麼亂七八糟的。」

他劈頭蓋臉訓了尚之桃一頓，訓著訓著自己憋不住了，笑了一聲，手用力揉了揉尚之桃腦袋，說了一句：「出息！」

起身幫她和盧克都弄口吃的。

在一起的時候是這樣，分開以後又是另外的樣子。

欒念趕週二的早班飛機，走的時候天還黑著。尚之桃還在睡覺，他親她臉頰，突然間有一點捨不得離開她。

尚之桃拉著他的手，呢喃一句：「注意安全。」

「好。」

「早點回來。」拉著他的手貼在自己臉上，欒念心軟了軟，又說：「好。」

到北京徑直去公司，在走道看著肚子微微隆起的 Lumi：「妳懷孕了？」

Lumi 朝他挑挑眉：「怎麼樣？快您一步，是不是有一點不服？」

欒念撇了撇嘴，聳聳肩，想損她一句，想起她跟尚之桃的關係。就難得對她笑笑：「最近跟 Flora 聯絡了？」

「每天。」

「跟她說妳懷孕了？」

「說了。」

「挺好。多分享一些好的給她，比如妳……」欒念想說懷孕也可以像從前一樣漂亮，看到 Lumi 臉上起的小小一層斑，就轉了話頭：「比如食欲更好，Will 更疼妳之類。或者跟孩子建立情感很幸福。」

見 Lumi 那一臉傻樣沒反應過來就又說：「如果妳能激起她的勝負欲，讓她覺得這件事不能落在妳後面那就更好了。」

Lumi 終於反應過來了，欒念讓她動員尚之桃要小孩，要調動她的激情。就切了一聲：「求我，我幫你。」

求妳這個傻東西？欒念睥睨她一眼，走了。

Lumi 覺得欒念挺逗，就傳訊息給尚之桃：『妳老頭想要老來得子，得女，隨便得什麼。滿臉寫著我想當爸爸，這哥們的父愛無處安放了啊！』

尚之桃回她幾個哈哈哈：『我們談過了，是準備生小孩。』

好。

『調理好了嗎？』Lumi問她。有一段時間，尚之桃因為高壓工作導致身體並不是特別好。

『婆婆之前幫我找了醫生，吃了幾個療程，現在指標正常了。』

『那就好啊！快點啊！一起玩啊！』

『好。』

尚之桃想，這種事哪裡是想快就能快的呢。她坐在辦公室裡，開完會，看著外面的陰天，就想起他們從沙發跌坐到地上時那狠狠一記。身體空落落的，於是拿出手機傳訊息給他：『老公。』

欒念還在會議中，看到這句老公從臉紅到脖子。他覺得自己八成是有病，跟對方熟成那樣了，還因為「老公」兩個字有這樣的反應：『妳叫我什麼？』

『老公。』

『……尚之桃妳夠了啊。』

尚之桃兀自笑了。欒念有一些奇奇怪怪的不能接受的點，大概因為他就是一個彆扭的人。尚之桃每發現一個，就要拿出來逗弄他，這變成他們之間隱祕的情趣。欒念也只容忍她這樣，換個人試試，他恐怕會跟人家急。

『老公，我想你了。』她又說：『我的意思是我的身體跟我的靈魂都想你。』

欒念嘴角揚了揚，又迅速收回，將手機放到一邊。心裡卻有點癢，大概是尚之桃那句我的身體跟我的靈魂都想你。這個女人怎麼回事？

欒念近八點結束會議，突然決定回冰城。

於是直奔機場，回了冰城。

他進門的時候已經過了十二點，推開臥室的門，看到尚之桃錯愕的神情。

「不是身體和靈魂都想我？」欒念將她拉起來：「讓我看看妳究竟多想我？」

他特別喜歡尚之桃偶爾的引逗，他也願意為此付出時間成本，千里迢迢去回應她的想念。兩個人像剛開始戀愛的人，覺得什麼都還新鮮，恨不能死在對方的身體裡。

尚之桃覺得他們之間生小孩好像跟別人並不一樣。賀雲說她生小孩的時候要測排卵期，卵子成熟時才要發生，兩個人緊張得跟什麼一樣。

欒念把她的排卵試紙都扔掉，對她說：「別來這套，我不喜歡。」

「首先我們這樣，是因為我們喜歡、我們樂意，先取悅自己的身體。」

尚之桃覺得他不相信科學，又喜歡他的安排。當他們窩在一起的時候，眼神撞到一起，或者他的手碰到她的，又或是她剛沖了澡出來，頭上還帶著騰騰熱氣，都算很好的時機。

欒念說去他媽的科學，老子只想好好愛妳。

尚之桃的公司得了季度獎項。廠商給了他們三個名額，要他們去海口領獎。她帶著小夥伴去了。

評獎還安排了分享環節，管道經理問她意見，她欣然答應。

『桃桃，來彩排了。』管道經理打電話給她。

「好的。我現在就過去。」

她隨便洗了臉，T恤牛仔褲進了多媒體廳。廠商的代理大會上，她下午會有一個分享，分享的內容是代理商的人才梯隊搭建。

她大概知道廠商為什麼要她分享這個，她團隊回應速度快，介入業務快，方法論沉澱快，廠商老闆要讓她做範本。她並不反對。

她上臺快速過了PPT，就進入到下一個彩排環節。從臺上下來看到張雷坐在下面，就坐到他身邊。

「張總也需要彩排？」她打趣道。

「尚總專業搞會議的都需要彩排，我可跑不了。」張雷笑著說，他靠在椅子上，看到尚之桃的黑眼圈就逗她：「欒念每天看妳的黑眼圈不會對妳失去興趣嗎？」

「我只是最近這幾天熬得多一點。」

「他來嗎？」

「來。」尚之桃笑笑：「他說他想度假。」

「我讓他們幫你們單獨安排一間房。」張雷掏出電話，尚之桃忙按下他：「別，我今天不跟他一起住。還是跟成都的趙總合住，等明天活動結束我這裡辦了退房再去找他。」尚之桃要注意影響，並不想搞特殊給彼此添麻煩。

「明天活動結束孫雨找我們一起坐坐，還有妳老公。」

「好啊，我選地方。我們去市區，吃海鮮，逛古街。」

「行。」

到張雷彩排，他上臺前指指尚之桃的臉：「妳現在特別好看。果然女人還是要嫁對人。」

尚之桃被他莫名誇了一句，心裡有點甜。就對欒念說：『張雷說我嫁對人，婚後更好看。』

『把更去掉。』欒念逗她。

『……』

『我登機了。』

『好。』

尚之桃在全國管道大會上分享了很多重點，這引起大家的興趣。會議結束後很多人圍著她討論，她很認真的參與。有一些代理商老闆之前就有接觸過，平時也會電話互通有無，今天這個會議下來就更加熟絡。北京的代理商老闆私下問她：「我想把北京的一部分業務分出去，妳感興趣嗎？」

「做子公司嗎？」

「我入股。」

北京的代理商想精簡業務，拉個人上船，風險共擔。他對尚之桃說：「不著急。妳慢慢想。三個月之內有結論就好。」

尚之桃從沒想過再把生意做回北京，她覺得現在的他們還是羽翼未豐的小鳥，著急飛起來也會摔落。但她覺得這是一個好想法。

第二天見到欒念的時候，就跟他說起。欒念問她：「妳是因為想跟我多在一起才想把業務做回北京嗎？」

「不是，也是。」

「不用考慮我。」欒念說：「我跟總部申請了修改base地，現在遠端辦公是趨勢，半年北京半年冰城，這並不難。」

欒念也有他的考量，他那顆心又不安穩，想去突破些什麼。比如自己創業。

他在為尚之桃準備博物館的時候突然對展館起了興趣，也有藝術家在參觀「尚之桃的時光博物館」後聯絡他，想進一步合作。

欒念覺得人生長著呢，一切皆有可能。

「妳不用擔心我們一週只見兩天三夜，妳只要明白，我在為此努力就好。」欒念對她說。

尚之桃點頭，過一下又說：「可我真想殺回北京？北京和冰城，我都想要。」

三十多歲的女人，身體裡的狼性還在。總覺得世界之大，她還能再闖一闖。

他們兩個坐在市區騎樓附近的書店裡，一人要了一杯咖啡，各自翻書等孫雨和張雷。欒念跟他們聚過一次，這次他也並不抵觸。

事實上欒念很喜歡尚之桃的朋友們，他們都是通透痛快的人。

幾個人一起找了家餐廳吃海鮮，聊一些有的沒的。比如孫雨的業務、張雷的新產品工具、尚之桃和欒念的婚後生活。

孫雨看到尚之桃和欒念在一起特別開心，她也覺得開心，在看海的時候偷偷問她：「什麼時候生小孩？」

「在準備了。」

「我能不能做乾媽？」

「不然誰做？」

孫雨握緊她的手，對她說：「真好。我希望你們生個女兒。」

「為什麼？」

「因為女兒能治欒念的狗脾氣。」

欒念正在跟張雷聊大數據定位，依稀覺得她們在講他壞話，就幽幽看過來一眼。

尚之桃對他展顏一笑，他對她挑挑眉。

他們之間的小動作落在孫雨眼裡，她毫不留情嘲笑他們：「多大年紀了？怎麼這麼肉麻！」

尚之桃臉微微紅了，看著海邊落日，想起他們第一次看海。

時間都過去這麼久了呢！

那天晚上，他們緊緊相擁，汗水落在他們肌膚之間。尚之桃問他：「如果我們有了孩子，叫什麼呢？」

「最好是女兒，我要叫她念桃。」

那天晚上，念桃來了。

三、

尚之桃懷孕的時候胖很快。

到孕中期的時候近七十公斤了。她個子高，體重又重了這麼多，看起來就比從前壯了很多。

產檢的時候醫生會批評她：「妳是不是吃得很多？要控制啊，再這樣下去孩子長得很大，妳就要剖腹產了啊！得負責任！」

孕期激素水平變化大，平常挺堅強的女人，被醫生訓了幾句出了診室就哭了。欒念看她哭就問她：「怎麼了？」

她抽抽嗒嗒說了醫生的話，也帶著委屈：「你知道的，我吃得不多，也健康，每天也走路。那孩子長得快我有什麼辦法呢？」

她也不懂，林春兒、宵妹、Lumi，還有賀雲，她們懷孕的時候都只是肚子大，手臂腿還是細細的，看起來很好看。她就要這麼狼狽。

也問過梁醫生，梁醫生說：「體質不一樣，妳這樣也很好。多可愛。」

梁醫生和大翟並不關心尚之桃好看不好看，她們關心她健康不健康。說到底尚之桃生孩子生得晚，再過幾年就要變成高齡產婦了。所以梁醫生為尚之桃專門配了一個食譜，叮囑大翟和欒念按照食譜給她吃。既能保證解饞，又能控制孕期的血壓和血糖。

尚之桃懷孕之後變成了國寶，認識的每一個人都照顧她。在公司裡，Sunny 每天計算她工作的時間，超過一個小時就讓她下樓走走。公司裡的每一個小夥伴都變成她散步的小搭檔，輪流陪她下樓透氣。在家裡，所有人都讓著她。

她覺得什麼都順心，除了自己長胖這件事。被醫生批評了心情就不好，心情不好就會怪欒念：「都怪你！」

「……」

欒念「哼」了一聲，拿出紙巾給她擦鼻涕：「丟不丟人？」

「丟什麼人！」尚之桃淚水洶湧，又拿紙巾擦眼淚：「我現在又胖又醜。」

「那妳真是多慮了。」欒念指出她話中的問題：「妳只是胖，不醜。」

欒念講的倒是實話，尚之桃現在看起來非常棒，肚子隆起，又剪了初戀頭，看起來清清爽爽，像隻可愛的企鵝。他這句實話要氣死尚之桃了，本來還是啜泣，突然之間「哇」的一聲哭了。醫院裡人來人往，很多人轉頭看那個可愛的孕婦站在她老公面前哭。

欒念哄了半天才把她哄好，兩個人回到家裡，尚之桃躺倒在沙發上悶悶不樂。

「要不要吃點東西？」

「不要，我不配。」

「妳不吃我女兒還得吃呢！」

尚之桃一聽更來氣了，就坐起身來數落他：「我知道我為什麼體重升這麼快了！就因為你！你一週在家裡四天，每天都不停地問我吃不吃東西！跟餵豬一樣！」

「你不在的時候我吃得很健康，無奈你在的時候我吃東西的頻率太高了……」

「還有，你做飯為什麼那麼好吃？你隨便做做行不行？你做得難吃我是不是就少吃了？」

「那妳到底吃得是多是少！」欒念終於忍不住問她。尚之桃頓了頓，當沒聽見，又繼續數落他。

數落很久。

欒念心情好任她數落，偶爾忍不住了就對她說：「我可以做，妳可以選擇不吃。」

尚之桃氣得對他瞪眼睛，他用力捏她臉。

孕期的尚之桃像一顆熟透的桃子，欒念覺得自己跟換了一個妻子一樣。有時看她圓臉紅撲撲的就忍不住捏。儘管她大著肚子，卻只是在家裡的時候癱著。出了家門就變成一貫的姿態，站坐都端正。

欒念覺得女人真是有奇怪的自我約束力。

他在的時候就自己照顧她，不在的時候就由大翟老尚來。尚之桃儘管懷孕了對工作也沒有鬆懈，除了下班比從前早了一點，因為她要回家睡覺，她非常嗜睡。其餘時候就還跟從前一樣。

欒念心疼她勞累，但她自己開心，跟同伴們一起工作讓她覺得快樂。

肚子再大一點，尚之桃拉著欒念去拍孕婦照。欒念不願配合，像從前一樣嫌棄。尚之桃對他瞪眼睛，他終於肯單膝跪地，親吻她的肚子。

小念桃出生那天，尚之桃正在見客戶。

她過了預產期五天還不生，也沒有徵兆。尚之桃就跟著小夥伴去見大客戶了。在客戶那裡相談甚歡，電子版合約寄過去，客戶那邊準備請款走流程，尚之桃起身跟客戶握手，突然察覺身下有一股熱流。

她羊水破了。

於是找了個地方半躺著打了一一九。

欒念剛下飛機，回家取待產包就去了醫院。他生平第一次發現自己會手抖。在去往醫院的路上，他的手一直在抖。

大翟給他吃定心丸：『人好著呢，別擔心，已經開指了。』

「好的，謝謝。」

欒念去到醫院，疫情期間不許陪產，他沒辦法見到尚之桃。只能打電話給她，電話接通了，聽到尚之桃忍著疼痛說了聲喂。欒念問她疼不疼，一個鐵骨錚錚的漢子突然就哭了。他抹了把眼底的淚，對尚之桃說：『我就在外面，我陪著妳。』

尚之桃聽到欒念哽咽，就紅了眼睛：「那你說愛我。」

『我愛妳。』

「那你叫老婆。」

『老婆。』

「那你說老婆我愛妳。」尚之桃又開始宮縮，她說不下去了，掛斷電話前聽到欒念說：

『老婆，我愛妳。』

這下欒念不覺得肉麻了。恨不能把所有尚之桃喜歡聽的話都說給她聽，只要她能舒服一點。

欒念一直站在那裡，老人們都有點緊張。輪流勸他坐下，他都不為所動。尚之桃生孩子生了多久，他就站了多久。當他看到虛弱的尚之桃，眼睛又紅了。

有寶寶是一件很奇妙的事。

尚之桃不想休息，讓欒念把小念桃抱給她看。欒念沒抱過小孩，僵硬地抱著小念桃，她那麼小，閉著眼睛睡覺，他一顆心都要化了。指尖輕輕觸在她臉上，嬰兒的皮膚太過柔軟細嫩，像觸在棉花上。欒念覺得自己的心從來沒這麼柔軟過。

「我覺得小念桃有點像妳。」欒念蹲在尚之桃的床前，將小念桃放到她手邊。兩個人看著小念桃，甚至捨不得眨眼。

尚之桃看看小念桃，再看看欒念，突然覺得欒念剛剛就是在胡說八道。小念桃分明就是他的翻版。尚之桃不滿意了，我辛辛苦苦懷胎十月，費了好大力氣把妳生下來，妳竟然一點也不像我，跟妳爹一個樣子？

「你剛剛說她有點像我，哪裡像？」尚之桃問欒念。

欒念仔細想了想，臉上有一點得意，敷衍得十分明顯：「妳看她的……耳朵，多像妳。頭髮也挺像。」

小念桃的頭髮黑油油的，非常濃密，感覺別人在媽媽肚子裡都在努力變好看，而她在努力長頭髮，努力方向錯了。再看她的耳朵，還沒長開呢！什麼人吶！

兩個人都盯著孩子，尚之桃說：「怎麼會有這麼醜又可愛的人啊……」

「妳說誰醜？」欒念有點不開心：「哪裡醜？」

護士來趕過兩次，欒念都賴著不肯走，最後一次護士威脅他：「再不走明天不許來了啊！」這才離開。他不放心，走之前又去確認看護陪床的事，又擔心尚之桃側切了太疼，就叮囑看護好好照顧她。

出了醫院坐在車裡很久很久都沒有啟動車。這一天像做夢一樣。

欒念有一點激動，迫切想跟人分享點什麼，就在朋友群組裡說：『我當爸爸了。我也有了一個女兒。』

譚勉手快，迅速發起視訊通話，大家陸續接起。欒念最後一個接，眼睛還紅著。

幾個人都愣了愣，宋秋寒問他：『你哭了？』

欒念沒有講話，過了一下，點點頭：「是。」

『猛漢落淚？』譚勉仔細看了看他的眼：『我沒看錯？』

『不丟人不丟人，哥幾個哪個當爸爸沒哭過啊？哦不對，譚勉沒當過爸爸。』都這個時候了，陳寬年依然不忘揶揄別人。

『滾。』譚勉讓他滾：『照片呢？小念桃的照片。』

欒念傳給他們，說：「我的基因太強大了。」此時尚之桃不在旁邊，欒念終於光明正大承認小念桃真是哪裡都像他。

大家都仔細看，還真的是，跟欒念一個模子扒下來的。

『說一下感受。』宋秋寒採訪他。

「感受就是，人生太他媽好了。跟愛的人結婚，如果都願意，就生一個孩子。這種感覺特別好。比以往經歷的任何事都要好。」

『好的，兄弟。你的感言我們聽到了。』陳寬年打趣道，又問他：『尚之桃女士怎麼樣？』

「她有一點累。」

『我們明天就到。』譚勉說。

「不用，等她出院。不然你們也只能匆匆看她和念桃一眼。」

『那我們五天後到。』

「好。」

欒念不敢回家，怕萬一有什麼事找不到他，就坐在車裡聽歌。怕尚之桃覺得孤獨，就傳訊息給她：『我就在醫院的停車場裡，妳不要害怕，有什麼事我很快就到。』

『我能有什麼事？你回去睡覺。』

『不。』欒念回她，過一下又對她說：『尚之桃，辛苦了。謝謝妳。』

『不辛苦，欒念。後面孩子都歸你照顧。』

『好。』

『妳知道嗎？我今天特別開心。又心疼又開心，我從前竟不知道人這麼矛盾。』欒念說。

『我對今天很滿意，除了念桃不像我。』

『沒事，長大了神情可以像妳。』

『說的是人話？』

欒念笑出聲，翻出一家三口的合照來看。尚之桃的臉有一點浮腫，他的唇印在她額頭，小念桃在睡覺；還有他們三個人的手，拳頭湊在一起。這些從前欒念懶得拍不願拍的照片，今天拍起來那麼自然，他不覺得不自在，甚至很喜歡，特別喜歡。

生活在他面前鋪陳一幅新的畫卷，這次欒念仔細看了。

這畫卷很美，幾乎囊括他對生活所有的美好想像。

四、

家裡多了個寶寶，可把盧克急壞了。尚之桃發現懷孕以後，盧克突然間就不再跳起來歡迎她了。牠變得很溫柔。尚之桃會問牠：「你怎麼不跳了啊！」

盧克拉長了音嗚嗚：「不能跳啊！會傷到媽媽啊！」

小念桃第一天回家的時候，嬰兒提籃剛放下盧克就跑過去，裡裡外外的聞。牠有點不解，覺得為什麼家裡來了一個這麼小的東西。在牠心中小念桃也是一隻小狗，只是跟牠長得不一樣。牠甚至把念桃當成了牠的孩子。

因為念桃太小了，盧克又愛掉毛，大家就短時間內禁止盧克進到尚之桃的臥室。盧克很乖，就守在門口，守著牠的寶寶。念桃每次睜眼，小手一動，或者發出哦哦聲，盧克立刻著急地站起來，在地上轉幾圈。起初大家都不懂盧克在做什麼，後來才發現，原來是盧克的小寶貝醒了啊！

欒念怕盧克有落差，就會在晚上小念桃睡著了，尚之桃也休息了跑去廚房做吃的給牠。盧克就坐在那等他，像從前一樣，伸著舌頭。

欒念做好吃的給牠，有時會回頭看牠：「你都是老狗了。」

「你牙口還行嗎？」

盧克小聲汪一聲：「行！」

欒念就拍拍牠的頭：「真能逞強。」

盧克就跳起來爪子搭到欒念手上跟他玩一下。聽到房間有動靜，又會跑到房間門口，將腦袋探進去看裡面是在做什麼。眼神很戒備，好像在說：你們不會傷害我的寶寶吧？

尚之桃在坐月子間接待了一眾朋友們。

孫雨在她出院當天就來了，她休了五天年假，無論尚之桃怎麼趕她她都不走。

她不僅不走，還跟欒念搶著照顧尚之桃。

欒念當然不願意，兩個人在廚房裡抬槓：「妳連自己都照顧不好。」欒念嘲笑她。

「桃桃在北京的時候都是我照顧的。那時你可沒什麼用。」孫雨不服輸。

「……妳公司要倒閉了？賴在這裡不走。」

「不，生意太好了，好到沒有我也行。」

兩個人槓不出輸贏，孫雨索性說：「小念桃好像醒了，我做飯吧。」

欒念不講話，轉身走了把廚房留給她，自己去看念桃。

小念桃並沒醒。

好像做了美夢，嘴角揚了一下，像極了欒念笑起來的樣子。尚之桃看他一眼，撇撇嘴。

欒念的得意根本藏不住。起初他顧忌尚之桃的心情還會說：耳朵像妳。後來索性不藏了。如果哪個人說孩子哪裡不像他，他還會要求人家再看看。

「你再看看？我覺得你說得不對。」

有次梁醫生看到他這樣，就對尚之桃擠眼睛，悄悄對他說：「跟他爸一模一樣。好像孩子像他多好似的。希望小念桃的脾氣別像他，又倔又臭還不會講話，三四歲就開始打架。念桃脾氣性格一定要像妳。」

「現在是不是看不出脾氣？」

「欒念還沒滿月的時候我就知道他脾氣不好了。」把欒念因為餵奶慢差點哭背氣的事情講了，尚之桃仔細想了想，小念桃好像還沒有這樣過。小念桃很乖，吃了睡，睡醒了就睜著眼睛，跟她講話她就安靜地聽。

有時餓了尿了會哭幾聲，但只要有人來了，她就立刻停下哭聲。

每次孫雨看到念桃這麼乖巧都會對欒念說：「你何德何能有這樣的女兒？」

「羨慕嗎？自己生。」欒念嗆她一句，抱起念桃來玩。

小念桃一點也不怕生。她的眾多叔叔阿姨們來的那天，把家裡塞得滿滿的。大家像參觀什麼稀世珍寶一樣參觀小念桃，一邊看一邊說：「神情真像媽媽啊。」絕口不提長得像欒念的事。

欒念當然不滿意，對陳寬年說：「你再看看，或者換副眼鏡？」

「再看啊……眼睛也像媽媽。」

大家齊齊笑了。

林春兒和宵妹坐在尚之桃床前陪她聊天，覺得男人們礙事，就把他們趕出去，關上了門。

欒念聳聳肩，帶他們去陽臺上坐著。

外面夕陽很好。

幾個男人站在窗前安靜了一下。譚勉拿出手機看日曆，然後說：「我們兩年沒一起出去玩了。再出去的時候怕是要七老八十了。」

「那不能。」宋秋寒說：「等小念桃大一點，我們舉家去玩，又是另一種好玩。」

「然後我一個人？」譚勉瞪著宋秋寒。

大家都笑了。

二十多歲的時候一起玩，天大地大，無拘無束，沒有牽絆；三十出頭一起玩，人生軌跡向八方延伸，各自忙著偶爾聚在一起；近四十不惑，在一起就很難。

人生就是充滿無常變化。

好在這些朋友還沒走散。當你人生變幻時，他們說到就到。

「晚上喝點？」宋秋寒提議。

「行。」欒念很久沒喝酒了，今天覺得跟朋友們在一起不喝一點很難說得過去。

「想吃什麼？」

「在家裡吃吧。熱鬧。隨便吃什麼，涮火鍋？方便。」

「好。」

欒念私藏了十幾瓶醬香白酒，尚之桃問他藏這麼多做什麼，他說以後要給小念桃做嫁妝。今天高興，拿出了幾瓶小念桃的嫁妝。

「你們家還收藏了什麼？」陳寬年好奇地問，他又開始了，準備把別人家裡的東西都倒騰賣掉。

「宣紙算嗎？」

「？」

「尚之桃多年前買了二十刀宣紙。」

「這麼有眼光？」

「嗯哼。」

林春兒聽到外面熱鬧就出來制止他們：「小念桃在睡覺，都不許大聲喧嘩！」見宋秋寒在擺酒，就問：「今天要喝酒？」

「對。喝嗎？」宋秋寒問她。

「喝！」也是個喜歡熱鬧的。

尚之桃不能喝酒，但她也喜歡熱鬧。吃飯的時候就齜牙咧嘴下了床。

一群人坐在一起特別開心。

尚之桃一張臉圓乎乎，又笑盈盈的，看起來特別可愛。欒念擔心她坐得不舒服在她臀下塞了軟墊，碰杯的時候幫她倒了溫水。

老人們叮囑欒念不能給尚之桃吃生冷堅硬的食物，於是看著她吃飯。

大家看欒念，總覺得像換了一個人。

從前都沒想過今生竟還有這樣的機會，看到欒念變成了這樣的人。除了嘴還是不好以外。

聚在一起很難得，於是就很開心。

都喝得不多，但喝了很久。一直喝到深夜才作罷。

喧囂散去，家裡又只剩了三人一狗。

欒念打理完一切回到床上，看到尚之桃還睜著眼，就問她：「怎麼不睡？」

「不睏。」

「那妳過來。」欒念將她攬到懷裡，撥弄她的頭髮。尚之桃孕期頭髮變得更加厚，現在手抓上去，厚厚一把。彈性又好，鬆開的時候會跳一跳，很好看。欒念就玩她頭髮。

「今天好點嗎？」欒念是問她側切的傷口。他第一次看到尚之桃下床走路，心疼得跟什麼一樣。

「好一點了。」尚之桃握著他的手：「你是不是過幾天要回去開會？」

「我當天去當天回。」

「不要。你儘管去，不要當天往返，太累了。」

「不累。放心不下你們三個。公司並不介意我在哪裡，反正在哪裡都是工作。Tracy 跟我談過了，以後每個星期保證一到兩個工作日在就好。」

「婆婆媽媽。」尚之桃學他的語氣笑他。

欒念當沒聽見。

他現在裝聾作啞是一絕，不然十分怕自己忍不住講幾句氣人的話把尚之桃惹哭。長輩們再三叮囑，坐月子不能哭，容易落下病根。欒念哪裡肯信這個？不還嘴無非是因為心疼尚之桃遭這一次罪，讓他捨不得了。

再過一下，欒念對她說：「我想在冰城買間大一點的房子。」

「嗯？多大？」

「比如九十幾坪，帶花園？」

「？」尚之桃坐起身來：「我們家這麼有錢嗎？」

欒念挑了挑眉不講話。事實上他從股市上了撤了幾筆錢下來，放在那不知道做什麼。是今天跟朋友們聚會的時候突發奇想要在冰城買間大房子。想造一個公主屋給小念桃。

「孩子不能這麼慣著。」尚之桃不同意：「回頭慣一身臭毛病。這房子小嗎？」

「我自己的女兒自己不慣著，那我慣誰？」

「誰都不能慣。」

欒念想凶她，話到嘴邊忍了回去。過了一下說：「妳不要聽那些謬論。」

「什麼謬論？」

「就是不能告訴孩子家境好的謬論。」
「……」
「家境好就是好，不好就是不好。孩子小的時候妳就藏著掖著，難道不是在教孩子撒謊嗎？」
「還有，妳口口聲聲說盧克是妳養的狗。那妳養的狗妳不了解？妳的狗嫌貧愛富著呢！」
「所以啊，我要買房子。」
欒念捏尚之桃的臉：「妳沒有立場攔著我。」
欒念一句又一句，尚之桃反應不過來。第二天她睡得久，等她睜了眼發現欒念不在。問大翟：「妳心肝女婿呢？」
「出去了。」
「去哪？」
「不知道。」
到下午欒念才回來，拿著一張訂金單：「房子我看好了。妳現在沒有買不買的權利，只有買這裡還是換那裡的權利。不然訂金就打水漂。」
尚之桃氣得揮拳打他胸口，被他握住手腕：「別鬧。」唇印在她額頭上：「我想讓你們住得舒服一點。而且新房子離機場近，我往返也節省不少時間。」

「以後不能這麼慣著她了，我說真的。」

欒念哼了一聲不接話，心裡有自己的主見呢。心想我女兒我說了算，這個家裡妳只能管妳自己。

小念桃滿月的時候，已經是很好看很好看的女娃娃了。

尚之桃買了好多好玩的小衣服，消了毒，在滿月這天小心翼翼擺弄小念桃。欒念端著相機，親自為小念桃拍滿月照。他也沒想過，自己高超的攝影技術最後竟用來拍滿月照了。

小念桃那天睡意很濃，無論怎麼擺弄就是閉著眼睡覺。大有不管外面地動山搖，我自有我乾坤定論之勢。兩人折騰兩個小時，孩子不見醒，都有點累了，頹然靠在客廳沙發上，彼此看一眼，笑了。

尚之桃瞇著眼睛像一隻貓，一個多月沒出門的人越發白淨，陽光照在臉上有剔透之感。笑意未收，人就更顯嫵媚。

欒念心念大動，傾身上前於上方垂首看她，手支在沙發兩側。尚之桃眼裡有流光舞動，微微揚起下巴觸他唇邊，一下，又一下。

欒念身體微微沉下去，逐她唇而去，將她壓在沙發上。

多久沒這樣吻過了？他不記得了。她孕期的時候逗過他，有一次把他逗急了摔門而去，她就再也不敢了。

欒念吻得熱烈粗暴，一如他從前。

尚之桃微微喘著，將舌遞給他任由他處置。欒念快要瘋了，在理智徹底消失前抽身而退，靠在沙發另一側喘氣，掌心擦過嘴唇，幽深的眼落在尚之桃胸前，神情帶著一點暴戾。

「欒念。」

「嗯？」

「再過幾天你帶我產後恢復好不好？」

「產後檢查後看醫生怎麼說。」

「好。」

尚之桃腳趾在他腿上緩緩的動，欒念握住她腳踝：「別放肆。」

「哦。」

五、

產後恢復之路非常漫長。

尚之桃是在產後檢查後開始恢復力量訓練和不激烈的有氧運動的。

梁醫生聽說她要做恢復訓練，又幫她列了一個食譜，要她每天照著吃。塑形減脂的事就交給欒念。

家裡有欒念這樣的健身教練可真好，關於健身他懂的比普通的健身教練還要多，理論知識一套又一套。

尚之桃第一次做力量訓練那天，欒念先帶她放鬆。兩個人窩在尚之桃小小的健身室裡，欒念不忘嘲笑她：「現在是不是覺得大房子好？」

「還行。」

「明天去看戶型。」

「你不是看好了？」

「妳有權換。畢竟那間房子用妳的名字買。」

「哦。你的意思是說你送我一間房子對嗎？」

尚之桃太了解欒念了。她不知道他到底有多少錢，但熟悉他送人東西的手段。現在比從前委婉一些了，但換湯不換藥。

「嗯。」欒念嗯了一聲，讓尚之桃屈膝拉伸。動作不標準，他用小木棍敲她膝蓋：「幹什麼呢？好好練！」

要麼不練，練就好好練。

尚之桃忙端正態度，跟教練一板一眼地練。欒念單膝蹲下的時候，尚之桃看到他的上斜方肌，心裡癢了癢，忍不住用指尖戳了戳。

欒念回過身仰起頭看她，那一眼，可真深。過了幾秒才開口：「練不練？」

「練。」

欒念也有一點心不在焉。

孕育生命的過程很幸福，不開心的點在於不能隨心所欲。欒念了解自己，他在房事上從來不是和風細雨，於是乾脆避免。時間久了就會心猿意馬，思想每天都在「尚之桃需要好好恢復」和「現在就辦了她」之間搖擺。前者一直都能贏。因為他確實覺得尚之桃需要恢復。

兩個人都有一點敷衍了。最後是尚之桃綳不住了，對他說：「要不然我自己做一下橢圓機？」

「？」

「你在這我練不好。」

尚之桃指尖勾住他的。這個過程很難熬，尚之桃大氣都不敢出，她覺得她回到剛認識他的時候，頭腦裡總有一些不能為外人道的念頭。

「做點別的就能好好練？」

「也許。」

「做夢。」

欒念轉身走了。他都等那麼久了，再等等能死嗎？

小念桃到百天的時候，已經長開了。別人一叫她，她就咯咯的笑。笑的時候眼睛一瞇，肉乎乎的小女孩，特別可愛。

欒念平時嚴肅，小念桃卻對他格外熱情，只要看到他就撲騰小手，哈哈笑。欒念有潔癖，起初幫念桃換尿布時甚至吐過兩次，慢慢鍛鍊出來了。

但還是有一次，念桃尿在他的身上，他愣了幾秒，捏著念桃的腋窩一動不動。尚之桃見他異樣就問他：「怎麼了？」

「妳先把念桃抱走，幫她換褲子。」

「哦。」尚之桃接過念桃，看到欒念的家居褲濕了一灘。念桃也沒好到哪去。她甚至開始委屈，因為爸爸幫她換褲子晚了，小嘴癟了癟，哇一聲哭了出來。

欒念胃裡翻江倒海，快步到洗手間，吐了出來。

他在那裡吐，念桃在那哭，這場面太逗了。尚之桃哄好念桃，去洗手間看欒念。他正在漱口，臉有一點紅。

「念桃不會因為爸爸有潔癖就覺得爸爸不愛她。你已經做得很好了。只是有時不知道為什麼會觸到那個點而已。」尚之桃對他說。

欒念彈她腦門，就去看念桃。他能一直跟念桃待在一起都不覺得無聊。念桃見爸爸來了，好像因為剛剛的尿褲子有一點不好意思，就邊啃手邊對欒念笑。過一下把自己的手從嘴裡拿出來給欒念，好像在說：「爸爸，你也嚐嚐。」

孩子這些奇奇怪怪的行為令欒念覺得新奇。

他甚至覺得他頭腦裡開始有很多絕佳的創意。

但欒念仍會按下她的手板著臉訓她：「不要總是吃手，這個習慣不好。」

念桃以為欒念板著臉是在逗她，就咯咯笑那麼幾聲，然後憋著笑，過一下又笑，像個小傻子。欒念被她逗笑了，輕輕捏她小臉：「妳這麼開心啊？」

小念桃哦了一聲，好像在說：「開心。」

回到十多年前，尚之桃打死不會相信欒念會是這樣的爸爸。她那時甚至覺得他可能一輩子不會結婚，也一輩子不會生孩子。

她坐在客廳沙發上，看著欒念抱著念桃深蹲。

念桃喜歡欒念這樣帶她玩，小手小腳撲騰撲騰，每當他站起來她就叫一聲，好像在說：「再來！」

欒念從來不放棄對自己的要求，哪怕是在帶小念桃的時候也會做幾組訓練。尚之桃看到他屈膝下蹲，臀部的線條很好看，突然有點口乾舌燥。

拿起手邊的杯子灌了一杯水，仍舊覺得不過癮。眼落在他後背上，眼神又向下走了走，停在他臀部的時候，欒念剛好回身，將尚之桃抓個正著。

「妳看什麼呢？」欒念問她。

尚之桃學他挑眉，又豎起食指在唇邊：「噓。」念桃在呢，講話可要注意了，兒童不宜的話不能講。

欒念一手抱著念桃，一手拿出手機，傳訊息給她：『注意妳的眼神。』

『不。』

尚之桃將手機丟到一邊，走到他面前接過念桃。小傢伙正在揉眼睛，已經睏了。念桃的睡眠一向很好，幾乎不讓爸爸媽媽在睡覺上為她操心。入睡也很快，吃了奶，腦袋轉到一邊，睡了。尚之桃將她放進嬰兒床，轉身走到臥室門口，站在那靜靜的看著欒念。

天還沒黑呢！她對自己說。給自己找了一個站不住腳的理由。

欒念從來不管天黑還是天亮。

走到她面前，將她扯進懷裡，對她說：「今天不做點什麼真顯得我無能了。」

他的吻來得洶湧，濡濕的唇瓣含住她耳垂，舌尖探進去。尚之桃腿一軟，跌在了他懷裡。

太久沒有過，反而生出一絲怯意，頭埋在他頸窩，發出小小的一聲，好像有點無助：「念桃。」

「我知道。」

欒念在她耳邊說：「悄悄的。」

將尚之桃推進沙發裡，身體靠近她的時候察覺到她的緊張，就停下來看著她，深深的。

又去啄她的唇，一下一下，將她的緊張啄得無影無蹤。再來一下，尚之桃環住他的脖頸。

她不敢發出聲音，頭陷進沙發靠墊裡，眼幽幽看著欒念，都覺得彼此和對方的情緒很滿，比從前還要滿。

「尚之桃。」他在她耳邊喚她：「我喜歡。」

他收著力，讓自己和緩下來，讓自己溫柔一點，讓尚之桃不那麼緊張。尚之桃覺察他的善意，就輕輕捧著他的臉：「欒念，像從前一樣好不好。我承受得了。」

「這樣嗎？」

尚之桃嚶嚀一聲，捂著唇的手微微抖著，眼裡濕漉漉的。

她太喜歡了。

「來人可否再戰？」欒念這個人好像具有魔力，尚之桃的注意力都在他薄薄的嘴唇上。

尚之桃呼吸亂了，靠在沙發上，眼望著他的。她喜歡他在這件事上無比熱忱。

熱浪來得不受控制，想念發揮得淋漓盡致。像做了一場汗淋淋的美夢。

小念桃還在睡，他們擁在一起小聲聊天。欒念問她：「生孩子以後妳有沒有不開心？」

「有過。」尚之桃指指自己還沒有完全恢復的肚子：「我看到這個會覺得焦慮。我覺得我變得不好看。有一段時間，我無法接受自己。」

欒念手放在她肚子上捏了捏，挺好玩。

「你一直喜歡耀眼的事物。我以為你對產後的我不感興趣。」尚之桃說出她的想法。

「妳有病。」欒念咬她肩頭：「妳現在很好看。」

「你胡說！我身材走樣了。」尚之桃有點委屈。

欒念抬起脖子看了眼，她側躺的角度可真好，像西方油畫，有一種肉感的美。

欒念不回答她身材是否走樣的言論，只一味將她摟緊在胸前，身體相貼之處是他的答案。

夫妻之間很多話不必說得太清楚。

欒念對尚之桃的興趣還在那，並且隔了這麼久，大有有增無減的趨勢。

他們兩個都很喜歡這個下午。

尚之桃可以不必掩藏她的惶恐，欒念也不必壓抑自己的欲望，兩個人之間坦坦蕩蕩的。

「妳如果有什麼事就要告訴我。別一個人胡思亂想。我們共同度過這段時間，妳身心健康比什麼都好。」欒念有一點擔心尚之桃會產後憂鬱，所以在她生完孩子，他變得不像他了。盡心盡力照顧念桃和她，希望她能感覺到幸福。

「好的，謝謝你。」

念桃七個月大的時候，尚之桃把冰城的公司交給了Sunny。欒念開著車，載著尚之桃、小念桃還有盧克一起去了北京。

她的分公司註冊流程走完了，她需要在北京待很久，把分公司的業務理順。

盧克顯然非常喜歡這趟旅行，甚至清楚終點在哪裡，一直坐在那看外面的風景。有時開心的叫一聲。

欒念不時從後視鏡看牠，偶爾嘲笑牠一句：「傻狗。」

小念桃在嬰兒座椅裡睡得很好，如果醒了，就自己跟自己玩，不吵不鬧，特別省心。尚之桃總是回頭看她，她察覺到媽媽看她，就揚起小臉，流著口水，口齒不清一句：「媽媽。」

每當這時欒念就會不滿意：「從妳出生開始爸爸一把屎一把尿照顧妳，到頭來妳先叫媽媽。是不是沒良心？」

念桃就咯咯笑，又去啃手，啃得香香的。

三人一狗，一口氣開到了北京。

欒念的房子已經很久沒有人住了，梁醫生擔心他們住不習慣，就跟實驗室請了兩天假，專門請人裡裡外外打掃了一遍。在此之前，得知他們要回來的時候，就為小念桃造了一間玩具屋。也在一樓客廳鋪上爬行墊，裝上圍欄，還買了小帳篷。

他們進門的時候發現欒念家裡風格大變，從前清冷的家現在看起來粉嫩嫩的。欒念眉頭皺了皺，勸慰自己這也算清新，強迫自己接受。

尚之桃看到欒念的表情果斷告他狀：「媽，欒念不喜歡。」

「欒念不喜歡啊，那可以出去住啊！」欒明睿哼了一聲，看了已經睡著的小念桃一眼：「得了，你們休息吧。明天我們再來。」

「辛苦爸媽了。今天晚上別走啦。」尚之桃有點擔心。

「司機開回去。沒事啊。一家三口待著吧！」梁醫生拍拍尚之桃：「明天一起吃飯。」

「謝謝媽。」

欒念把念桃安頓好就出去遛盧克，盧克回到了自己的老地盤上，突然變得很威風，好像回到一兩歲的時候，在社區裡耀武揚威，橫衝直撞。

一泡尿接著一泡尿，把牠的地盤占好。還對欒念汪汪：「別回家！再玩一下！」

欒念被牠的傻樣逗笑了，索性牽著牠在社區裡跑了兩圈才回去。

進門的時候，身上還掛著汗珠。

去二樓沖完澡，看到尚之桃已經收拾好，正懶散靠在床頭。細細的睡裙肩帶落下去，露出好看的肩頭。欒念突然想起他們在這個房間度過無數個瘋狂的夜晚，那些瞬間一下子湧入他的腦海，最後彙聚在他身體某一處。

目光撞在一起，都有一點不自在，原來不只欒念一個人想起。

去到他想去的地方。

尚之桃身體跌落枕間，閉上眼就是過去與現在奇怪的重合在一起。

而她在他面前盛放，一如從前。

六、

尚之桃的分公司是在林春兒所在的園區選址的。

那個園區有一些政府補貼，還有很多育成中心，房租相對便宜。她租了一棟三層樓的辦公區，房租和裝修花去她大部分積蓄。有人建議她進行企業貸款，她思考良久，還是決定作罷。

公司的裝修是之前就開始的，尚之桃在冰城不方便，於是孫雨、Lumi和林春兒交替幫她盯著，欒念回北京的時候也會來看。尚之桃過意不去，Lumi就笑她活不明白：「朋友不就是用來麻煩的嗎？不然呢？平時吃喝玩樂，遇事就往後躲？那特別不是人了。」

租金耗去了大半的錢，尚之桃覺得錢這個東西真的不禁用，轉眼就沒有多少錢了，所以裝得很簡單。用林春兒的話說：這叫極簡工業風。但辦公用具她配的是好的。北京的用人成本相對高，她又要交業務保證金，她的錢並不夠用。

這天晚上，在招人之前，欒念教念桃認顏色的時候，從他面前走過了好幾次。猶猶豫豫，有心事，但她開不了口。

尚之桃沒跟欒念借過錢，即便他們結婚了，她也覺得他的錢是他的。

晚上念桃睡了，兩個人躺在床上，欒念問她進展怎麼樣，她細細對他講了。

「妳是不是有話對我說？」她來來回回那麼多趟，欒念看見了。

尚之桃不知道該怎麼開口，手指在他胸膛畫圈圈，過了很久才說：「你可以借我點錢嗎？」

「多少？」

「差不多一百二十萬。」她請 Sunny 幫忙算過帳了，她前期招二十五個人，一百萬的員工成本可以維持三個月。至於三個月以後什麼樣，就要看她的機遇和造化了。

「不借。」欒念挺討厭「借」這個詞，總覺得夫妻之間用這個詞會顯得很生分。他從來沒想過跟尚之桃把一切算清楚，他們兩個反反覆覆這麼多年，根本算不清楚。既然算不清楚，那就攪在一起，攪一輩子，挺好。

「哦。那我再想想辦法。」

「妳準備想什麼辦法？」欒念問她。

「我去問問孫雨？Lumi？春兒？我有那麼多有錢的朋友呢……」

「妳有病吧？」

欒念坐起身來瞪著她，兩個人在夜燈昏暗的燈光下較勁。過了一下欒念拿起手機，傳了一個文件給她。

「這是什麼？」尚之桃打開文件前先問他。

「遺囑。」

「你有病吧？」尚之桃特別討厭這樣的玩笑，她覺得「遺囑」兩個字簡直帶著惡意，眼瞪著欒念，被他氣得呼哧呼哧喘。

欒念拿過她的手機點開，送到她眼前，真的是遺囑。指尖滑著手機，一直向下，是當下所有的財產明細和分配說明。對尚之桃說：「公正過的。到時妳找宋秋寒林春兒，我們共用一個律師。」

尚之桃眼淚落了下來：「你幹什麼呢？你寫遺囑幹什麼？你為什麼要這樣？」

「我要忍不住嘲笑妳了尚之桃女士。」欒念捏著她下巴：「妳哭什麼？我又沒死！這是一種生活方式，已經很普遍了。我也是之前看宋秋寒在研究，然後緊跟了上去。陳寬年也寫了，譚勉也寫了。」

尚之桃抹眼淚，不忘揶揄譚勉：「他孤家寡人一個，他那麼多錢給誰？」

「捐給指定機構。」欒念粗魯地為她抹眼淚：「哭夠了嗎？哭夠了妳聽我說。」

欒念捧著尚之桃的臉：「我想跟妳白頭到老，但人生無常，早做打算總沒錯，這點妳認同嗎？我還想對妳說的是，我不喜歡結婚之後把一切跟妳分得那麼清。或許妳是這麼想的，分得清，抽身痛快。但我不這麼想。我希望我們有傳統家庭的樣子。我所有的身家性命都交給妳，那些是妳和念桃的退路。懂嗎？」

「我不要。我自己能賺錢。」尚之桃不喜歡這樣悲壯的方式。她在生了念桃之後格外害怕自己生病，從前不是很惜命的人，現在也不敢熬夜。從前魯莽的人，現在開始變得小心。她變得害怕失去，也不敢失去。

欒念看她良久，拉著她躺回去，關了燈。

黑暗中的他們都睜著眼。

「我不會借妳一百萬。因為我所有的錢妳都有支配的權利。如果妳不習慣，那就當作我們的共同生活基金，等妳資金周轉開了妳再存回來。」

「好。」

尚之桃摟緊欒念。

這個夜晚給她的衝擊太大。她知道欒念愛她，也知道欒念愛念桃，可婚姻的真相究竟是什麼？有人說婚姻就是兩個人合夥經營的公司，方向正確、策略可行、分工協作，才能長久。尚之桃從前也認同這個觀點，可現在她又覺得她和欒念的婚姻不是公司。更像是埋在地下的一顆種子。兩個人勤勤懇懇澆水、施肥、除蟲，等這顆種子長大。這不像開公司一樣需要有宏大志向，這只是去照顧一顆種子而已。

「我挺高興念桃脾氣不像我。」欒念突然這樣說。他一直都知道自己不好相處，性格裡有很多彆扭而堅硬的部分，他就是別人口中的「龜毛」。尚之桃懷孕期間，他曾想過，如果念桃脾氣性格像他，那也挺好，至少她長大後會成為一個「不好惹」的女生。但欒念也會難過，會覺得她很難交到朋友，也怕她感到孤獨。像尚之桃最好，不爭不搶暗暗努力，不嫉妒不抱怨，生命力頑強。也容易交到真心的朋友。

「我也挺高興不像你的。」尚之桃於黑暗中嘿嘿笑了一聲。如果脾氣像他，她就要對付兩個臭脾氣，那她也太可憐了。有時她看欒念照顧念桃，就覺得欒念這輩子遇到最大的挑戰大概就是如何讓他自己不被女兒同化。

他可能自己都沒發現，他跟念桃在一起時真是該死的溫柔。

欒念手伸到她睡衣下擰她腰：「再說一遍？」

「不說了。」尚之桃察覺到微微的疼痛，住了嘴。察覺到欒念動了手，掌心貼著她的肌膚緩緩而上，薄繭擦著她的肌膚，有微微的癢感。

黑夜真令人著迷。

兩個人在被子裡都不敢有聲音，熱得頭上臉上都是汗。尚之桃動手掀被子，又被欒念蓋上。他一邊撒野一邊說：「別吵到我女兒睡覺。」

「你女兒睡覺打雷都不會醒。」

「那也不行。」

欒念堵住她的唇，令她覺得快要窒息了。燥熱和快感交替折磨她，令她有一點暴躁。終於一口咬住欒念肩膀：「我不要被子。」

「好。」

欒念下了床抱起她走到浴室，關上門，對她說：「妳可以叫了。」

尚之桃覺得欒念太過偏心：「你只愛念桃。」

「是嗎？」欒念笑了：「胡說。」

兩個人鬧了一通，又沖了個澡，再躺回床上就覺得睜不開眼，沉沉睡了。

尚之桃的分公司終於起航了。

正式營業那天，孫雨為她張羅了一個小小的剪綵儀式，說是圖個好彩頭。

尚之桃覺得這樣高調有點彆扭，但拗不過一眾朋友，終於還是有了這個儀式。

那天她特意化了淡妝，穿得也很好看。觀禮的人本來就沒多少，除了已經入職的十幾個員工外，剩下的就是朋友們。她覺得太過單薄，就邀請朋友們一同剪綵。

「那可不行。」林春兒拒絕：「這是妳的大事，我們只是觀禮人和小股東，但我建議妳可以邀請妳司的隱形大股東一起剪綵。」說的是欒念，尚之桃用了他一筆錢。

欒念站在那拿捏架子，明明想一起去，卻還是等尚之桃邀請他。尚之桃看他又高傲又討厭的樣子，噗哧笑了。就問他：「欒總可以賞臉嗎？」

「勉強。」

欒念笑了一下，站在她身邊。

尚之桃拉著林春兒和孫雨站到另外兩邊，她們也投了一點錢。

尚之桃歷時九個多月終於接近孕前狀態，林春兒溫暖，孫雨幹練，欒念又是那種姿態，幾個人站在那，勝卻人間無數。

拿起剪刀，攝影師說：「數到三各位老闆開始剪。」然後就抬腕看吉時。

欒念突然轉過頭，對尚之桃說：「尚之桃，歡迎妳殺回北京。」

尚之桃內心大動，這一句，大概蘊含了她十餘年的人生。從她在那個雨天拖著行李走出北京站開始，到她離開，再到她回來。

她好像盛年已過，又好像仍在盛年。

感慨萬千。

那天晚上的大聚餐，孫雨和張雷喝了很多酒，期間他們走到尚之桃面前，拉著她走到一邊。張雷舉起杯向天上：「敬兄弟。」

「敬少年。」孫雨微微紅了眼。

「敬歲月。」尚之桃說。

歲月這種東西，有形亦無形。

有形是在你眼角、在鬢邊，你開始有細紋，開始生白髮；無形在心裡，你遇到的人發生的事那些記憶，可以想起，但觸碰不到。

尚之桃沒有一帆風順過，一個坎連著一個坎，從來不算順心順意，但她知足。知足是她一貫的心態。也只有這樣的知足，才沒有令她錯過生活每一口微小的甚至不值一提的甜。

那天晚上，小念桃睡得早。尚之桃盤腿坐在床上，欒念坐在她對面。她對他說：「我想跟你聊聊。」

「聊什麼？」

「聊我的十幾年。」

尚之桃想從第一年聊起。她有點不好意思，因為她接下來會顯得喋喋不休，會變成一個話癆。

「你會不會嫌我太囉嗦？會不會覺得煩躁？或者你現在累嗎？如果你累你可以先睡，我們以後再聊。」

「尚之桃。」欒念喚她的名字：「我能陪妳聊到天亮。」

聊到下一個，和下下個天亮。

都行。

只要我們還有話講。

七、

「欒念，我想從我來北京的第一年說起。」尚之桃拉著欒念的手：「你別嫌我話多好嗎？我今天太想跟你聊聊天了。」

我二十二歲的時候來北京。我至今記得那一天，我來北京的第一天。那天北京下著雨，我拖著行李箱走出火車站，看到有密密麻麻的人。大家步履匆匆，沒人看我一眼。我手裡拿著一張地圖，地圖上寫著幾行字，是我提前查好的問好的，從火車站到我出租屋的路。我一個人站在陌生城市的陌生火車站裡，突然間特別惶恐。我不知道等待我的是什麼，我有點膽怯，又很期待。

我最慶幸的是能夠住進那間屋子，因為那裡，讓我認識了我的朋友們。孫雨、張雷，還有我至今不敢提起名字的孫遠翥。

那一年的那個夏天，我上班的第一天，我坐在凌美的一樓等待辦理入職手續。你推開咖啡店的門走出來，像遠古的神明。我當時就想，這世界上怎麼會有這樣的男人呢？可是這個男人見面的第一天就勸我辭職，最重要的是，我竟然覺得他說得對。

我從小就是對生活沒有大志向的人。可是這個狗男人卻激發了我的鬥志。哎，你別捏我臉，我說的是真的。我當時真的覺得你是個狗男人啊。

同事們講話中英文摻雜，很多很多我都聽不懂。我越發恐慌，心想，如果我語言不通，早晚要被幹掉的呀！還好我有 Lumi 和 Tracy，她們總是鼓勵我。我的朋友在他母校為我找了一個英文老師。那個英文老師有一個很霸氣的中文名字：龍震天。

龍震天教會我很多東西，我們一起在週末走遍北京大街小巷。也不是每一個週末，因為有時我要加班。第一次出差跟你和 Lumi 一起，還有 Grace，我們去廣州。後來有幾年，很巧的是，每一年的那個時候我都會去廣州，於是廣州變成了我很愛的城市。

那一年的我覺得工作太難了，我什麼都不懂，什麼都不會，所有的一切都要從頭學起。而你呢，總是用那樣的眼神看著我，好像在說：「妳怎麼這麼蠢？」

即便這樣，我仍舊愛上了你。凌美的很多女孩都喜歡你，Kitty 也喜歡你。有一天我跟 Lumi 在樓下散步，聽到 Kitty 跟人講電話，她說：「我喜歡我的老闆。」我不為這種喜歡羞愧，因為喜歡本身是一件很棒的事。

第一年兵荒馬亂，我也沒有什麼見識，好多當時覺得天要塌了的大事在今天的我看來都不值一提。

那年過年的時候，我坐在冰城的老房子看著外面的萬家燈火，突然特別想你。你讓我覺得孤獨。

轉眼間就到了第二年。

第二年的日子好像好過了一點，我也好像堅強了一點。這幾年發生了幾件事讓我覺得很幸福。這一年有很多第一次。

我跟我的朋友們有了第一次旅行。我們去的是泰山。我們在半夜開始爬，爬到第二天凌晨。那天我們很幸運，看到了日出。雲海縹緲，太過美麗，我跟我的朋友們拍了很多照片，那些照片我至今還留著。你知道嗎？有時我翻看那些照片，再看看現在的自己，就能看到歲月留下的痕跡。那年的我們都還年輕，不需要穿很華麗的衣服，不需要很濃的妝，就很美。我特別喜歡那趟旅行。

那一年我第一次出國，跟同事們一起，去普吉島。我在那裡跟你一起看了海，日出太美了，我希望這輩子能跟你看無數的日出和日落。那時的我對你的心意，像從沒戀愛過的人一樣。捧出的是一顆完完整整的心。

還是這一年，我第一個老闆換了工作，他想挖我一起走，你說他要挖我只是因為我便宜、聽話，這讓我難過很久很久。也在那時，我突然明白，我應該正確看待自己，也應該為自己每一個決定負責。

這一年，我遭遇了黑仲介。我害怕極了，甚至有一點懷疑這個世界，怎麼會有這麼壞的人呢？跟室友們一起去跟黑仲介打架，單純的我們根本不知道社會險惡。最後竟然還要你幫忙。哦對了，Lumi 要為了我去砸人家的店。

這一年，最值得我開心的事，是我養了盧克。是，我知道你早就知道了，我幫牠取名叫盧克，是因為我愛著 Luke，而 Luke 是我的心頭好，沒有人能替代。盧克小時候可真可愛，你還記得牠的樣子嗎？像一個小雪球一樣跑到你面前，蹭你的褲管。牠還在你家裡開尿，那時你特別特別嫌棄牠。可我從來沒有嫌棄盧克，我好愛牠。牠能聽得懂我講話，無論什麼時候都會陪著我，我有時會凶牠，牠呢？總是伸著舌頭對我笑。盧克是這輩子唯一一個完完全全屬於我的東西，我太愛牠了。在你不在我身邊的時候，盧克就是Luke。可我也會難過。我最難過的是盧克一天天變老，我知道牠活不了多久了，一想到這裡，我就沒辦法控制自己的眼淚。

尚之桃垂首抹淚。因為經歷的事情越來越多，那顆心在歲月的打磨下會有鈍感。卻總有一些人一些事能讓你輕易落淚。我們把這些人這些事稱之為你我內心所剩不多的「柔軟之處」。

欒念遞一張紙巾給她，對她說：「我帶盧克檢查過，梁醫生也檢查過，說牠五臟六腑好著呢，再活四五年沒問題。」

「別安慰我，我知道的。大型犬的壽命，我每天都會查。」

欒念不再講話，所有人都知道他有一個狗兒子。大家都很難想像他這樣的人，會那麼愛一隻狗。可他就是很愛盧克。

過了很久很久，尚之桃停止哭泣。

我不是很喜歡第三年。

因為第三年出現了一個特別特別噁心的人，我現在想起他還覺得噁心。我看到Kitty進他房間，他卻傳訊息給我，他還要去欺負別的女同事，他太噁心了。成都的同事說起他會害怕地顫抖。那一年我經常做惡夢，夢裡是他那張醜陋的臉。朋友們教我怎麼收集證據，並鼓勵我告發他。我這樣做了，我不後悔。

你知道嗎欒念，我一點都不後悔。我非常慶幸在這一年發現自己或許能成為一個勇敢的人。一個勇敢的敢於與權威對抗的人。

那天你走進他的辦公室，勒著他脖子的時候，我的心都要碎了。真奇怪，我心疼自己，也心疼你。我知道你的難過是真的。欒念，我從那時開始肯定，你一定有一顆特別柔軟的心。只是這顆心上包裹著堅硬的殼，別人看不到，你自己也會忽略。

還有，我特別特別喜歡你為我調的那杯「勇敢的心」。真的，那是我這一生喝到的最好喝的雞尾酒。

第四年，我終於去到企劃部，師從Grace。Grace那時是很好的人，只是我當時低估了人性的複雜。這一年我又像第一年一樣不停地學習。我對這一年的記憶不多，我記得我在五臺山上打了一通電話給你，很認真的問你要不要跟我在一起。我們開始一場平常的戀愛。

而你，拒絕了我。

我還記得維多利亞港的夜景，真的挺美。

到了第五年，我去了西北。我以為我去那裡，就很難再見到你了。可你幾乎有時間就會來。縣城很小，我們都怕出門遇到熟人，於是窩在我的出租屋裡，一待就是一兩天。西北的風真的大，縣城裡坐計程車真的便宜，西北人可真好。我在西北做那個專案，做得稱心如意。

「你為什麼每週都來？」尚之桃突然問他。

「因為我們說過要一起冒險，我說話算話。」

他們面對面躺著，已經聊了很久很久。尚之桃卻不覺得睏，她還有好多話沒有講。

「第五年，我們一起去了西藏。」欒念說。

「是。」

我喜歡西藏。

拉薩的陽光真好，街上的人們笑容溫暖，奶茶香醇，那家照相館的老闆，拍照技術真好。

我真的喜歡那次旅行，我甚至以為在那次旅行後，我們會迎來天長地久。

尚之桃咬住嘴唇。

第六年她最痛苦。如果說這一生有哪一年她無法逾越，那就是第六年。競崗失敗沒有那麼痛苦，那只是一次自尊心的崩裂。最痛苦的是那天雲霞那麼美，我卻失去了最好的朋友。

欒念握住她的手。

他們在昏暗之中有長久的沉默。這沉默也是一味藥，去療癒她心中斑駁的傷口。起初傷口很深，後來結痂，掉痂，由深變淺，幾乎看不見。但你的手撫上去，卻還是能察覺那與周圍的肌膚不一樣。那裡一定經歷過一場巨痛。

尚之桃的淚落在欒念掌心：「那一年，我離開了你。」

我很慶幸我真正的離開了你。即便那樣的痛苦我不想再經歷第二次。我回去的時候是冬天，冰城下了很大很大的雪，我的心裡空落落的，總是填不滿。每天晚上，我都會出門踩著雪走很遠的路，耳機裡放著亂七八糟的歌曲。有一天我在我家附近的飯店大廳看到一個男人，穿著一件黑色羊絨大衣，姿態清高，背影疏離，我以為那是你，差一點崩潰。

「是我。」欒念輕輕說了這樣一句。

可我當時不敢求證，我怕我所有的努力前功盡棄。

我從第七年開始創業。

創業真的太難了。熬夜、應酬、巨大的壓力，有一段時間我的身體出了問題。我的生理期要麼不來，要麼一來半個月。有一天我走進公司，付棟看到我嚇了一跳。他對我說：「老大，那天的妳看起來沒有一點生氣。」

我脾氣變得很差，也會偷偷哭。

好在生意一點一點變好，我也終於放下你，開始全新的人生。

我幫爸媽開的那家餐館，做的每一道菜都是我喜歡吃的，從小吃到大。我喜歡帶我的朋友們去老倆口酒館吃飯，那時怕大家找不到，我在酒館門口掛了燈籠。那燈籠在冰城的雪裡看起來可真喜慶，孫雨和 Lumi 第一次見的時候對我說：「這真是一個雪裡人間。」

我喜歡雪裡人間這個詞，這個詞讓我覺得所有的快樂和痛苦都是生活本身的一個部分，而痛苦是雪裡的燈籠，能將眼前的路照得紅彤彤一片。

第十年，我又遇到了你。

「後面的故事我知道了。」欒念撥開她臉頰的髮絲：「後來妳的每一天我都參與其中了。」

「謝謝妳善待我。」

「也謝謝妳，肯愛這樣的我。」

這是我的十餘年歲月。我流過無數的淚，每一滴淚水都是生活賜予我的勳章，我不曾後悔過。今天剪綵的時候你對我說：「尚之桃，歡迎妳殺回北京。」這麼多年歲月一下湧入我的腦海，我帶著夢想來到北京，心碎時離開北京，我以為我再也不會回來了。即便來，也只是這個城市的過客，不會長久停留。可是，我還是回來了。我永遠記得我第一天來北京的樣子，儘管狼狽，卻是我一生之中最好的時光。

如果讓我重新選一次，我還會走這條路，這條路真的太美了。我只是偶爾會遺憾，光陰倏忽而過，身邊旅人匆匆，我們總是要告別。

「欒念你是不是睏了？對不起我今天講了太多話了，如果你睏了，我們就睡吧。」尚之桃對他說。

「我不睏。天還沒亮呢。」欒念說。尚之桃枕著他的手臂，念桃在嬰兒床裡熟睡，盧克趴在門口，月光進一縷，多好的時光。

「那我也跟妳聊聊我吧。」欒念說。

「聊什麼？」

「聊一個混蛋的自我修養。」

「好啊。我們可以聊到天亮，甚至可以到下一個天亮。我覺得這個混蛋有時也不是那麼混蛋，這個混蛋是一個披著混蛋外衣的老派紳士，有老派的溫柔。我真的愛死這個混蛋了，我願意一直跟這個混蛋糾纏下去，糾纏到死。」

那就再聊一下吧！

八、

欒念從小就是混蛋。

一旦有誰招惹了他，他就會有很強的進攻性。小朋友打架你推我一下我推你一下，看起來都無害。他不是，他打架要把對方按在那，用力打別人的頭。

在江南小城裡，五六歲的欒念被「談名色變」。長輩教育孩子的最後往往會加上一句「離欒念遠點」或者「別惹欒念」。

欒念作為一個不能惹的孩子，經常獨來獨往。他本人並不介意，獨來獨往挺好，他也不喜歡跟那些孩子玩。他覺得他們動輒就哭鬧非常奇怪。

他最喜歡做的事情就是窩在爺爺家的書房裡。

爺爺會畫畫，年輕時師從名家。見欒念喜歡，也教他畫畫。欒念從小就能坐得住，一坐就是小半天。所有人都說他奇怪，那麼好鬥卻也能坐得住。

欒念從小缺少同情心。他不能理解為什麼那些人具有那麼強烈的情感。有時走在小城裡，看到有人因為什麼事坐在路邊痛哭，也有知情者坐在旁邊抹眼淚，他都皺著眉頭，覺得非常奇怪。

他這樣的人好像從來沒有真正的童年。

遇到尚之桃之後，他開始有了「關注」。他從前極少關注什麼人，或許是尚之桃出現的方式他不喜歡。她在面試電話裡表現的幾乎毫無亮點，Tracy卻給她開了綠燈。欒念好奇一向公正的Tracy為什麼給一個這麼平凡的人開綠燈。所以他把他對尚之桃的關注歸因為她的出現方式。

他生平第一次特別關注一個人。

對她施壓，抱著他自己都說不清的心態，想看這個女生什麼時候會放棄。可她太有韌性，戰戰兢兢、惶恐不安，卻有令人欽佩的韌性。就是不肯輕易認輸。

怎麼會有這樣的人呢？

笨拙，帶著可愛；膽小，有時又會炸毛；普通，卻偶爾會有她不自知的美豔。

他在廣州的茶餐廳裡看到她雪白透亮的肌膚，還有那張微微紅著的臉，一個男人的野性突然被喚醒。

慢慢的，他發現「與人相處也能舒服」。他只有寥寥摯友，其餘人都保持一定距離。哪怕戀愛，也不喜歡被過多干涉。他討厭束縛。與人相處也挑剔、龜毛，別人不喜歡他，他也不喜歡別人，很難找到與人相處的舒服狀態。尚之桃沒有稜角，就兀自綻放，不強求別人，也不鑽牛角尖。

欒念覺得這樣舒服的相處很新奇。

再往後，欒念漸漸開始懂得心疼。生活亂七八糟，但她總是笑著。好像那一切於她而言不過是遊戲通關。輸了這一關可以從頭跑起，而她輸得起。當她被黑仲介欺負、被別人騷擾、被同事利用，欒念就覺得：這樣的人你們都他媽要下手，你們還是人嗎？這樣的人是什麼樣的人呢？大概就是尚之桃這樣永遠晴朗真摯的人。

欒念知道自己是混蛋。

他從小冷血、暴力、對愛一竅不通，他這樣的混蛋對尚之桃那樣的人來說，真的是劫。欒念從來沒有什麼良心，卻對尚之桃生出了愧意。

對於不在乎的人而言，他是什麼樣的人、性格究竟有多差勁，那並不重要，因為交集少甚至沒有交集，所以那對別人構不成傷害。但尚之桃不一樣，他們相處那麼久，她為此受苦。

欒念是慢慢知道的。他感激尚之桃愛他，愛情改變了他。

欒念曾想到一個詞——「救贖」。

那些在當時微不足道的事，漸漸積累起來，填滿了一個人空洞的軀殼，讓他有血有肉有感情，像是一場救贖。

從最開始，她就是特別的。

從最開始，他就是糟糕的。

後來欒念看宋秋寒與林春兒相處，漸漸明白他和尚之桃之間問題出在哪裡。

愛一個人從來不丟人，應該光明正大。應該真正欣賞、尊重，應該平等溝通。而他，徹頭徹尾錯了。

欒念願意學習，也感激尚之桃願意給他機會。所有耀眼的、美麗的東西都會歸於平淡生活，而可貴的品德將永遠發光。尚之桃就是那個永遠在發光的人，欒念終其前半生終於找到了屬於他的老派的浪漫和溫柔。

如果再來一次，他要在很多重要的時刻，站在她身邊，對她說：「妳很了不起。加油。」

加油，尚之桃。

還有，別再為我們之間的開始羞愧了，是我先愛上妳的。

小念桃在十三個月大的時候，生了人生第一場病。

那天欒念正在出差，尚之桃正在見客戶。梁醫生打電話給尚之桃，對她說：『妳別著急哈。我幫她物理降溫了，但是應該還會反覆。我只是必須要告訴妳。』

「我知道，媽。」

尚之桃從客戶那回來，驅車回家。看到小念桃額頭上貼著退熱貼，正趴在盧克身上。或許是盧克的毛柔軟溫暖，她抱著盧克的脖子哄牠，學大人平常對她講的話：「乖乖。」吐字還不清楚，口水還在流。

欒明睿坐在一旁，臉色不好，顯然在生氣。

「怎麼啦？」尚之桃偷偷問梁醫生。

「別理他。」梁醫生說：「要帶念桃去醫院，我沒同意。我就是醫生，他添什麼亂！」

「哦。」

尚之桃洗了手抱起小念桃，她還挺高興：「媽媽媽媽。」

「生病了啊？」

小念桃拍拍額頭，指指奶奶：「奶奶。」

「哦哦，奶奶照顧妳了。媽媽知道了。那妳要不要謝謝奶奶照顧妳？」

「謝謝。」念桃的小手攥在一起，對奶奶擺。

「還有爺爺呢！」尚之桃提醒她。

「謝謝。」

小朋友口齒不清，那聲謝謝說得奇奇怪怪。欒明睿笑了，又輕哼了一聲。還是對不帶孩子去醫院拍X光片不滿。

到了半夜，念桃果然反覆。尚之桃按照梁醫生的叮囑為她降溫，正折騰著，聽到盧克的叫聲。欒念回來了。

他身上帶著外面的寒氣，將大衣脫在樓下，蹲下身去跟盧克說話：「你怎麼還不睡？歲數大了別熬夜。」

「嗚嗚嗚。」盧克又在頂嘴，大概是說我沒熬夜。

欒念笑了，狠捏牠的狗臉一把：「我們去看看妹妹。妹妹生病了。」

「是。」

上了樓，先去洗臉洗手換衣服，把寒氣徹底散了，才走到小念桃床邊：「又燒了？」

「妳去睡，我看著她。」

「沒事，明天是週末。」

尚之桃量了小念桃額溫，降了一點，微微放下心。

「不是說明天回來嗎？」尚之桃拉著欒念躺下，手腳併用橫在他身上。

「結束了就早點回來。」欒念握住她的腳幫她暖著：「睡吧。」

「好。」

尚之桃說好，眼閉了很久，聽到欒念手臂動了動，應該是去摸念桃體溫。就笑了：「我們可真沒出息！」

「妳沒出息，別捎上我。」

「那你為什麼不睡？還不是緊張念桃。」

「我只是不睏。」

欒念嘴硬，尚之桃早習慣了。乾脆坐起來看著他。

「怎麼？」

「有人喜歡我。」

「？」欒念切了聲。

「我說真的。」尚之桃也覺得奇怪，她結婚了，還生了小孩，竟然還是會有爛桃花。起初她只是覺得這個客戶過於熱情，直到白天在他那裡，他突然拿出一個首飾盒遞給她。尚之桃自然會拒絕，但 Lumi 對她說：「快對妳老公說！讓那頭驢有點危機感！」

「嗯。所以？」欒念問她。

「所以我很搶手。」尚之桃的表情極其認真，Lumi 要是知道欒念依然是這副死表情肯定會說：「妳老公是面癱無疑了。」

「恭喜妳在人到中年的時候還有魅力。」欒念也坐起來問她：「就這一個？」

「……不然應該有幾個？」

「十個八個，像我的桃花一樣多？」欒念當然知道尚之桃在示威，此時他自然不能服輸，他有必要讓他的妻子知道他有多搶手並滅滅她的威風。於是拿出手機丟給尚之桃：

「來，看。」

尚之桃從前不常看欒念手機，在這個晚上突然有了一點興趣。於是拿過來對欒念說：

「我看了，我真看了哦！」

欒念挑挑眉：「儘管看。」

尚之桃打開來看。欒念的手機真沒什麼意思，但是欒念把她置頂了，而後是「我們都愛念桃」群組和「桃桃家人」群組。第一個群組裡有大翟、老尚、梁醫生、欒爸爸，還有他們，群組裡都是念桃的成長紀錄，第二個群組是欒念和大翟老尚還有尚之桃的群組。再往後是置頂的工作群組。尚之桃的手繼續向下滑，終於看到了一點不一樣的。女生的頭貼真好看，她點開來看，看到那女生加欒念好友，然後對他說：『Luke，真的很開心認識您。如果有機會下次來上海，我單獨請您吃飯。再一起去夜晚的外灘坐坐？』

欒念回：『不必，我結婚了。』

尚之桃撇撇嘴。又向下滑，看到五六個女生。把手機丟給欒念，哼了一聲。欒念乘勝追擊，又說道：「這些是還沒封鎖的。黑名單妳看看？」

「你一定要贏是吧？」

「這種事輸了不好吧。」

欒念十分坦蕩，他從來不會跟尚之桃說他遇到哪些誘惑，因為沒必要。他把一切誘惑處理得乾淨俐落，不給對方任何機會，出差在外工作很忙，回到飯店會健身看書，工作結束會第一時間回家，哪怕是深夜，也不願待到第二天；不出差的時候，下了班會早早回家，因為他心裡惦記早點看到念桃。他不指望尚之桃早到家，尚之桃分公司剛起步，週末能在家裡已經很難得。

見尚之桃撇著的嘴沒收回去，就氣她：「怎麼？鬥敗了不服？」

「這不公平，我只有一個。」

「妳腦子八成有點毛病。這種事要比多少嗎？」欒念切了一聲，完全忘記剛剛是他自己要比的：「根本不值得炫耀。所有不能講成故事的表白，都不過是可以隨時刪減的插曲而已。妳要是在這種事上跟我鬥，」欒念頓了頓：「我會弄死妳。」

他們這輩子肯定會遇到數不清的誘惑，婚姻存續狀態能遮擋一些，但也會剩下一些執著的、目的不純的、尋求刺激的、遊戲人間的。總不能把對方拴在身邊，互相馴化管束，從此沒了自我。

指尖點在她腦門上，把她推倒在枕上：「睡吧。」回身去摸念桃，這時退燒了，睡覺不哼唧了。又拿過她的小水壺輕聲叫她：「喝點水小念桃。」念桃迷迷糊糊喝了兩口溫水，翻過身繼續睡。

欒念這才躺回去，見尚之桃還睜著眼，就把她拉到懷裡：「怎麼了？」

「你遇到的誘惑這麼多，會不會有把持不住的一天？」

「會。」欒念故作嚴肅。

尚之桃用力擰他手臂：「你再說！」

欒念疼得哼一聲，習慣性捏她臉頰：「妳跟誰學擰人？」

「Lumi。」

Lumi跟Will吵架，把他手臂擰出了一個大紫豆。白天跟尚之桃說起，還說：「妳別說嘿，真解恨。」

她們兩個真的是什麼都聊，天下雨啦、塞車了、有人出軌啦，甚至螞蟻打架了，都能聊幾句。

「妳學點好。交朋友也挑挑人。Lumi腦子不好用，別回頭把妳帶壞了。」

「胡說！」尚之桃斥他胡說，鑽進他懷裡，閉著眼睛睡了。她也累壞了，白天聽說念桃生病，急得要死。匆匆忙忙往回趕，到十點多把公婆勸走，就不停地照顧念桃。孩子生這一次病她才徹底知道身為母親最怕的是什麼，是孩子生病。欒念回來了，她的心放下了一點，終於能睡了。

期間察覺到欒念起來很多次，第二天睜眼的時候，看到欒念抱著念桃靠在床頭睡著了。尚之桃躡手躡腳下了樓，去遛盧克，然後動手為他們做早餐。

欒念不喜歡生人在，也仍舊不喜歡吃別人做的飯。阿姨每天只來打掃衛生，過後便會走。尚之桃並沒因此跟欒念鬧過，婚姻是一場修行，他們需要彼此體諒。她體諒欒念的怪脾氣，欒念體諒她的辛苦。慢慢的，日子就會多一些沉甸甸的收穫。

尚之桃做飯仍舊不好吃，所以只煎了雞蛋和牛排，煎雞蛋灑的胡椒鹽是欒念之前炒好的，牛排的醬汁也是他之前做好的。念桃早上吃番茄雞蛋麵，少油少鹽再灑上海苔碎，其餘的小零食是尚之桃和欒念之前一起烤的，用小餐盒裝起來，還有一點點。盧克的飯是之前風乾的雞肉和狗糧。

她做好飯，欒念和念桃都醒了。欒念牽著走路還一搖一擺的念桃從電梯裡出來，念桃看到尚之桃很開心，鬆開欒念的手向她跑：「媽媽媽媽。」

「還燒不燒？」尚之桃摸她腦門，小傢伙退燒了。

欒念走到餐桌前，看尚之桃做好了早餐，切了塊牛排送進口中，真棒，全熟，熟透了。

「好吃嗎？」尚之桃問他。

他想起從前總結婚姻的本質之一是互相欣賞，於是小幅度點點頭：「好吃，妳多吃點。」又去看念桃的早餐，麵煮得還行。

三人一狗各自吃飯，小念桃吃飯跟打架一樣，一頓飯下來，一半麵條到了圍兜裡，手上臉上沾著飯。她覺得好玩，還要將殘渣抹到頭髮上脖子上。聽到尚之桃訓她，她還咯咯笑，以為媽媽跟她玩呢！

尚之桃有點生氣：「小念桃妳的習慣非常不好，妳浪費糧食，還故意弄髒自己。」

「妳一歲多的時候能完全自理了？」欒念不樂意了，把念桃從餐桌上抱出來：「再說她還生病呢！」胡說的，小念桃的病來得快去得快，已經好了。

念桃聽懂了，對欒念癟癟嘴，好像在說：媽媽真凶。

尚之桃被他們氣得夠嗆，瞪了欒念一眼：「你不要總是慣著她，規矩要從小就立下。」

「爸媽說妳小時候沒被立過規矩，隨妳自己長的。」

「胡說……」

「要不要我跟爸媽說妳因為念桃自己吃飯弄髒了凶她？」

「……」

欒念朝念桃眨眼：「走，爸爸帶妳去泡個熱水澡。妳呢，吃飯髒了沒關係，今天可不能再燒了。」

尚之桃覺得欒念過於溺愛孩子，跟在他們身後還想講兩句什麼，欒念在電梯口突然停下，回過頭，在她額頭親了一下：「別吃醋。」

意思是尚之桃因為吃念桃的醋才要凶她，真夠氣人的。欒念有點得意，腳擋住電梯門：「不上來？」

「哦。」

兩個人把念桃脫光了放到浴缸裡，念桃可太開心了，故意用小巴掌拍水，聽到尚之桃欒念誇張的「哎呦」一聲笑得更開心，尚之桃抹了把臉上的水珠終於不再是板著臉的老母親。兩個人陪小念桃玩水，將水拍得到處都是。

尚之桃的衣服也濕了。

欒念偏過頭看到她白色T恤映出的蕾絲內衣，眸色一深。尚之桃用浴巾裹起念桃，看到欒念的神情，手捂住念桃的眼睛，探過身去親他嘴唇，又速速離開。

念桃以為尚之桃在跟她玩躲貓貓，自己假裝捂眼又鬆開，還說了聲：「ㄋㄠ。」不會說貓。

梁醫生和欒明睿來了以後，他帶尚之桃去超市採購。車開到超市前突然轉了方向，尚之桃愣了一下：「去哪啊？」

欒念不講話，開到一個度假飯店，對尚之桃說：「下車。」

「我們的家就在十公里外的地方。」尚之桃提醒他。

「家裡有人。」

「哦。」

欒念出了一個星期的差，上個星期趕上尚之桃生理期，他覺得自己等不到晚上了。到了晚上，又不敢發出聲音，總覺得少了些什麼。

他有一點急，牙齒落在她心口，聽到尚之桃很嬌的一聲，頓時通體舒暢。兩個人都很久沒有這樣自在過，一瞬間像回到尚之桃產前，甚至比那時還要好。

生活總是一地雞毛，偶爾有這樣放肆的時候，竟然像是一種獎勵。他們都喜歡這樣，欒念輕聲問她：「要不要去旅行？」

「我們兩個嗎？」

「對。」

他覺得他們需要一場短暫的放逐，哪怕只有兩天、三天，什麼都不想，就那樣待在一起，那一定很棒。

「念桃怎麼辦？」尚之桃提出一個很現實的問題。

「留下。」

欒念這麼說，也這麼做的。他在下一個週末帶尚之桃飛去了南方，去他出生的地方。尚之桃沒有出息，飛機起飛的時候還在問欒念：「念桃會不會怪我們？盧克會不會想我們？」

「每年只給自己放三天假妳還要瞻前顧後？」

儘管欒念很愛念桃，卻也渴望跟尚之桃獨處。兩邊的老人對念桃特別好，他完全放心。他只是覺得他們每年應該有兩三天的時間單獨在一起，像從前一樣，無所顧忌，想做什麼做什麼，想不做什麼就不做什麼。

欒念出生的小城早已不是當年的樣子。

他這些年偶爾在清明回來一兩次，掃墓祭祖，每次回來都覺得城市又換了新衣服。只有一條河邊的古街還有當年的影子。欒念奶奶家住在古街這頭，外婆家住在古街那頭。

兩個人牽著手在古街上閒逛，欒念跟尚之桃講起他兒時。他好像沒什麼童年，現在說起的無非是跟那個孩子打架、去哪裡爬樹，他童年大多時候是一個人獨來獨往。因為他不合群，梁醫生偷偷哭過很多次。

但是他喜歡畫畫，他坐得住，爺爺教他畫畫，還誇他有天分。

但最令欒念記憶深刻的，除了這些，是每天傍晚古街上的嫋嫋炊煙，和人家門縫裡的飯菜香。

尚之桃聽欒念絮叨他的過去，覺得他的童年是清淨的、老成的，而她的是喧鬧的、童真的。但人呢，隨著時間推移，總會有這樣那樣的變化。就像生活，不會永遠驚天動地，慢慢也會歸於平靜。

而最難得的，是當一切歸於平靜後，我們還願意偶爾去冒險，跟那個人一起冒險。這成為尚之桃最喜歡的那個部分。

那天晚上，他們坐在飯店的窗前，看外面的人來人往，欒念變魔術似的拿出一個小蛋糕，上面插著兩根蠟燭。尚之桃看了兩秒，才想起這一天是自己的生日。

日子過得太快了，快到從前翻著日曆盼生日的人，如今會忘記自己的生日了。

欒念站起身：「給尚之桃女士表演一首〈生日快樂歌〉。」微微扭著身體為自己打節拍，唱了一首好玩的生日歌。尚之桃被他逗得咯咯笑，突然想起那年他在臺上唱歌。

時光究竟改變了他們什麼，他們沒辦法說清。

此時望著彼此，都有了塵埃落定之感。

「許個願吧。」欒念對她說。尚之桃雙手合十閉上眼睛，虔誠許了願。願望很渺小，又很真切，是她在歷經歲月後內心深處最渴求的東西。

「許了什麼願？」欒念問她。

尚之桃微微笑了：「年年有今日。」

相遇那年，兩個人離得太遠，她謙卑愛著，從不敢奢求未來。是時光，贈予他們艱難和迎難而上的勇氣；贈予他們混亂和追求清白的良心；贈予他們分離和團聚的悲歡；贈予他們陰雨，也贈予他們晴朗。

當下真好。

願我們年年有今日。

也願大家都能擁有屬於自己的早春晴朗。

——《早春晴朗》全系列　完——

高寶書版集團
gobooks.com.tw

YH 188
早春晴朗（04）

作　　者　姑娘別哭
封面繪圖　YY
封面設計　單宇
責任編輯　楊宜臻
內頁排版　賴姵均
企　　劃　何嘉雯

發 行 人　朱凱蕾
出　　版　英屬維京群島商高寶國際有限公司台灣分公司
　　　　　Global Group Holdings, Ltd.
地　　址　台北市內湖區洲子街88號3樓
網　　址　gobooks.com.tw
電　　話　(02) 27992788
電　　郵　readers@gobooks.com.tw（讀者服務部）
傳　　真　出版部(02) 27990909　行銷部 (02) 27993088
郵政劃撥　19394552
戶　　名　英屬維京群島商高寶國際有限公司台灣分公司
發　　行　英屬維京群島商高寶國際有限公司台灣分公司
法律顧問　永然聯合法律事務所
初版日期　2025年03月

原著書名：《早春晴朗》由北京晉江原創網絡科技有限公司授權出版。

國家圖書館出版品預行編目(CIP)資料

早春晴朗 / 姑娘別哭著. -- 初版. -- 臺北市：英屬維京群島商高寶國際有限公司臺灣分公司, 2025.02
　冊；　公分. --

ISBN 978-626-402-188-3(第1冊：平裝). --
ISBN 978-626-402-189-0(第2冊：平裝). --
ISBN 978-626-402-194-4(第3冊：平裝). --
ISBN 978-626-402-195-1(第4冊：平裝)

857.7　　114001365